정원 일상

메노르카 섬에서 쓴 533일의 노트

정원 일상

Cees Nooteboom

세스 노터봄 지음 | 금경숙 옮김

mu∫intree
뮤진트리

▪ 일러두기

– 이 책은 세스 노터봄의《533: Een dagenboek》(De Bezige Bij, 2016)을 우리말
  로 옮긴 것이다.
– 책은《 》, 신문·잡지·영화는〈 〉로 표기했다.
– 옮긴이 주는 본문 하단에 각주로 표기했다.

1

선인장 꽃은 다른 꽃과 견줄 수 없다. 그것들은 마치 승리를 거둔 듯한 모습이며, 이상하게도 오늘 결혼하고 싶어하는 것 같다. 누구와? 그건 분명하지 않다. 나의 가장 오래된 선인장은 40년 전 내가 이곳에 왔을 때 이미 여기 있었는데, 갖가지 나이를 동시에 지닌 것처럼 모순된 면들의 복합체이다. 커다란 잎들이 달려 있는데, 물론 잎이라고 할 수는 없다. 작은 가시들이 빼곡하고 타원형에 녹색인 큼직한 손을 쭉 뻗고 있다고 보는 것이 실제와 더 가깝다. 멕시코 풍경을 거론할 때 나오는 선인장의 클리셰 말이다. 나는 선인장에 대해서는 문외한이다. 이곳에서는 선인장들이 원주민이고 나는 침입자다. 선인장들은 여러 곳에 서 있다. 내 작업실 뒤쪽 정원에는 내버려 둔 땅이 있는데, 선인장은 거기서 절대 군주 노릇을 한다. 그 모순의 선인장은 다른 자리에도 서 있다. 지금은 아직 여름이어서, 얼마 안 가 여기서는 춤바chumba, 프랑스에서는 바르바리 무화과figue de Barbarie라고 부르는 열매가 될 부위의 끝에 노란색 꽃이 피어 있다. 어떤 잎들―그냥 계속 이렇게 부르련다―은 말라빠진 거죽이지만, 다른 부분에는 밝고 선명한 초록색 손들이 달리기도 한다. 가시를 뽑아내면 잘게 썰어 먹을 수 있다. 그것들은 큼직한 죽은 손들을 떨구는데, 깜짝 놀랄 만큼 무겁다. 폭풍우가 지나간 정원에서 나무로부터 떨어진 모든 것을 긁어모을 때면 조심조심, 가급적 장갑을 끼고 그것들을 주워올린다. 그런 다음 죽은 부분은 버린다. 하지만 가까이 다가가보면 나보다 훨씬 더 키가 큰 그 식물은 아랫부분이 목질이 된 채 죽어 메마르고 무거워진 듯 보이는데, 그 죽은 물질에서 작은 손이 새로 나온다는 사실을 알 수 있다. 이것이 내가 말하는 모순의 의미인데, 어떻게 설명해야 할지 모르겠지만, 마치 부분적으로는 이미 죽은 물질로 이루어져 있으나 동시에 새로운 사지四肢가 생기는 것 같다. 무엇이 이 노란색 꽃에 필적할 수 있겠는가?

지난해에 나는 칠레 북부의 아타카마 사막을 여행하고 나서 스페인의 섬에 있는 내 정원에 선인장을 좀 심기로 마음먹었다. 섬의 반대편 지역에 꽃시장이 있다. 선인장이 있느냐고 묻자, 누가 내 머리 위로 툭 튀어나온 거대한 남근 모양의 털북숭이 식물을 가리켰다. 그걸 내 자동차에 실을 재간이 도무지 없었다. 하지만 그 주변에는 상인들이 죄다 선인장이라고 알려준 소부대가 있었으니, 무척 다양한 군복을 입은 상당한 수의 장교와 병사들이었다. 내가 완전히 다른 모양의 식물들을 보고 이건 이름이 뭐고 저건 이름이 뭐냐고 물을 때마다 대답은 도리 없이 전부 선인장이었고, 그렇게 해서 지금 내 정원에는 무엇으로 여겨지든 간에 선인장 대여섯 개가 있다. 그중 하나만 빼고 모두 겨울 동안 살아남았는데, 그것들을 묘사하기란 어렵기 그지없다. 레오파르디[1]는 《치발도네Zibaldone》에서 시인은 자연을 모방해 감쪽같이 묘사해야 할 뿐만 아니라, *자연스러운 방식으로* 그것을 해야 한다고 말했다. 그런데 그게 해보면 만만치 않다. 사실 그것들은 여기에 이미 있던 오랜 원주민 선인장들과 전혀 닮지 않았다. 하나는 키가 내 무릎까지 올라오는 해록색의 작은 식물성 기둥 모양인데, 내가 사놓은 선인장 도감에서 그 이름을 찾으려고 애써보았지만 찾지 못했다. 다른 하나는 지면에서 1미터도 못 되어 한 뭉텅이 또는 여러 개의 가지로 갈라진 다음 위로 쭉 뻗어나간다. 하지만 나는 왜 '가

---

1) 자코모 레오파르디(Giacomo Leopardi, 1798~1837), 이탈리아의 시인.

지'라고 말할까? 그것들은 나무줄기의 일부가 옆길로 접어든 모양과 제일 닮았다. 그리고 나무줄기도 어쩌면 걸맞은 단어는 아니다. 옆으로도 뻗어나가는 선인장. 정원사인 셰크도 그것의 이름을 모르지만 그것이 아주 크게 자랄 수 있다고 주장한다. 데킬라 광고에서 그런 모양의 선인장을 본 적이 있다는 생각이 든다. 아니면 술병의 라벨에서 봤는데 내 눈에 알코올 아지랑이가 끼었었는지도 모르겠다. 그다음으로는 1차 세계대전 때의 포탄 모양을 닮은, 볼품없이 마디로 분절된 알뿌리에 수없이 많은 침들이 박혀 있어서 거북이가 근처에 얼씬하지 못하는 선인장도 있다. '마디로 분절되다.' 이게 제대로 된 표현일까? 박물학자 폰 훔볼트Von Humboldt는 어떻게 했던가? 초록색이고, 열네 개쯤 되는 예리한 홈이 패어 유클리드의 원뿔 형태를 상실했고, 땅에 바짝 붙어 힘차고 위협적인 자신의 *존재*를 주장하며, 위쪽에 사방팔방으로 난 침들이 짙은 진홍색을 띰으로써 하늘을 더 선명하게 만들어주는 대상을 어떻게 묘사해야 할까? 하지만 첫 번째 교훈은 아무리 사악하게 뾰족해 보이고 또 크더라도 '침'이라고 해선 안 된다는 것이다. 선인장에는 *가시*가 있다. 물론 훔볼트는 해당 식물의 특성, 암수구분, 생식능력, 유사종을 조사했다. 나에게는 그럴 만한 실험실이 없다. 내가 가진 것이라고는 나의 프리마 비스타prima vista[2)], 그리고 가난한

춤바: 무화과 선인장의 열매(바르바리 무화과).

언어가 전부다. 그도 그럴 것이, 내가 초록색이라고 할 때
그건 무슨 뜻인가? 초록색에는 얼마나 많은 종류가 있는가?
그저 나의 새로운 선인장 여섯 개를 보고 그 색깔들에 이름
만 붙이려고 해도 나는 형용사의 대가가 된다.

　어쨌든 나는 그것들에게 작은 영토를 마련해주었는데,
한쪽은 아주 오래된 돌담인 파레드 세카pared seca[3]로 둘렀

---

2) 이탈리아어로 '한눈에'라는 뜻. 음악 용어로는 처음 보는 악보를 바로 연주하는
　것을 뜻한다.
3) 스페인어로 돌로만 쌓은 담, 강담을 뜻한다.

고 다른 쪽은 갈색 땅에 돌담의 돌과 같은 종류의 돌 몇 개를 놓아서 경계를 만들었다. 거북이들은 구멍이 송송 뚫린 그 경계선을 개의치 않는다. 물론 맨 아래의 잎들에만 올라갈 수 있지만, 거북이들이 잎을 깨물어 생긴 상처는 어떤 식물들의 모양만큼이나 기괴하다. 선인장 주위에는 네덜란드에서 살찐 식물vetplant이라고 부르는 다육식물들을 심었다. 그중 하나인 아이오니움aeonium의 일종은 반짝이는 진한 검은색 잎들이 나 있는데, 중심점을 빙 둘러 어찌나 멋지게 배열되어 있는지 대칭과 조화를 의도한 것이라고 저절로 믿게 될 정도다. 그 잎들의 검은색은 무척 강렬하고 관능적이어서 젊은 여성 시인의 무덤을 장식하기에 이상적이리라. 그런데 내가 내 거북이들을 사랑하기는 하지만, 오늘 아침 이곳에서 이미 오랜 세월 동안 나 없이 겨울을 난 그 노족장이 늙어빠진 이빨로 전심전력으로 그 잎들을 물어뜯음으로써 그것의 수학적 대칭의 조화를 깨뜨리려고 시도하는 모습이 보였다. 신성모독이다.

하지만 여기서 나보다 훨씬 더 오랫동안 권리를 지녀온 거북이에게 어떻게 벌을 줄 수 있겠는가? 내가 아는 한 거북이는 나이테가 없고, 그러니 나는 그 거북이가 몇 살인지 알 길이 없으며, 거북이는 훈계 같은 것을 듣지 않는다. 내가 바라는 것은 거북이의 관점에서 나를 보는 일이다. 그래서 확실하게 요청받으면 물을 공급해주는 엄청나게 높고 움직이는 탑과 같은 사람이 어떻게 보이는지 알고 싶다. 여름에 아주 무더울 때 거북이는 가끔 테라스로 와서 내 발을 누른다. 그러면 나는 돌 위에 물을 뿌리고, 거북이는 물을 느릿느릿 싹싹 핥아먹는다. 지난해에 나는 거북이의 공격으로부터 맨 아래 잎들을 보호하려고 식물들 주변에 돌들을 놓아뒀는데, 거북이는 그 돌들을 조금씩 조금씩, 마치 불도저가 하듯 옆으로 밀쳐놓았다.

나는 선인장뿐만 아니라 거북이에 대해서도 아는 바가 별로 없다. 하지만 그들에게는 몇 가지 공통점이 있다는 생각이 든다. 완강함, 고집, 어쩌면 그 구성 물질까지, 둘 다 단단하고 질기다. 등 껍데기와 가시는 방어 도구이고, 거북이의 발은 어떤 선인장의 껍질과 같은 촉감이며, 내 거북이들은 제가 생각해도 자신이 식물이라는 듯 땅속에 알을 낳는다. 물 없이도 오래 버틸 수 있지만, 그래도 목이 마르면 나를 찾아낼 줄 안다. 어쩌면 그것들은 내가 물이라고 생각하는지도 모른다. 선인장과 물의 비밀은 내가 아직 풀지 못한 숙제다. 너무 많음 또는 너무 적음이라는 불가사의. 나는 10월까지 여기에 있었고, 그 후 12월에 잠시 머물렀다. 이웃집 남자 하비의 말로는 이번 겨울에 비가 많이 왔다고 한다. 하지만 선인장의 고향인 사막에는 비가 전혀 내리지 않는다. 지난 밤 이곳에는 천둥번개가 치고 이어서 폭우가 쏟아졌다. 고무나무와 무화과나무는 그런 날씨가 마음에 드는지 이파리들이 반짝인다. 선인장들은 아무 변화도 보여주지 않는다. 어쨌거나 내가 알아챌 정도는 아니다.

그것들은 마치 의무인 듯이─물론 그렇기도 하고─자신의 형태라는 특색을 보여준다. 조상들이 천년만년 그랬던 것처럼 자신의 DNA에 순종한다. 그것들 이전에 쓰였고 그것들이 조항 하나하나를 지키며 살아온 율법서. 아니면 그것들이 기억 이전의 시대 언제인가 직접 그 율법서를 쓰고 재판과 판결을 수없이 거치며 조정했을까? 이런 질문에 그것들은 매정한 침묵으로 답한다. 나무는 흔들리고 덤불은 구부러지며 바람은 속삭이지만, 선인장은 이런 종류의 대화조차 하지 않는다. 그것들은 수도승이고, 그것들이 자라는 소리는 들리지 않으며, 소리를 낸다 해도 내 귀가 그 소리에 맞게 만들어지지 않았다. 형태 자체가 그것들의 목적이며, 아리스토텔레스는 이미 그 점을 알고 있었다. 내가 자기들을 볼 수 있다는 사실에 그것들은 아무런 신경도 쓰지 않으리라.

2

내가 도착한 날, 몇 시간 뒤에 셰크가 죽음에 관한 책 한 권을 들고 나타났다.

우편배달부가 밖에 놓고 간 바람에 그 책은 비의 먹잇감이 되어 있었는데, 그나마 그가 책을 살려냈다.

우리는 셰크가 그동안 진행한 일들에 관해 얘기를 나눴다. 그는 음각 조각가로, 나무의 형태를 변화시켜 정원에 해가 더 많이 들어오게 하는 일을 한다. 반평생 전에 나는 종려나무들을 심었는데, 키가 내 무릎까지 올라왔었다. 여러 해 동안 나는 종려나무의 죽은 가지를 할 수 있는 데까지 직접 잘라냈다. 이제 나무―두 그루―는 키가 너무 크고, 나는 너무 늙었다.

종려나무 가지는 종려주일을 연상하게 한다. 부활절 바로 전 일요일. 그리스도가 예루살렘에 입성할 때 사람들은 길가에 늘어서서 종려나무 가지를 흔들었다. 종려주일에는 종려나무 가지로 축성의식을 올리고 작은 종려나무 가지 하나를 받아 집으로 가져갈 수 있었는데, 진짜 종려나무 가지로 보이지 않는 조그만 가지였다. 가지가 나무에 붙어 있던 자리, 그러니까 가지를 베어낸 부분에는 비수가 잔뜩 꽂혀 있어서 만지면 심하게 다칠 수도 있었다. 겨울에는 셰크가 정원을 살핀다. 그는 완고한 섬사람들의 특성을 고루 지닌 사내로, 내가 40년도 더 전 이곳에 나타났을 때 길모퉁이에서 나를 기다리고 있었다. 그 후로 주민들 중 일부는 죽어 사라졌고, 기후는 녹록하지 않으며, 바람이 때로 북쪽에서 미친 듯이 불어오고 바다 소금을 실어오며 거만한 지배자 노릇을 하는 이 섬에서 정원사 없이 정원을 유지하기는 곤란하다. 셰크는 젊고 튼튼하다. 자기 딸아이와 함께 나를 보러 왔는데, 그가 가져다준 책 때문인지 그날 나는 그를 죽음과 연관 지어 생각했다. 엘리아스 카네티의 책인데, 그는 죽기를 원하던 사람이 아니기에, 그것만으로는 정원사와 죽음을 연관 짓기에 충분치 않다. 뭔가 다른 이유가 있었다. 나는 셰크에게 항상 아이오니움 사이를 야심차게 밀고 들어가려고 애쓰는 백합들을 왜 없애지 않느냐고 물었다. 그렇게 하기로 동의했는데 말이다. 그 백합들—진짜 이름을 몰라서 이렇게 부른다—은 내가 없을 때 꽃을 피우는 모양인데, 그것만으로도 이미 그것들을 좋아할 수가 없다. 하지만 그 반감을 어떻게 표현해야 할까? 우선 아이오니움 자체부터 언급해야 한다. 테라스 맞은편에 소부대로 무리 지어 집 쪽으로 몸을 틀고 있는 다육식물들, 하루를 시작하며 내가 처음으로 보게 되는 것들. 단순한 종족이다. 선명한 초록색 잎들이 아름다운 수학적 질서에 따라 원형으로 배열되어 있으며, 살집이 야무지다. 그들은 뭇 세월 동안 그저 그곳에 계속 존재함으로써—대개는 고독 속에서—존재 권리를 얻었다. 반면에 백합은 침입자들이다. 기를 쓰고 위로 올라가려는 가늘고 긴 이파리들이 악착같고 굳센 알뿌리에 붙어 있어서 아이오니움의 절반을 덩달아 뜯지 않고는 거의 뽑아내지 못할 정도다. 그 일을 하면서 나는 등골이 빠지는 줄 알았다. 셰크는 땅이 좀 더 부드러워지고 내가 세상의 다른 쪽에서 쏘다닐 계절이 되면 그것을 뽑아내겠다고 약속했었다.

내 질문에 대한 대답으로 셰크는 자기 발을 들어올렸다. 발바닥에 커다란 검은 반점이 있었는데 파멸의 형태, 불길한 징조로 보였다. 그 징조는 사실이 되었고, 그는 피부암으로 수술을 받았다고 했다. 검은 반점, 백합, 그리고 카네티의 그 암담한 제목[4]의 책. 그리하여 죽음에 대한 상념이 선인장과 거북이 사이로 슬그머니 스며들었다. 언젠가 취리히에서 가본 적 있는 카네티의 무덤이 떠올랐다. 조이스의 무덤에서 멀지 않은 곳이었다. 거기에 두 번 갔는데, 처음 갔을 때는 베네치아에 있는 조지프 브로드스키의 무덤처럼 가톨릭 십자가가 아직 서 있었고, 두 번째 갔을 때는 십자가

---

4) 《죽음에 맞서는 책Das Buch gegen den Tod》.

가 없는 무덤으로 바뀌어 있었으나 그렇다고 유대인의 무덤이 된 것은 아니었다. 두 곳 다에 파리에 있는 파울 첼란과 요제프 로트의 무덤에서도 보았던 잔돌들이 놓여 있기는 했다. 하지만 취리히의 묘지에서 서로 매우 가까이 있던 두 무덤에서 가장 도드라진 점은 그 성격의 차이였다. 조이스는 다리를 슬쩍 꼬고 태평하게 거기 앉아 있다. 담배 한 대를 막 피웠을 듯한 일요일 아침의 신사 같다. 모름지기 죽은 사람은 앉아 있지 않고, 담배도 당연히 피우지 않는다. 앉아 있는 사람은 일어날 수 있지만, 죽은 사람이 다시 일어나는 일은 아직 발생하지 않았다. 그런 일은—설령 발생한다 해도—세상의 종말이 올 때에야 가능하다. 카네티의 무덤의 경우 장식이라고는 조금 뿌루퉁하고 화가 난 그의 서명뿐이었다. 너무나 어리석은 적수에게 분노를 담아 쓴 편지의 서명이라고 하는 것이 가장 가까울 듯했다. 그의 책을 펼치면 이런 문장이 나온다. "부활한 사람들은 갑자기 모든 언어로 신을 비난한다. 진정한 최후의 심판이다." 이 문장에도 울분이 담겨 있다. 신이 인간을 상대로 궁리해낸 음모로서의 삶, 사형선고가 함께 담긴 선물 꾸러미. 책 앞부분에서 그는 자신이 죽으면 묻히게 될 장소를 방문하는데, 자신이 직접 골라놓은 곳이다. 그런데 이것은 분노와는 거의 정반대인 갈망으로 보인다. 그는 자신이 조이스와 아주 가까운 곳에 묻히면 조이스가 어떻게 생각할지 자문한다. 하지만 카네티는 자신을 팽개치지 않는 사람이기에 조이스 근처에 묻히면 자신은 기분이 좋을 것인지도 자문하며, 결국 자신이 다루는 대상인 존재에 대해 말한다. "스스로에게 진정으로 솔직하자면, 나는 조이스가 옹호하는 모든 것을 파괴하고 싶다고 말해야 한다. 나는 문학에서 말보다 우위에 있는 다다이즘의 허영심에 반대한다. 나는 온전한 말을 숭배한다." 책의 민족People of the Book의 일원이 여기서 말하고 있으며, 계속 읽어보면 이 점은 명백해진다. "나는 언어에서 가장 진정한 부분은 이름이라고 생각한다. 나는 이름을 공격해 무너뜨릴 수 있지만 잘라내버릴 수는 없다. 이는 내가 가장 싫어하는 사람, 죽음의 창시자이자 수호자인 하느님의 이름에도 해당된다." 조이스와 다다이즘, 나는 아직 거기에 다다르지 않았지만, 존재하지 않는 누군가를 미워하는 것 또한 다다이즘의 한 형태가 될 수 있으리라.

우연이 이끄는 대로 나는 필립 로스의 좀 오래된 책《새버스의 극장》을 동시에 읽는다(하지만 독자들에게는 우연이 아니다). 주인공 미키 새버스는 카네티와 마찬가지로 자신이 묻히고 싶은 자리를 찾아간다. 자신의 무덤 자리를 찾아가보는 두 명의 유대인. 그리고 새버스의 경우에도 죽음에 대한 집착이 나타난다. 책은 에로스와 타나토스가 뒤섞인 광기의 도가니로, 그가 더없이 에로틱한 관계를 맺은 정부情婦의 무덤에서 자위를 거듭하는 내용에 이른다. 로스는 이를 미주알 고주알 매우 노골적으로 묘사하는데, 이따금 이 부분은 독자에게 끝없이 긴 산길을 더는 걸을 수 없을 때까지 또다시 걸어올라가는 것처럼 대리 피로를 불러일으킨다. 나 같은 독자에게 그것은 블라디미르 나보코프Vladimir Nabokov의 에로티시즘과는 정반대다. 나보코프 역시 극단적일 수는 있으나 암시를 통해서이지 저지할 수 없을 만큼 흘러넘치는 난폭한 일탈과 사실적인 세부사항들을 나열하면서 하지는 않는다.

따라서 새버스는 험버트 험버트가 아니지만, 그 모든 기괴한 집착 속에 여전히 잊지 못할 인물로 남아 있다. 그는 방치된 시골 묘지에서 길을 잃고 헤매는가 하면, 자신의 장례를 치를 장소와 특히 그 비용까지 관리인과 흥정하고 그 자리에서 돈을 치르는 인물이다. 카네티가 여기서 뭔가 알아보았을지는 모르겠다. 비록 그는 새버스가 자신의 묘석에 적어넣고 싶어서 장례비와 랍비에게 줄 돈과 함께 밀봉해 묘지 관리인에게 건네준 그 파렴치한 글귀에 분명 역겨워했을 테지만 말이다. 물론 다른 점은 새버스는 실존인물이 아니라는 것이다. 모름지기 존재하지 않는 인물에게 말이 더 많이 필요한 법이다. 카네티는 묘석에 자신의 서명을 새겨

만족할 수 있었고, 그의 첫 번째 아내와 두 번째 아내 베자와 헤라의 이름도 넣었다.

3

어떤 일은 언제 사건이 되는가? 기차 사고, 뜻밖의 손님, 번개. 이들 중 마지막 것은 이 섬에서 여름이면 빈번히 발생한다. 하늘에 빼곡하게 전기로 메네 데겔mene tekel[5]이 쓰이고, 그다음에 치명타가 내리친다. 그러면 다음 날 지역 신문에 그 소식이 실리고 하나의 사건이 된다. 그런데 세상은 전혀 사건으로 보지 않지만 자신에게는 사건인 어떤 일이 발생한다면 그것을 뭐라고 불러야 하는가? 이른 아침, 갈대를 엮어 만든 발 에스테라스esteras가 아직 드리워지기 전이다. 테라스에 앉아 있는데 난데없이 후투티 한 마리가 흉내 내지 못할 장관으로 내 옆에 내려앉는다. 새는 나를 보지 못했다. 그랬다면 벌써 날아가버렸겠지. 우푸파 에폽스Upupa epops[6]는 겁

---

5) '세었다, 달아보았다'라는 뜻. 구약성경 다니엘서 5장 25절에 나오는, 바빌론의 마지막 왕 벨사살이 궁중 연회를 즐기던 중 사람의 손가락이 나타나 벽에 아람어로 기록한 내용인 '메네 메네 데겔 우바르신mene mene tekel uparsin'(세었다, 세었다, 달아보았다, 나누었다)의 일부이다.

6) 후투티의 학명.

이 무척 많은 새다. 하지만 여기에 앉아 있다, 메마른 갈색 땅 위 내 옆에, 자랄 생각이 없는 갓 심은 히비스커스 옆에. 꽃을 닮은 새가 있다면 바로 이 새다. 스페인어로 아부비야abubilla, 이 섬에서는 푸푸트puput라고 부른다. 이 새는 제가 아름답다는 걸 알까? 높다란 볏에 깃이 곧추서 있는데, 깃은 계피색으로 시작하지만 위로 가면서 검은색과 흰색으로 끝난다. 구부러진 긴 부리는 회갈색이며, 발은 청회색, 꽁지에는 가는 흰색 줄과 두꺼운 검은색 띠가 있다. 나는 줄곧 죽은 듯이 가만히 앉아 있지만, 잠시 후 손을 살짝 움직이자 그 새는 날아가버린다. 새가—분명 수컷이다—오르락내리락 이상한 몸짓으로 낮게 날며 이웃집 밭 위로 사라지는 모습이 보인다.

나는 후투티 둥지를 본 적이 없지만, 굉장히 엉망진창인 모양이다. 아름다운 사람들에게도 이따금 벌어지는 일이다. 그 일이 일어난 뒤 그날 하루가 달라진다면 그것은 사건일까?

4

"우리는 우리의 정원을 가꿔야 합니다Il faut cultiver notre jardin." 볼테르는 《캉디드》의 끝 부분에서 이렇게 말한다. 그런데 이제는 상황이 다르거나 그 반대라면? 내가 식물은 아니지만, 혹시 정원이 *나*를 가꾸어준다면? 예상치 못한 형태의 조심성을 내게 전해준다면? 나는 예전에는 사피니아의 붉은색에 관해 깊이 생각해본 적이 없다. 어쩌면 붉은색 그 자체나 어떤 종류의 붉은색을 검은색으로 부르고 싶어하는 일이 어떻게 가능한지에 관해서도. 낮 시간, 구름의 유무가 하늘에 고유한 회화의 형태를 가져다준다. 그리고 극장의 형태도. 구름이 없는 오후의 가장 더운 때, 사피니아는 피처럼 붉어져 치정살인 후의 사악한 붉은색, 투우장에서 황소가 끌려나갈 때 모래 위에 흩뿌려진 검붉은색이 된다. 바람이 바뀌어 트라몬타나tramontana[7]가 불고, 뇌우가 으름장을 놓고, 하늘은 잿빛이 된다. 사피니아는 난데없이 배우가 되고, 재능 있는 흉내의 달인이 되고, 납빛 검은색이 붉은색에 스며든다. 재앙이 다가오고 있다고 나에게 경고를 보낸다.

5

문학 정치(헤게모니, 영향력, 3인조, 유산과 같은 것들이 존재한다)

7) 지중해의 북쪽 또는 동북쪽에서 불어오는 찬 바람.

와 죽음. 엘리아스 카네티("선지자 엘리야[8]는 죽음의 천사를 무찔렀다. 내 이름이 점점 더 불쾌하게 느껴질 것 같다.") 대對 토마스 베른하르트Thomas Bernhard. 카네티는 스스로 그렇게 주장하지만 그를 사뮈엘 베케트에게 넘겨주어야 할까 봐 겁이 난다. "나는 그를 제자로 삼았는데, 물론 이를테면 아이리스 머독Iris Murdoch[9]보다 훨씬 심오한 의미에서다. 그녀는 모든 것을 기분 좋고 가볍게 만들며 실제로 영민하고 유쾌한 오락 작가가 되었다. 단지 그녀는 성별이 다르기 때문에 진짜로 나의 제자가 될 수 없었을 뿐이다. 반면에 베른하르트는 나처럼 죽음에 사로잡혀 있다.[10] 그런데 최근 몇 년 동안 그는 내 영향을 능가하는 어떤 영향, 즉 베케트의 영향을 받았다. 건강을 지나치게 염려하는 베른하르트의 성격이 그로 하여금 베케트를 잘 받아들이게 만든다. 그는 베케트와 마찬가지로 죽음에 저항하지 않고 굴복한다. 맞서지 않는다. 그는 이해가 빠르고 취약하다. 베케트와 마찬가지로 죽음에 길을 비켜주며 저항하지 않는다. (…) 그래서 나는 현재 베른하르트가 베케트의 영향으로 인해 다소 과대평가되고 있다고 생각한다. 하지만 위에서부터의 과대평가다. 독일인들은 그에

---

8) 카네티의 이름 엘리아스Elias는 구약성경에 나오는 예언자 엘리야Elijah에서 왔다.
9) 카네티와 아이리스 머독은 1953년부터 3년 동안 연인 사이였다.
10) 베른하르트는 무성애자로 알려져 있다.

게서 자신만의 베케트를 발견한다."[11]

베른하르트는 카네티의 제자라는 지위를 박탈당하고 다른 대가를 섬겼으며, 죽음의 포도주에 물을 부었다. 처벌. 1970년의 일이었다. 베른하르트는 〈디 차이트Die Zeit〉를 통해 격렬하게 반응한다. 카네티는 6년(!) 뒤 베른하르트에게 보내지 않은 편지를 쓴다. "당신은 쓸데없이 변죽만 울리고 있습니다." 보내지 않은 마지막 문장: "당신에게 진실을 말해주는 사람이 없나 본데, 이제 진실은 아무 상관 없어졌습니까?" 카네티에게 죽음이란 살아 있는 상대처럼 싸워야 하는 최악의 적이었다. 그는 그 적과 어울려 지내는 사람을 증오했고, 그의 증오는 추상적이지 않았다. 쓸데없이 변죽만 울리기, 나도 그걸 할 수 있었으면. 내가 왜 이럴까? 무엇이 나를 그러지 못하게 하는 걸까?

6

50여 넌 전에 나는 《기사는 죽었다De ridder is gestorven》라는 소설을 썼다. 밤에 우는 새소리를 들으니 그 책이 떠오른다.

---

11) 카네티가 1970년에 《죽음에 맞서는 책》에서 한 토마스 베른하르트에 대한 비판.

소설의 배경은 지중해의 한 섬인데, 이 섬은 아니고 아프리카 쪽에 더 가까이 있는 섬이다. 여기서도 그 새소리가 들린다. 당시 나는 계속 반복되는 그 소리를 '흘룩, 침묵, 그리고 다시 흘룩'으로 묘사했다. 그 부분을 다시 찾아보지는 않았지만 그 소리의 매력이 새삼 와 닿는다. 새소리가 메트로놈에 맞춘 듯이 반복될 때면, 그 간격이 내내 일정해서 따라 세어볼 수도 있기 때문이다. 조류 안내서에는 소쩍새의 소리가 츄라고 나와 있다. 무성음으로 끝나지 않는 점은 맞지만, 사실 푸를 부드럽게 발음하는 것이 가장 비슷하리라. 아주 신비로운 소리이다. 그리고 잘 들어보면 대답이 들리는데, 똑같은 소리지만 더 여리게 들린다. 밤에 속하는 소리, 사냥할 때 나는 소리, 딱정벌레·풍뎅이·거미의 죽음을 선포하는 외침이다. 그는 부르고 그녀는 응답하며, 나는 지중해의 밤의 어둠에 파묻힌 채 눈에 보이지 않는 친밀함에 합류한다.

7

우리 집 안과 바깥 세계 사이에는 야생 올리브 나무로 만든 메노르카식 대문이 있다. 우선 나무를 말린 다음 물에 담가 특정한 모양으로 만든다. 그런 다음 도색하지 않은 긴 나뭇가지 예닐곱 개를 살짝 구부려 성기게 얽고, 이 가지들을 나뭇가지 하나로 대각선으로 가로질러 하나로 꿴다. 이 바레라(barrera, 울짱)를 만드는 남자들을 아라데르스arraders라고 부르는데, 예전에 이들은 농장에서 농장으로 옮겨다녔고, 농장들에는 항상 뭔가 수리할 것이 있었다. 이제 그들은 담장 쌓는 사람들처럼 마지막으로 남은 사람들이다. 이들이 만든 바레라는 안이 보이지 않고 색을 칠한 높은 대문에 갈수록 밀리고 있기는 해도, 시골에서는 아직 그들이 만든 바레라 대문을 볼 수 있다. 색을 칠한 높은 대문 안에는 섬 출신이 아닌 사람들이 살기 마련이다. 그 안쪽 삶의 높이와 비가시성은 소유를 의미할 뿐만 아니라, 그것의 상실에 대한 불안을 의미하기도 한다. 우리 집 대문은 바레라인데, 자물쇠가 없고 그래서 열쇠도 없다. 길쭉한 금속 걸쇠를 고리에 걸어 문을 닫는데, 보통은 그냥 열어 둔다. 문을 열 때는 맨 위의 굽은 나뭇가지를 꽉 잡고 연다. 그런데 이번 주에 내가 그렇게 문을 열려고 하는데, 어린아이의 주먹만 한 크기의 나방이 그 위에 앉아 있었다. 의심의 여지없이 빈 학파Wiener Schule 디자인 같은 대담한 아름다움을 지닌 동물. 효과적이고 담백하며 수도사 같고 현대적인 방식으로 엄격한 문양. 색깔은 메마른 나무색, 곧 감쪽같은 보호색이었다. 그 나방은 공연히 거기 앉아 있는 것은 아니었으며, 암 컷이든 수컷이든 혼자 있는 시간이 길지 않았다. 다음 순간 보니 그들은 두 마리, 한 쌍의 친구였다. 그들이 우리 집 대문을 골라주어서 나는 행복했다. 내가 그들을 보호할 필요는 없었다. 그들은 이곳에 사는 도마뱀붙이들에게는 너무나 큰 존재였다. 쥐들은 대문 위에 올라가지 않고, 매·부엉이·말똥가리 역시 그렇게 가까이 다가오지 않는다. 그들의 천적은 바로 나였지만, 그때 우리는 그걸 알지 못했다. 불시의 그 첫 만남 이후로 그들은 거의 날마다 내 눈앞에 나타났다. 보통은 내가 대문으로 나가려고 할 때 날아올랐지만, 겉으로 보기에는 어찌나 유순한지 시모녀가 마음놓고 사진을 찍을 수 있었다. 나는 그 사진을 손에 들고 나비백과를 뒤져보았다. 나방은 나비로 분류되기 때문이었다. 내가 여기서 갖고 있는 스페인 책에서는 그랬다. 하지만 나비백과에서 그들을 찾을 수는 없었다. 그 나방들 중엔 구찌, 아르마니 같은 정말 희한한 디자인의 매우 아름다운 모델들이 있었다. 나는 어떤 사람들이 빅뱅과 그 뒤에 이어진 우주의 자동적 전개보다 신을 믿는 것을 이해한다. 일단 나는 디자이너들과 예술가들의 세계에 살고 있고, 무릇 작품 어딘가에는 서명이 있기 마련이다. 우리는 신의 서명을 본 적이 없다, 그 작품이 나방이 아니라면 말이다. 나방이냐 나비냐, 그것이 문제로다. 나방에게는 끝이 뭉툭하지 않은 더듬이가 있다고 나는 알고 있었고, 우리 사진에 찍힌 그 우아한 모습은 분명히 나방이었다. 하지만 무슨 나방? 이름이 있지 않을까? 왜 책에 나와 있지 않을까? 오늘은 대단원이 왔고, 그로 인해 모욕도 느꼈다. 우리는 묵은 신문지 더미 밑에서 뜻밖에도 섬 위원회의 급신을 발견했다. 지난해의 흔적이었다. '경보 ALERTA! 종려나무에 치명적!' 셰크가 특별히 종려나무를 위협하는 동물 때문에 종려나무에 어떤 물질을 주사했다고 우리에게 말했던 것이 기억났다. 몇 해 전에 소나무에 뭔가를 걸어서 행렬모충 감염병을 퇴치했던 것처럼 말이다. 이번에 퇴치해야 하는 대상은 오루가 바레나도라 데 라스 팔메라스 Oruga barrenadora de las palmeras[12]였다. 나는 왜 나비백과에서 그것을 찾지 못했는지도 이해했다. 내가 가진 책은 1985년에 나온 것이었고, 그 나방은 그 후에 온 이민자였다. 우리 종려나무를 목표로 삼은, 우루과이와 아르헨티나에서 온 탐욕스러운 침입자.

이제야 나는 그것을 잘 볼 수 있었다. 우리가 가진 사진에서는 그것이 융단 위로 양쪽 외투 자락을 세심하게 여미

---

12) 종려나무 천공충palm borer caterpillar 또는 파이산디시아 아르콘Paysandisia archon.

고 있는데, 전단지의 사진에서는 날개를 활짝 펴고 있어서 안쪽의 융단을 볼 수 있었다. 나는 사진을 다시 한번 유심히 들여다보았다. 나비의 여러 부위를 학술적으로 뭐라고 부르는지는 모르지만 대가리가 대가리인 것은 분명하다. 하지만 내가 속겹이라고 부르는 것의 이름은 어쩌면 뒷날개인지도 모르겠다. 시모너[13]는 그것을 위에서 내려다보고 사진을 찍었다. 두 개의 촉각기관, 그러니까 더듬이라고 부르는 것, 등딱지, 그리고 두 개의 옆다리. 등껍질 때문에 그것은 갑자기 거리의 싸움꾼 같은 특성을 띠었다. 왼쪽 오른쪽으로 터럭과 조금 비슷한 것이 있는 채로 가볍게 끝이 났다. 그 사진에서는 아래쪽으로 펼쳐져 있는 날개가 갈색과 연갈색으로 톤이 다양했는데, 가운데로 갈수록 색이 옅어졌으며, 그 안에는 흰색 띠가 가로지르는 두 개의 작은 봉이 비스듬히 장식되어 있었다. 몸통은 절반쯤 보였다. 검은 고리 혹은 띠도 있었는데, 많은 곤충들에서 공상과학영화에 나오는 험악하게 무장한 적을 떠올리게 하는 볼썽사나운 재질이었다. 확대하면 악몽의 무기고를 만들 수 있는 미美의 형태다. 게다가 그것은 이제 갑자기 적이 되었다. 하지만 나비를 어떻게 죽이겠는가? 종려나무들을 심은 지 30년도 넘었다. 가까

---

13) 시모너 사선(Simone Sassen, 1952~), 네덜란드의 사진작가. 노터봄의 부인. 노터봄의 여행서에 실리는 사진들은 주로 그녀의 작품이다.

오루가 바레나도라 데 라스 팔메라스, 종려나무 천공충.

운 가족이다. 그런데 오늘 나방의 아름다움은 운명적이 되었다. 우리는 그것이 아름답다고 생각했고 우리에게 속한 뜻밖의 선물처럼 그동안 익숙해졌다. 새로 생긴 친한 친구. 우리는 그를 한 번도 쫓아내지 않았다. 그리고 그 애정은 쌍방향이었다. 그리하여 그는 그녀와—또는 그와?—항상 대문 위에 앉아 있었다. 지금은 아니지만.

우리는 나방을 잡았고, 익사시켰다. 나방이 날개를 좀 퍼덕거렸지만, 나는 배신의 두 가지 형태 중 약한 쪽을 택할 수밖에 없었다. 섬 위원회(경제·환경·사냥부)에서 발간한 안내 자료에서 미국 담뱃갑에 있는 것과 똑같은 종류의 사진들을 보았다. 파먹혀 구멍이 난 폐와 상을 당했을 때 내거는 종려나무 가지가 있었다. 그것은 학명으로는 파이산디시아 아르콘Paysandisia archon이다(부르마이스터Burmeister, 1880). 내 그리스어 사전에 따르면, 아르코스archos는 지도자·통솔자·권력자를 뜻한다. 그렇다면 아르콘archon은 그 대격, 곧 직접목적어일 것이다. 오늘은 과연 그랬다. 유일한 위안이라면 나비는 대개 오래 살지 않는다는 점이다. 대부분의 종은 며칠, 더러는 몇 주 동안 산다. 하지만 그걸로 끝이 아니다. 시간과 지속의 신비에 관해서는 내가 할 말이 별로 없음을 알게 되었다.

그것의 이름을 알았으니 나는 인터넷에 접속했고, 인터넷 서핑은 늘 샛길과 에움길로 이어지기 마련이다. 요즘 자주 일어나는 일처럼 그것은 암컷이었다. 카스트니아Castniidae과 나방의 암컷은 대부분 수컷보다 크며 나비로 착각하기 쉽다. 날개폭은 110밀리미터에 이른다. 애벌레는 흰색이며 구더기를 닮았고, 종려나무의 뿌리와 줄기를 먹는다. 죽음은 내 정원에 날개 달린 장신구의 형태로 날아들어왔다. 그리고 나는 뭇 샛길 중 하나에서 또 다른 경이로운 것 하나를 발견했다. 산네발나비의 알인데, 그 나비 또한 내 스페인 나비백과에 실린 2000종 중에는 나와 있지 않다. 나는 길 잃은 탐험가이며 낯선 것만 발견할 따름이다. 사진을 얼마나 자주 확대했는지 모르겠다. "왼쪽 알은 부화했고, 오른쪽 알은 아직이다"라고 나비백과에 적혀 있었다. 하지만 어째서 오른쪽 알은 내가 작년에 심은 선인장의 가지를 닮았는가? 소네트처럼 규칙적인 형태지만 성난 가시가 빼곡한, 공 모양의 커다란 녹색 알 하나.

앞에서 독자들에게 우연이 아니라고 이미 말한 바 있다. 오늘 나는 쥐트티롤 출신의 시인인 내 친구 오스발트 에거가 보내온 책을 한 권 받았다. 책 제목은 '당신의 렌즈Euer Lenz'인데, 나비알이나 선인장과는 전혀 상관없지만, 그래도 나는 어떤 연결점이 있다고 생각한다. 그걸 증명하려면 앞으로 1년은 이 책을 읽어야 할 테지만 말이다. 우선은 몇 달 전에 에거가 이 책을 낭독하는 것을 들었을뿐더러 먼저 삽화를 보고 그 설명을 읽었기 때문인 듯싶다. 밀랍에 새긴 부조처럼 보이는, 무언가를 찍은 사진 밑에 이렇게 적혀 있다. "Wie die Rinde der berindeten, dünnästigen Birken birst, bin ich – Bostrichus Typographus.[14]" 이게 사실인지 나는 모른다. 나는 이 구절을 "가는 자작나무 가지의 단단한 껍질이 터지듯, 그게 나다—나무껍질 딱정벌레"로 번역한다. 그리고 그림을 다시 잘 보면, 자화상을 의미하는 심리문자psychogram가 보인다. 두 번째 그림은 찰스 다윈의 어두운 스

---

14) 딱정벌레목 개나무좀과의 나무좀(나무껍질 딱정벌레).

케치인데, 학자의 초상이라기보다는 곧추선 구조의, 두더지가 만든 흙둔덕 같은 그의 손의 에칭 또는 동판화에 가깝다. "Die Bildung der Ackererde durch die Tätigkeit der Würmer. 슈투트가르트 1882." 그리고 세 번째 일러스트는 땅바닥에 누워 다리를 Y자 모양으로 만들어 위로 올리고 있는 소년을 보여주는데, 그 밑에는 아이헨도르프Eichendorff의 글이 적혀 있다. "Ich will eben als ein Verzweifelter weit in die Welt hinaus, will mich, wie Don Quijote, im Gebirge auf den Kopf stellen und einmal recht verrückt sein(나는 사력을 다해 세상 멀리 가고 싶다. 돈 키호테처럼 산에서 물구나무를 서고 한 번쯤은 정말 미쳐보고 싶다)."[15] 이것은 이미 내가 평생 바라는 바이며 거기에 나는 풍차를 거인이라고 생각하는 사람은 나비알을 선인장으로 볼 수도 있다, 라고 덧붙인다. 순례자는 영원한 에움길 위에서 자신의 광기를 다스리기 위한 약을 얻는다.

그날 저녁 뒤셀도르프에서 에거의 시를 들었을 때, 나는 그것들을 이해했던가?

그렇게 생각하지 않는다. 왜냐하면 지금 여기서, 주변에 청중 없이, 시인 없이, 고요함 속에서 그 시들을 읽어도 많

---

15) 폰 아이헨도르프의 소설 《예감과 현재Ahnung und Gegenwart》에 나오는 구절.

은 것이 모호한 채로 남는 까닭이다. 하지만 그때나 지금이
나 그건 별로 중요하지 않다. 어떤 시들에는 드루이드교의
성가 같은 면이 있어서 듣는 것만으로도 괜찮다. 그 목소리
가 자신을 완전히 확신하고 자신만의 우주에 몰입한 사람의
것임을 알기에 목소리와 리듬에 몸이 함께 근들거린다. 우
리는 그 멜로디에 의지하며, 어느 공원의 벤치에서 쉬어가
기 위해 이성은 제쳐둔다. 이 언어는 우선 귀에 들리기를 바
란다. 네덜란드의 시인 뤼세버르트Lucebert가 시를 낭독했을
때도 이해하기 훨씬 전에 먼저 그 시를 들었다. 마법. 마술
의 한 형태.

8

거칠고 돌이 많은, 섬의 북쪽을 걷는다. 이곳에는 역사가
천 년 전으로 거슬러 올라간다고 하는 좁은 길이 있는데, 이
길이 해안을 따라 섬의 윤곽을 쭉 잇는다. 카미 데 카바스
Camí de Cavalls[16], '말의 길'이라고 불리는 길이다. 저녁 무렵
이었다. 그 지점은 해안이 위로 솟아올라 있고, 높은 절벽이

---

16) 메노르카 섬의 둘레를 잇는 186킬로미터에 달하는 옛길.

가파르게 아래로 떨어지며, 가장자리에 가까이 다가가면 저 아래에서 바다가 바위를 어떻게 대받는지 들린다. 나는 돌무더기 쪽으로 향했는데, 가까이 가서 보니 하나의 구조물이었다. 돌들은 투박하게 쌓여 있었으나, 전체는 의도된 형태, 즉 어설픈 기념물이었다. 그 둘레를 걷다가 뒤쪽에서 바다를 향해 서 있는 사각형 표지판을 보았는데, 좀처럼 읽기 어려운 글자가 적혀 있었다. 옛날에 저 아래 깊은 곳에 침몰한 배에 관한 것이었다. 그 표지판이 왜 바다와 북풍을 향해 서 있는지 모를 일이다. 그 구조물의 뒤쪽으로는 아무도 지나가지 않는다. 만약 내가 가던 길로 계속 걸어갔다면 그 글자를 결코 보지 못했으리라. 어떤 장군, 내게는 아무런 의미도 와 닿지 않는 반쯤 지워진 이름. 이 모든 것에는 영웅적인 면이 있다. 이곳을 지배하는 바람은 트라몬타나. 누군가는 이름을 보존하고 싶었고 바람의 재앙은 그것을 지워버리고 싶었다. 예전에 이곳에서 많은 배가 난파했다. 내 주위에는 잎사귀들이 녹슨 쇠 빛깔이고 키가 거의 내 허리까지 오는 엉겅퀴들이 있었다. 저 멀리에는 말 한 무리, 망아지 한 마리와 말 다섯 마리가 있었다. 말들이 고개를 치켜들었고, 이미 내 소리를 들었다. 여기에 사람이라고는 나밖에 없다. 말들은 가만히 서 있고 나도 마찬가지다. 우리는 서로를 바라본다. 나는 그들에게 사건이고, 그들도 나에게 사건이다.

우리는 함께 아래에서 들려오는 파도 부서지는 소리를 듣는다. 아마도 어딘가에는 사방에 깔린 돌들과 함께 염소나 양도 있을 것이다. 이곳 사람들은 날씨가 궂어지고 폭풍이 몰아칠 때 동물들이 피신할 수 있게끔 나지막한 구멍을 낸 이상한 형태의 원형 구조물을 지었다. 그것들은 마치 사라진 문명의 흔적처럼 보인다. 어디선가 갈매기 소리가 들린다. 갈매기는 종류가 많은데, 이곳의 갈매기들은 암스테르담의 우리 집 근처 운하에 있는 갈매기들과는 다른 언어를 쓴다. 어떤 때는 아이 울음소리나 음탕하게 낄낄대는 소리처럼 들리다가, 또 어떤 때는 누구를 조롱하는 듯한 이상한 너털웃음 소리, 노인이 껄껄대는 듯한 기괴한 소리 또는 《맥베스》에 나오는 마녀의 분노에 찬 저주 소리처럼 들린다. 나는 가만히 서서 듣고 있다. 그런데 느닷없이, 돌아가신지 이미 70년이 된 아버지가 떠오른다. 그 기억은 하도 어이없어서 진짜로 일어난 일인지 좀체 믿을 수 없지만, 눈을 감으면 보인다. 부모님은 이혼하셨고, 나는 헤이그에서 아버지와 아버지의 새 아내와 함께 살고 있었다. 때는 네덜란드에서 '굶주림의 겨울'이라고 부르는 겨울로, 내가 시골의 어머니에게 보내지기 얼마 전이었다. 아버지는 바로 그 겨울, 1945년 3월 초에 베자위던하우트 폭격으로 돌아가셨다. 나는 얻어 타고 간 트럭 안에서 빵과 버터를 받았는데, 곧바로 심하게 않았다. 지금 난데없이 나에게 떠오른 이미지는 갈매기들이 불러낸 것이다. 프루스트의 무의지적 기억mémoire involontaire. 나보코프의 강제적 명령법[17]이 아니다. 나는 '기억'에 아무 것도 묻지 않았다. 아버지는 함석지붕 판에 무릎을 꿇고 앉아 계셨다. 그는 좁다란 함석판 네 개로 액자 틀을 만들었지만, 그 액자에 넣은 것은 그림이 아니라 낡고 얇은 천이었다. 아버지는 갈매기 사냥도 하셨다. 갈매기를 먹을 수 있나요? 이 질문을 이제는 누구에게도 할 수 없다. 아버지에게도, 아버지의 죽음과 전쟁 직후 호주로 이민을 간 이후 한 번도 만나지 못한 훨씬 어린 그 아내에게도. 그녀도 죽었다. 튤립 구근球根[18]에 대해서는 모르는 사람이 없지만 갈매기에 대해서는? 갈매기는 지붕에 내려앉을 것이고, 그러면 아버지는 자신이 만든 장치를 내려뜨릴 계획이었다. 하지만 내 기억은 여기서 멈춘다. 나는 그 천 아래의 필사적인 퍼덕거림과 아버지가 그것을 내려치는 모습을 상상해내지만, 아마도 그때쯤이면 나는 이미 도망치고 없었을 것이다. 그런데 갈매기를 어떻게 죽이는가? 보르헤스가 고안한 이단적인 신神 존재 증명이 있다.[19] 새떼의 비행, 누군가 그 새들을

---

17) 나보코프의 자서전 《말하라, 기억이여》에 나온다.
18) 네덜란드에서는 '굶주림의 겨울' 시기에 사람들이 튤립 구근으로 수프를 만들어 먹으며 연명했다.

보았다, 그런데 새는 몇 마리였는가? 그는 그걸 알지 못하고, 세지도 못했으며, 그저 많았다는 것밖에 모른다. 그래서 새는 몇 마리였는가?

그것을 아는 누군가가 존재해야 하는데 아무도 그것을 모르기 때문에, 그 누군가가 될 수 있는 것은 오직 신뿐이다. 내가 보기에는 증명이 되지 않는다. 아무튼 아버지는 갈매기를 잡았던가, 아니던가? 나는 내 머리 위의 갈매기 소리에 귀 기울인다. 그것들은 바람을 타고 빙빙 물결친다. 느릿느릿, 하지만 대중없는 그림을 공중에 그린다. 어쩌면 무언가를 의미할 수도 있겠지만, 나는 그 암호를 모르기에 읽을 수 없는 글자다. 그것들이 내 머리 위 높은 곳에서 웃는 소리가 들릴 때면 그 녀석들은 그 암호를 알고 있다는 생각이 들지만, 그 녀석들은 바람의 영역 안에 자신들의 비밀을 유지한다.

9

지난 며칠 동안 비톨트 곰브로비치의 《코스모스》를 읽었

---

19) 보르헤스의 단편 〈새의 숫자와 관련한 논증〉에 나온다.

다. 《잃어버린 시간을 찾아서》의 마르셀이 저자인 프루스트의 이름이기도 한 것처럼, 《코스모스》는 화자의 이름이 비톨트인 소설이다. 비교는 거기까지다. 《잃어버린 시간을 찾아서》는 길지만 명료한 소설이고, 《코스모스》는 짧지만 모호하며 편집증적인 이야기이자 저자 스스로 탐정소설이라고 칭한 작품이다. 그런데 어쨌거나 이 책은 '결말' 지점에서 탐정소설 장르와 공통점이 없다. 이 소설에는 결말이라고 할 만한 게 없다. 시작할 때와 똑같은 혼란에서 끝나고, 독자인 나는 며칠 동안 엄청나게 어스레한 세계에서 길을 잃고 헤매고 있다는 느낌이 가시지 않는다. 집착, 확대, 과장, 히스테리, 입과 손에 대한 현미경적 관찰, 은밀한 욕망(입안에 침 뱉기, 목매달기)의 숲이다. 그의 말마따나 "현실의 형성에 관한 소설, 일종의 탐정소설을 쓰고 싶어하는" 작가의 두뇌를 관통해가는 고단한 여정이다. 그는 1963년의 일기에 이렇게 썼다. "나는 두 가지 기본 원칙을 세운다. 서로 거리가 먼, 비정상적인 것 두 가지다. a)목매달린 참새, b)카타시아의 입술과 레나의 입술 사이의 연관성."[20] 카타시아는 사고로 입이 흉하게 일그러진 가정부이고, 레나는 비톨트와 그의 친구 푹스("붉은 머리, 물고기 같은 눈")가 숲 어딘가에서 철

---

20) 비톨트 곰브로비치, 《일기》 3권.

사에 목매달린 참새를 발견한 후 하숙방을 얻어 지내는 시골집 주인의 딸이다. 이후 그 참새는 장황하게 반복되는 이야기 속에 계속해서 등장하는데, 그로 인해 소설은 강박 신경증적 성격을 띠고 마법의 주문을 거는 듯하며, 화자가 두 개의 입술 사이에서 계속 연관성을 발견한다는 면에서는 관능적인 색채를 띤다.

참새 다음으로는 고양이가 목이 졸려 매달린다. 하지만 비톨트는 자신이 범인이라는 것을 밝힘으로써, 비록 책 속의 다른 인물들은 그 사실을 모르더라도 독자들이 그에 대해 오해하지 않게끔 한다. 참새를 목매단 사람은 끝까지 모호한 채로 남아 있으며, 역시 목매달려 죽은 레나의 배우자 루드빅의 경우도 마찬가지다. 물론 우리는 비톨트가 루드빅의 시체를 발견했을 때 자기 손가락을 루드빅의 입안에 집어넣었다가 뺀 다음 손수건으로 닦았다는 것을 알고 있다. 이 책에 나오는 숱한 변태적이고 관능적인 암시들 중에서 이것은 그나마 실제로 행해지는 행위에 속한다. 아니, 이 책은 진짜 탐정소설은 아니다. 등장인물은 캐리커처로 그려지고, 더없이 점잔을 빼는 어휘와 숱한 지소사指小辭가 구사되며, 사건들은 터무니없거나 히스테리에 차 있고, 카타르시스는 결여되어 있다…. 그래도, 그래도… 뭐? 천장의 실금은 매우 세밀하게 묘사되어, 두 명의 탐정 비톨트와 푹스가 자신들이 찾아보아야 하는 방향을 가리키는 화살표를 볼 수 있다. 조약돌, 풀잎, 모든 것이 더 높은 차원의 의미를 암시하는 듯 보인다. 얼마 전에 나는 어느 자연 보호 구역에서 늪파리 한 종류에 관해 읽었는데, 그 늪파리는 눈이 12개이고 그 눈이 특정한 형태의 프리즘을 통해 12개의 다른 방향을 볼 수 있다는 내용이었다. 그것을 통해, 이 책에서처럼 미니멀한 실제를 극도로 확대하는 일이 발생한다. 하지만 나에게 그보다 더 가까운 결말을 가져다주지는 않는 확대이다. 그 설명 옆에는 그 파리의 돌출된 눈을 찍은 사진이, 그 옆에는 투시력 있는 곤충이 살고 있음이 분명한 연못 사진이 있었다. 그 눈은 괴기스러우면서 동시에 매혹적이었고, 우주의 뒷골목 구석구석을 볼 수 있는, 일종의 뒤집혀서 반짝이는 벌집이었다.

곰브로비치의 책에서도 비슷한 일이 일어난다. 물론 우리는 그것을 쉽게 받아들여서, 열한 명의 등장인물이 소설 속에서 함께 여행을 떠나고 그러다가 길에서 사제 한 명을 우연히 만나는 익살극으로 이야기할 수 있으리라. 다만 그것은 참새, 고양이, 루드빅, 세 가지의 죽음이 있는 애처로운 익살극이다. 아니면 꿈 같은 환상, 악몽, 환각에 관해 이야기할 수도 있으리라. 하지만 그것은 그야말로 모든 것에서 출구, 질서, 형태를 추구하며, 우리를 둘러싼 혼돈에서 명료함을 추구하는 작가의 의도와 상충한다. 그가 1963년의 일기에서 이렇게 자문한 것은 당연하다. "현실은 그 본질에서 강박적인가? 우리가 현상들을 서로 결합함으로써 우리의 세계를 건설한다고 할 때, 태초에 시간이 시작될 때 임의적이고 반복적인 결합 행위가 있었고 그 결합이 방향을 설정하고 질서를 만들어냈다고 해도 나는 놀라지 않으리라. 의식意識 안에는 스스로 함정이 되는 뭔가가 있다."

이것이 그가 《코스모스》로 증명하고자 했던 것이었다면, 어쨌든 그는 성공했다. 이 책은 하나의 함정과 같으며, 사실 그의 모든 책이 그렇다. 거기, 독자의 손이 아슬아슬하게 닿지 않는 곳에 무언가가 남아 있다. 나는 오래전인 1960년대 초반에 그의 책을 처음 읽었는데, 당시 내가 뭘 이해했는지에 대해서는 의문스럽다. 《페르디두르케》, 《포르노그라피아》. 후자의 책에서 나는 내가 쓴 이상한 책 《기사는 죽었다》의 제사題詞[21]를 얻었는데, 마땅히 그러하듯이 욕을 먹은 동시에(문학비평지 〈메를린Merlyn〉의 비평가 J. 오버르스테이헌Oversteegen에게) 칭찬을 받은 책이다(판데르호흐트 상Van der Hoogtprijs 수상). 내가 아는 한, 진실은 그 중간 어디에 있었다. 《기사는 죽었다》는 한심한 책인데, 나중에야 깨달았지만 나

---

21) "인간의 또 다른 갈망 하나, 아마도 더 은밀한, 어떤 의미로는 법에 배치되기도 하는 것: 미완성, 불완전, 열등함, 젊음에 대한 욕구."

는 그 책에서 1954년에 내가 너무도 순진한 마음으로 쓴 과거의 낭만적 자아(《필립과 다른 사람들》, 1955)에서 자유로워지고자 노력했다. 나는 작가 한 사람을 자살하게 만들면서 상당히 급진적인 방식을 사용했는데, 필시 내가 자살하지 않기 위해서였다. 그 뒤로 17년 동안 나는 더는 픽션을 쓰지 않았다. 그럴 만큼 충분히 긴 인생을 살지 못했음을 깨달았기 때문이다. 그때 곰브로비치가 나를 끌어당긴 점은 완전한 비타협, 그리고 그만큼 완전한 차별성이었다. 아무도 그런 식으로 쓰지 않았다. 플롯이라고 할 만 것이 없지만 하나의 이야기였다. 정신의 혼돈이 상세하고 마술적인 방식으로 서술되고 혼란스럽지 않게 말로 표현되었다(《코스모스》 역시 아름답게 쓰인 작품이다. 그 아름다움을 내가 다시 언급하는 건 어렵지만. 곰브로비치는 책 자체에서 다음과 같이 말한다. "서로 긴밀하게 연결되지도 못하는 사안과 사물들, 하나의 세부 항목이 다른 세부 항목과 결합하고 맞물리는 순간 다른 세부 항목들도 서로 관계를 맺고 또 다른 방향으로 흘러간다—나는 마치 살고 있지 않은 것처럼 이러한 과정의 반복 속에서 살아왔다. 혼란, 쓰레기 더미, 걸쭉한 덩어리. 나는 쓰레기가 가득 찬 자루 속에 손을 넣었고, 되는대로 아무거나 꺼내 보면서, 과연 이것으로 나의 작은 집을 지을 수 있을지 들여다보았다. 특별한 형태를 가진 초라한 집, 그리고 끝없는 반복"[22]).

물론 이것은 *이야기*를 요구하는 문학 세계에서 불가능한 기본원칙이다. 정확히 언제인지는 기억나지 않지만 그즈음 나는 런던에 갔는데, 내가 깊이 존경하는 또 다른 작가인 보르헤스가 웨스트민스터 홀에서 연설을 하기로 되어 있어서였다. 나는 로제 카유아Roger Caillois가 펴낸 노란색 표지의 '남십자성La Croix du Sud' 문고에서 그의 책을 처음으로 읽었다. 《픽션들》은 1956년에 샀다. 내가 아는 한, 당시 그의 책은 네덜란드에서 아직 번역되지 않았다. 그 눈먼 마술사는 연단 위 저 멀리 앉아 있었고, 그때 그가 무슨 말을 했는지 이제 확실히 기억할 수는 없지만, 그가 통제되고 약간의 액센트가 있는 영어로 자기 우주의 중심에 대해 우리에게 말했다는 것은 알고 있다. 그는 외우고 있는 문장을 인용했으며, 말들이 그에게서 술술 흘러나왔다. 드 퀸시, 키플링, 레옹 블루아, H. G. 웰스에 관해 이야기했는데, 어쩌면 이건 사실이 아니라 내가 나중에 그의 책을 너무 많이 읽어서 그렇게 생각하고 있는지도 모르겠다. 쉬는 시간에 우리는 종이쪽지로 질문을 할 수 있었다. 나는 곰브로비치를 어떻게 생각하느냐는 질문을 적어 냈는데, 그 전에 한 번 더 생각해 봤으면 좋았을 뻔했다. 내가 그들의 책을 더 잘 읽었거나 이

---

22) 곰브로비치, 《코스모스》.

해했더라면 이 두 신사가 서로 잘 맞는 사람들이 아님을 알았을 것이다.

나는 두 사람이 같은 도시에 산다는 사실을 알고 있었고, 어쩌면 그들이 서로 아는 사이일지도 모른다고 생각했다. 그런데 그렇기는 했으나 썩 좋은 관계는 아니었다. 나는 내 질문의 답을 듣지 못했다. 어떻게 나는 그 생각을 하지 못했을까? 한쪽에는 전위적이며 찢어지게 가난한 폴란드 귀족이 있다. 그는 하필이면 유럽에 전쟁이 터졌을 때 어쩌다 보니 부에노스아이레스에 가 있었고, 폴란드로 되돌아갈 수 없었다. 그의 세계는 그의 등 뒤에서 산산조각이 났고, 폴란드는 점령당했다. 그는 생판 낯선 그 도시에서 스페인어를 배우고 폴란드 은행에서 일하며 생계를 꾸려가야 했다. 그는 악명 높은 동성애자 카페에서 체스를 두며 시간을 보냈고, 아르헨티나에서는 아직 완전히 무명 작가였다. 그리고 다른 쪽에는 어머니와 함께 사는 고전적인 교사이자 페론 정권에 의해 사직하기까지 국립도서관장을 지낸 사람이 있었다. 독자가 저지를 수 있는 가장 큰 실수 중 하나는 자신이 사랑하는 작가들이 서로를 높이 평가한다고 생각하는 것이다. 나보코프에게 경탄하는 프로이트주의 정신과 의사가 있다면, 그는 나보코프가 자신의 영웅 프로이트를 '빈의 돌팔이'라며 모욕하는 것을 견뎌야 한다. 토마스 만의 팬이 나보코프가 만을 탐탁지 않아했음을 받아들여야 하는 것과 마찬가지다. 하지만 보르헤스가 곰브로비치를 알았다는 사실은 비오이 카사레스가 오랜 세월 동안 쓴 일기 중 그 눈먼 현인이 말한 고약한 두 가지 견해에서 드러난다.[23] 또한 보르헤스가 항상 높이 날기만 한 것은 아니고 틀릴 수도 있다는 사실도 명백하게 드러난다. 가십은 모든 문학의 고약한 서자다. 그도 그럴 것이, 그 눈먼 시인은 문학 모임에서 대담하게 시 한 수를 낭독했던 '남색꾼 백작el conde pederasta'이자 '글쟁이escritorzuelo'에 대해 이야기하고 있기 때문이다. 그 사람은 이어서 이렇게 말했다. 5분 이내에 자기가 쓴 시를 들고 앞으로 나오는 사람이 아무도 없으면 그가, 곰브로비치가 부에노스아이레스에서 가장 위대한 시인임을 인정해야 할 거라고. 다음과 같은 시였다.

Chip Chip llamo a la chiva.(칩 칩, 나는 염소를 부르네.)

---

23) 아돌포 비오이 카사레스Adolfo Bioy Casares는 보르헤스와 평생 문학적 우정을 나누며 두 사람 사이에 오간 대화를 40년 이상 일기 형식으로 기록했다. 노터봄은 그중 1956년 7월 22일 자 일기를 인용하고 있다. "보르헤스: 어느 모임에서 남색꾼 백작이자 글쟁이인 곰브로비치가 이렇게 말하더군. '내가 시 한 수를 읊겠소. 그런 다음 5분 안에 누군가가 다른 시를 읊지 않으면 내가 부에노스아이레스에서 가장 위대한 시인임을 인정해야 할 겁니다.'"

그런 다음 비오이(또는 보르헤스)는 거기에 이렇게 적어넣는다. "아이러니를 피하지 않은 스케르초Scherzo, 왜냐하면 칩 칩은 닭을 부를 때 내는 소리이므로." 시는 다음과 같이 이어진다.

mientras copiaba al viejo rico(내가 부유한 노인을 베끼는 동안).

그리고 이런 언급이 나온다. "(묘사적인 부분. '내가 부유한 노인을 모방한다'는 의미가 아니라 '부유한 노인이 구술한 내용을 타자기로 타이핑한다'는 의미이다.)

Oh rey de Inglaterra ¡ viva(오, 잉글랜드 왕 만세).

(캐스터네츠 소리. 애국적인 감탄)

El nombre de tu esposo es Federico(당신 남편의 이름은 페데리코).

(아리스토텔레스적인 *대단원*)." 일기는 이렇게 이어진다. "코르도바 이투르부루Córdova Iturburu가 뭔가를 읽으려고 했으나 종이를 찾지 못했다. 그러자 곰브로비치는 자신을 시인의 왕으로 선언했다. 왈리 센너Wally Zenner의 배우자이며

FORJA 당원인 한 급진주의자가 분노로 몸을 떨며 개입하려고 일어섰다."

이 모든 것은 1956년 7월 22일에 일어난 일이다. 신사들은 즐거운 시간을 보낸 모양이다. 그런데 1982년의 보르헤스는 그때보다 기분이 언짢다. "읽기 어려운 일부 작가들이 자신보다 더 복잡하고 지적인 사람들을 속이다니 놀랍다. 로트레아몽Lautréamont 숭배는 쇠퇴했지만, 유럽에서는 곰브로비치에 대해 진지하게 이야기한다."

그리고 훗날의 독자인 내가 여기 섬에 앉아 있고 그의 작업실, 그 독보적인 작가가 꾸려놓은 '바벨의 도서관' 총서 옆에 모욕당한 그 백작이 쓴 환상적인 일기가 놓여 있으니, 그렇다면 나는 당치않게도《코스모스》의 마지막 문장을 떠올릴 수밖에 없다. 비톨트는 자신이 싫어하는 부모님 집에 다시 돌아왔다고 말하다가 뜬금없이 이렇게 덧붙인다. "오늘 점심 식사에는 닭고기 요리가 나왔다." 내가 마지막 문장 선집을 꾸린다면 감쪽같이 들어맞을 문장이다. 네덜란드 작가 페스트데이크Vestdijk의 잊지 못할 아래의 문장(《프레 볼데르헤이의 구원De redding van Fré Bolderhey》)과 나란히. "우산이 힘을 쓰는 곳에서 오해는 거의 미덕에 가까우니."

그 시가 불멸을 위한 것이 아니었다는 점은 번역을 해보면 드러난다. "칩 칩, 나는 염소를 부르네／내가 부유한 노인을 베끼는 동안／오, 잉글랜드 왕 만세／당신 남편의 이름은 페데리코." 사실 특이한 점은 보르헤스가 그 시를 외우고 있었다는 점뿐이다. 약 600쪽에 달하는 비오이 카사레스의 보르헤스 세계에 곰브로비치는 두 번밖에 나오지 않는다.

10

아, 작가들이여! 한번은 하리 물리쉬Harry Mulisch가 뜬금없이 나에게 말했다.

"슬라우어르호프Slauerhoff 말인데, 이제 누가 그 사람 책을 읽겠나?"

"나. 하리." 대화 끝.

그리고 나중에 아르티 클럽Arti et Amicitiae[24]에서 "30년이 지나면 아무도 보르헤스를 안 읽을걸"이라고 말했는데, 그 30년 중 이미 20년 이상이 지났다.

작가들은 자신의 사후에 관해 지금은 생각하지 않는 편

---

[24] '예술과 우정회'라는 뜻. 1839년 암스테르담에 설립된 예술가와 후원자들의 모임. 지금은 복합예술공간이다.

이 낫다.

그 일은 다른 사람들 몫이다.

오늘은 첫 무화과가 열렸다. 지난해보다 많다. 그리고 우리 집 건너편 담장에서 외로이 자라고 있는 무척 오래된 덤불에는 포도 몇 송이가 달렸다. 포도는 짙푸르고 반짝인다. 예전에 건너편 집에는 늙은 농부가 살았는데, 그 포도덩굴의 줄기처럼 옹이투성이인, 어쩔 수 없이 구부린 상태로 고된 일을 하여 그 포도덩굴 줄기만큼이나 몸이 비틀어진 노인이었다. 40년도 넘은 옛날 일이니, 그 노인이 세상을 떠난지도 한참 되었을 것이다. 딸이 혼인을 하는 통에 그는 어떤 건물도 지을 수 없는 조그만 땅뙈기를 나에게 팔고 떠났다. 거기서 있던 레몬 나무는 늙어서 죽었지만 무화과나무는 해마다 여전히 잘 자란다. 내가 물을 주지 않아도, 나무는 나의 긴 부재를 견디며 스스로를 돌본다. 그리고 내가 너무 오래 집을 비운다 싶으면, 무화과를 땅에 떨군다. 그러면 소나무에 둥지를 튼 비둘기들이 웃는다. 하지만 비둘기는 웃을 줄 모른다.

11

"자연은 지루해 죽을 지경이지." 이것도 물리쉬가 한 말이다. 생전에 알고 지내던 고인들과는 이렇다. 그들은 계속 말을 건넨다. 이것은 진짜 물리쉬다운 말이기도 했다. 그 말에 동의할 필요는 없었고, 그 역시 관심이 없었다. 그는 그 말을 했고, 그것은 뭔가를 의미했다. 그때 내가 그 한마디로 그가 독일 음악 레퍼토리 전체(슈베르트, 슈만, 볼프 등), 가수가 자연과 자신을 동일시해 냇물과 나무가 느끼는 바를 알고 있는 것 같은 감동적인 뭇 가곡들, 다시 말해 인간의 감정을 자연에 투영한 시들을 전부 쓸데없는 것으로 만들었다고 말하자, 그는 웃었다. 물론 자연이 아무것도 느끼지 못하는 것은 사실이고, 실증주의자라면 이 점을 잘 알고 있다. 자연은 위협할 수 없고, 냇물은 생각할 수 없으며, 장미는 절망하지 못한다. 알베르 사맹Albert Samain이 쓴 "장미! 더 많은 장미! / 나는 그것들을 고통으로 사랑합니다 / 그것들에는 어두운 매력이 있습니다 / 죽음을 부르는 것들(Des roses! Des roses encore! / Je les adore à la souffrance / Elles ont la sombre attirance / des choses qui donnent la mort)"[25]이라는 시구에서, 장미는 근심하지 않는다. 하리는 필시 이렇게 말할 것이다. 장미는 그냥 존재한다고, 그것 말고는 달리 할 일이 없다고, 특히 우리와 우리의 감정에는 신경 쓰지 않는다고 말이다. 거투르드 스타

---

25) 시 〈여름의 시간Heures d'été〉 중에서.

인Gertrude Stein이 그런 의미로 "장미는 장미는 장미다a rose is a rose is a rose"라고 한 건지 모르겠고, 쾨니히스베르크의 철학자는 우리는 항상 사물의 외부에 머물러 있으며 결코 사물의 본질에 이를 수 없다고 이미 설명한 바 있는데, 그것은 클라이스트[26]가 견디기 힘들어한 인식이었다. 그럼에도 나는 60여 년 전 언젠가 아를에서 위에 언급한 사맹의 시구를 읽었으며 지금도 여전히 외우고 있다. 이제 우리는 모든 법칙을 알게 되었으니, 낭만적인 오해를 바로잡고 신화와 이야기를 드러내는 것은 아주 쉬운 일이다. 그러면 그저 맨살이 드러날 따름이다. 여기 바닷가에서는 그리스인들이 인간과 동물의 이름을 붙여준 별자리들, 페니키아인들이 하늘을 보며 이 섬으로 오는 길을 찾을 수 있었던 별자리들을 여전히 읽을 수 있다. 바다의 기분, 바람의 변덕, 뜨고 지는 달이 결코 사람을 그냥 내버려 두는 법이 없는, 그리고 지금도 그러한 이 섬으로. 그렇다면 물리쉬가 틀렸는가? 아니, 물론 아니다. 그럼에도 그의 그 한마디에는 모순이 있었다. 왜냐하면 그 또한 그런 식으로 자연에 감정을 부여했기 때문이

---

26) 하인리히 폰 클라이스트(Heinrich von Kleist, 1777~1811), 독일의 작가. 프랑크푸르트 대학에서 철학을 배우며 칸트 철학에 열중했으나 절대적 진리 인식의 불가능을 깨달으며 이른바 '칸트 위기'를 맞아 인식의 전환을 이룬 이후 문학작품 집필에 전념했다.

다. 지루함은 인간의 기분 상태이며, 더욱이 창조적인 효과
도 크다. 랑에바일레Langeweile(권태), 이 단어는 거의 의성어
나 마찬가지다. 그것에 대해 낱낱이 쓴 바 있는 남자의 이름
하이데거처럼 말이다. 나는 하이데거의 경우 그것이 어디서
온 것인지 모를 뿐, 글쓰기의 전제조건으로서의 지루함은
안다. 그것은 시골 생활을 할 때와 마찬가지로 여행을 할 때
도 수반되는데, 아마도 이것이 물리쉬가 의미하는 바일 것
이다. 동물들은 그것에 아무런 어려움을 느끼지 않는다. 이
곳에 트라몬타나가 불어닥쳐 특히 며칠씩 이어지면 안절부
절못하기는 하지만 말이다. 예전에 이곳 사람들은 겨울에
일주일이 지나도록 북풍이 그치지 않으면 땅구덩이 속으로
뛰어들곤 했다. 사람들 말로는 이 섬의 중심부에 있는 마을
한 곳이 스페인에서 자살률이 가장 높았거나 높다고 한다.
그 말이 사실이든 아니든, 그 마을에서 길을 걸어보면 느낄
수 있다. 우울한 아랍 마을. 비가 내리기 시작하면 나는 기
꺼이 그곳에 한잔하러 간다.

여기는 바람의 섬이다. 쥐 죽은 듯 고요한 한밤중에 별안
간 바람이 분다. 그 소리에 잠에서 깬다. 비록 감각으로 느
끼지는 못할지언정 나무들은 동요하고, 그로 인해 우리를,
어쨌거나 나를 동요시키기 때문이다. 롤란트 홀스트[27]가 굉

장한 바람이라고 불렀을 만한 그런 것들. 쏴쏴 하는 세찬 소리가 점점 커진다. 종려나무는 소나무와는 다른 소리를 내고, 언젠가는 지상의 그 코끼리 다리로 정원의 절반을 들어올릴 거대한 벨라 솜브라bella sombra[28] 나무는 야생 올리브 나무와는 또 다른 소리를 낸다. 바람이라는 작곡가는 그것을 알고 있다. 내가 밤중에 듣는 소리는 작품 번호 없는 악곡이다. 폭풍은 효과음을 이용한다. 처음에는 폭우가 내리는 줄로만 생각하고 자리에서 일어나 발코니로 가보지만, 아니다. 폭우는 좀 지나야 온다. 그리고 항상 다르다. 때로는 소스테누토sostenuto, 길게 끄는 소리, 그리고 우니조노unisono, 따로 노는 음이 없다. 그러다가 다시 성난 술주정뱅이처럼 한밤의 방 안으로 달려 들어오는 격렬한 공격. 여기저기 채찍을 때려대며 고함을 지르고, 커튼이 펄럭여 바다 위의 깃발처럼 나부낀다. 아니면 슈토크하우젠Stockhausen의 〈그루펜Gruppen〉이 시작될 때처럼 고요한 긴장감이 감돌고, 격렬함과 신경질적인 작은 파열이 서로 엇갈리다가 파열이 아수라장으로 변한다. 공세가 잦아들면 가만히 누운 채 숨

---

27) 아드리안 롤란트 홀스트(Adriaan Roland Holst, 1888~1976), 20세기 초반 네덜란드의 대표적 시인으로 낭만적인 시들을 썼다.
28) '아름다운 그늘'이라는 뜻. 남미가 원산지인 옴부 나무를 말한다. 나무둥치가 코끼리 다리를 닮았다.

죽이고 귀를 기울인다. 당나귀는 몸을 피했는지, 소나무에 둥지를 튼 비둘기들은 지금 무엇을 하는지 궁금하다. 하이데거가 지루함과 관련해 사용한 단어[29]는 대부분은 오랫동안 쇄쇄, 웅웅거리다가 끝난다. 왜냐하면 지루함에서 도피하지 않고 본국에 인도되는 범죄인처럼 자신을 지루함에게 넘겨준다면, 뤼디거 자프란스키Rüdiger Safranski가 '실존의 울림'이라고 부른 것, 그리고 그것에 따라오는 공허와 불안을 들을 수 있기 때문이다. 하지만 나는 상황을 혼동해서는 안 된다. 그 철학자가 말한 실존의 울림은 은유적인 것으로, 나의 폭풍과는 아무 상관이 없다. 그것을 들으려면 아무것도 듣지 않아야 한다. 지루함이란 소리의 부재다. 하지만 바람이 불면 소곤대는 소리, 속삭임, 한숨, '쉿' 하는 소리, 위험과 소란의 기미가 전부 다 들려서 지루해지는 것은 불가능하다. 8월인 지금 푸른 꽃으로 뒤덮인 플럼바고의 잔가지들은 실신하는 처녀처럼 뒤로 휘었고, 종려나무의 단단한 가지는 서로를 호되게 때려대며, 유카는 잔인한 단검으로 자신을 방어하고, 키 큰 파피루스는 쉭쉭, 사그락사그락거리고, 지금 여기서 한창인 소나무는 엄청나게 요동치는 상황에 처해 있으나 그것에 대해 아무 생각이 없고, 다음 날 아

---

29) 독일어로 '권태Langeweile'는 '긴'이라는 뜻의 형용사와 '시간'이라는 뜻의 명사로 이루어졌다.

침 나는 뾰족한 잎들과 새로 나온 초록색 옹이들을 땅에 떨어진 다른 것들과 함께 모두 긁어모은다. 어떤 날엔 담장 한 귀퉁이 안에 사는 어미 쥐가 종려나무 한가운데에 놓아둔 둥지에서 핏덩이나 마찬가지인 새끼 쥐들을 발견한다. 새끼 쥐들은 아직 털도 나지 않은 작은 회색빛 몸뚱이들이 서로 뭉친 채, 살아보기도 전에 죽었다. 나는 그 녀석들이 거기 있는 것을 알고 있었다. 담벼락에서 어미 쥐가 그림자처럼 쏜살같이 달려나와, 담벼락 위까지 닿아 길게 구부러진 종려나무 가지에 올라 둥지까지 기어가는 모습을 본 적이 있는 것이다. 그러고 난 다음 날에는 아무것도 없다. 트라피스트 수도원처럼 고요하다. 나무들은 꼼짝 않고 가만히 서서 주상고행자柱上苦行者처럼 행세하며 움직이지 않는다. 잎들은 옴짝도 하지 않는다. 부스럭거리지도 떨어지지도 않는다. 들리는 소리라고는 내 갈퀴가 내는 소리뿐이다. 금속으로 된 살이 가늘고 유연하며 뾰족한 끝이 촘촘하고 넓게 퍼진 부채꼴 모양의 기구. 나는 뾰족한 잎들이 마치 금이라도 되듯 긁어모은다. 위에 있던 것들이 이제는 아래에 있다. 셰크가 왔기에 나는 그에게 나뭇가지의 초록색 끄트머리 부분을 보여준다. 그것들은 정말 초록색 꽃줄 혹은 난쟁이 요정들의 면도솔처럼 보인다. 하지만 그것들은 땅이 아니라 아직 그 위쪽에 있어야 한다. 지난해보다 훨씬 더 많다. 셰크가 하나를 집어 들어 솔이 가지에 붙어 있는 부분을 반으로 쪼개고는 살펴본다. 그런 다음 가지를 내게 건네더니 흰 부분을 가리킨다. 나는 그것이 벌레인지 물어보지만 그는 알지 못한다. 그는 그걸 몇 개 모으더니 주의회에 보낼 거라고 했다. 거기서 그것들을 분석할 것이다. 바로 그 기관에서 종려나무 나방의 해충 경보 발령을 냈다. 그 사람들은 다 알고 있다. 혹시 그것이 위험하다면 알려줄 것이다. 그 안에서 벌레는 보지 못했지만, 역겨운 색과 기름진 표면에 나는 마음이 불안하다. 그 나무들은 나와 한가족이다. 되돌아가 위를 쳐다보는데, 나를 살짝 놀리는 듯한 느낌이 든다.

12

'자연은 위협할 수 없고, 냇물은 생각할 수 없으며, 장미는 절망하지 못한다'라고 나는 앞에서 썼다. '물론 자연이 아무것도 느끼지 못하는 것은 사실이고, 실증주의자라면 이 점을 잘 알고 있다'라고도 썼다. 그런데 내 친구 해미시는 이 말에 동의하지 않는다. 그는 뉴질랜드 사람으로, 꽃을 그리며 이 섬에서 쭉 살고 있고, 거대한 정원을 가진 열정적인 식물학자다. 또한 자신의 식물들과 이야기를 나누는 사람이다. 하지만 그는 수학자이기도 한데, 그것에 어떤 모순이 있다고 보지 않는다. "그래요, 당연히 없죠. 그들은 내 말동무이고, 나와 대화하고 나면 상태에 아주 크게 차이가 나는걸요. 그들도 그걸 압니다. 내가 섬을 오랫동안 떠나 있으면 바로 티를 내는데, 거기엔 그들 나름의 방법이 있지요." 지루함이라는 주제에 그는 손사래를 친다. "그러기에 그들은 너무 바빠요." 그는 햇빛 속에 꼼짝 않고 서서 우리 말이 들리지 않는 척하고 있는 내 기둥 모양 선인장 하나를 가리킨다. "저것이 도대체 무슨 일에 매달려 있는지 당신은 전혀 몰라요" 하고 그가 말한다. "생존하기?" 내가 던져본다. "그건 최소한의 일이죠. 그냥 '있다'는 것에 대해선 어떻게 생각합니까? 존재하기. 그것만도 이미 전략의 전부지요. 그리고 선인장은 시간 개념이 우리와 완전히 달라요."

그렇겠지, 라고 나는 생각한다. 선인장 쪽으로 고개를 돌려보니 그것은 차려자세로 서 있다. 만약 팔이 있었다면 몸통을 따라 쭉 뻗어 있었을 것이다. 바지 솔기에 새끼손가락을 붙이고, 사열 받을 준비가 된 모습. 50센티미터쯤 되는 키에 청록색이며, 바깥으로 향한 솔기 몇 개가 몸에 세로 방향으로 나 있다. 하지만 내가 갖고 있는 책 세 권을 아무리 뒤져봐도 그것의 이름은 나오지 않는다. 마치 그것들이 'wir standen ratlos vis-à-vis(우리는 어찌할 바를 모르고 서로 마주 보며

서 있었다)'라고 독일어로 말하는 것처럼, 때로 우리는 그렇게 서로를 바라본다. 인간의 것을 인용하지 않고 그것들에 관해 말하기는 여전히 어렵다. 지루함. 시간. 특히 후자는 더더욱. 지난 몇 주 동안 내 침실 천장 가장자리에 거미 한 마리가 있었다. 그 방은 원래 농가의 다락방이었는데, 필시 겨울나기를 위한 물건들을 보관했을 것이다. 크지 않은 집이고 지하실은 없다. 이 집을 거주용으로 사용하기 위해서는 두 방 사이를 벽돌로 막아놓은 로마식 아치를 트고 지붕을 높여야 했다. 지금은 천장이 있다. 빙하색으로 칠해져 있으며, 흰색의 직사각형 보 아홉 개를 더 얇은 보 아홉 개 밑에 배치함으로써 직사각형 패턴을 얻었다. 전체적으로 스혼호번30)의 작품처럼 보인다. 스혼호번은 유명해지고 부유해졌어도 자신이 살던 헤이그의 우체국에서 계속 일하며 창구에서 우표를 팔았던 예술가다. 그러는 편이 집중하는 데 더 도움이 된다고 보았기 때문이다. 그 대답에는 내가 발견한, 선불교의 공안公案과도 같은 요소가 들어 있었다. 방법으로서의 지루함이라는 형태. 나는 그 하얀 사각형들을 몇 시간이고 바라볼 수 있다. 그것들은 나에게 질서와 평온함을 강렬하게 부여해주는데, 항상 평화롭지만은 않은 꿈의 세계에

---

30) 얀 스혼호번(Jan Schoonhoven, 1914~1994), 네덜란드의 조각가. 미니멀한 추상작품을 주로 만들었으며, 특히 흰색의 기하학적 부조작품들이 잘 알려져 있다.

서 방금 돌아온 듯한 좋은 느낌이다. 어떤 부분에서는 흰색 사각형의 크기가 같지 않으나, 그것이 기하학적 균일성을 해치지는 않는다. 비대칭, 불완전함. 바로 여기에 매력이 있다.

어느 날 아침 거미를 보았다. 그 녀석은 난데없이 거기에 있었다. 나는 아직 거미가 없던 어제를 떠올려보려 했지만 헛수고였다. 침실에는 곤충이 자주 출몰하지 않기에, 왜 그 장소를 택했는지, 그리고 얼마나 오랫동안 그 자리를 지킬는지 궁금했다. 녀석은 참회를 하기 위해 혹은 신비로운 황홀경을 갈망해 스스로 독방에 틀어박혀 지낸 중세 네덜란드의 성스러운 수녀, 이를테면 위트레흐트의 베르트컨 수녀[31]를 떠올리게 했다. 그런 독방의 정적이란 귀가 먹먹해지는 성질의 것이리라. 지루함이라는 단어는 더이상 들어맞지 않지만, 한 여성이 자발적으로 독방에서 보내는 60년의 세월을 뭐라고 정의해야 할지, 그리고 그런 삶에서 시간이란 어떤 의미일지 나는 상상도 못 하겠다. 나는 날마다 잠에서 깨면서 동물계의 수녀 거미를 보았다. 하지만 이것도 하나의 해석일 따름이다. 거미는 날이면 날마다 거기에 죽은 듯이 가만히 있다. 나는 진작에 녀석이 굶어 죽을 거라 생각했고,

---

31) 쥐스터르 베르트컨(Zuster Bertken, 1426~1514), 네덜란드 위트레흐트의 수도원 독방에서 57년간 은둔 수도자로 살았다.

내 좁은 생각으로는 그것이 지루해 죽을 지경은 아닐지 궁금했다. 먹이로 삼을 희생양에 대해 공상을 하고 있지 않다는 건 나도 알고 있었다. 그럼에도 그 미동 없는 고요한 기다림은 내가 풀 수 없는 수수께끼를 던져주었다. 나 역시 기다려야만 했다. 다시 의미론적인 함정: 거미가 거기서 하고 있던 일은 어쩌면 기다림이 아닌지도 몰랐다. 기다리는 쪽은 바로 나였으며, 그것도 내가 거미를 볼 때만이었다.

며칠 후 잠에서 깼을 때, 나는 무슨 일이 일어났음을, 좀더 정확히는 간밤에 무슨 일이 틀림없이 있어났음을 대번에 깨달았다. 침대에 누운 상태에서 눈을 떴을 때 그 흰색 배경에서 거미줄이 보이지 않았다. 하지만 잠시 후 조그만 검은 점에서 약간 떨어진 곳에 훨씬 더 작은 점 하나가 보였다. 거미가 뭔가를 잡았음이 분명했다. 나는 망원경으로 그것을 자세히 보려고 시도했으나, 점들은 더 흐릿해지기만 할 뿐이었다. 일어나서 그리로 걸어갔다. 두 번째 점은 파리가 아니라 더 작은 다른 거미로, 가늘고 긴 다리가 툭 꺾여 있었다.

둘 다 움직이지 않았다. 새끼였을까? 아니면 교미 상대인가? 친구? 운명의 동반자? 아니면 역시 정적政敵인가? 한참을 그렇게 뚫어지게 살펴보니 거미줄이 일종의 작은 도약을 만들어 튀는 모습이 보였고, 다른 거미는 진공상태에서 살짝 흔들거렸다. 사랑? 친구? 먹이? 세상에 나온 지 어언 80년이 되었건만 나는 선인장, 거미, 거북이에 대해 도통 아는 바가 없다. 나는 이렇게 멍청한 채로 죽을 것이다. 처음 며칠 동안 우리는 현상유지 상태로 셋이서 함께 살았다. 작은 두 번째 점이 사라질 때까지. A가 B를 먹어버렸을까? B가 달아났나? 거미의 배설물은 어디로 갔을까? 물론 이런 문제는 자연에서는 문제가 되지 않지만, 스혼호번의 구성작품처럼 절제된 무채색의 캔버스, 몬드리안의 작품처럼 깨끗하고 냉정한 캔버스 안에서는 본질적인 질문이 된다. '누가 누구에게 무엇을 했는가?' 좀처럼 보이지 않는 거미줄에 극도로 작은 점들, 먼지들, 그리고 거미색의 나노 입자들이 보였다. 거미들은 다른 거미에게서 먹지 못하는 부위가 있는가? 거미는 동족을 먹는가? 나의 거미 A가 먼저 있어서 거미줄을 쳤고, 거기에 거미 B가 발을 잘못 들였다. 그러면 거미도 동족을 먹는단 말인가? 물론 그런 의문을 책에 물어볼 수는 있지만, 아직은 그러고 싶지 않았다. 글쓰기는 비밀을 먹고 살아간다. 해야 할 일은 계속 기다리는 것뿐이었다. 만약 A가 B를 먹어치웠다면—우선 밤낮으로 며칠 먹잇감을 제 주변에 매달아놓은 후(그러면 거미가 더 맛있어질까?)—필시 지금은 배가 부를 것이고, 유유자적하게 다음 희생양을 기다릴 수 있을 것이다(이 또한 인간의 범주에 따른 생각이지만). 이 딜레마는 일주일에 한 번 우리 집에 청소하러 오는 카르멘에 의해 해소되었다. 나는 침실에 생겨난 새로운 가족 관계에 대해 그녀에게 일러둔다는 걸 깜빡했던 것이다. 다음 날 아침에는 A도 B도 보이지 않았다. 시간과 지속에 관해 좀 더 깊이 사유하려면 다른 뭔가를 관찰해야 했다. 선인장의 세월, 거미의 날들, 인간의 시간, 달리의 녹아내리는 시계.

13

꿈. 그것은 나에게 두 가지 질문을 불러일으킨다. 첫째, 꿈에 나타나지만 우리가 모르는 그들을 우리는 어디서 데려오는가? 그들을 어떻게 형성하는가? 달리 말해, 어떻게 만들어내는가? 어떤 재료로? 사실 우리는 밤이 되면 물리법칙과 상관없는 어떤 방식으로 조각가가 되는 걸까? 우리의 꿈속에서 사람들은 움직이고, 때로는 말도 한다. 그것은 엄청난 일이다. 어떻게 그럴 수 있는가? 그리고 둘째, 갑자기 닥쳐오는 질문. 다른 사람의 꿈속에 우리가 나올 때 우리는 어디에 있는가? 만약 다른 사람들의 꿈속 장소에 우리가 존재한다고 가정한다면, 나는 지난주에 베를린에, 아일랜드에, 빈에, 그리고 독일의 강연장에 있었다. 또 우리가 꿈을 꾸는 사람의 머릿속에 일시적으로 존재한다고 생각한다면, 나는 이번 주에 콜롬비아의 메데인, 워싱턴 D. C., 슐레스비히홀슈타인 주의 바트 제게베르크에 있었으며 어쩌면 베네치아에도 있었다. 하나는 확실하다. 내가 선택할 수 없는 일이다. 그것은 고용계약의 일부이다. 누군가의 꿈속에 당신이나오는데, 당신은 그 꿈속에서 할 말이 아무것도 없다. 일단 당신이 그 꿈 이야기를 들으면 당신에겐 탈출구가 없다. 만약 당신에게 자유가 있다면, 위에서 한 질문이 유일한 자유다. 당신은 꿈꾸는 사람의 머릿속에 있었는가, 아니면 그 사람이 꾼 꿈이 벌어진 장소에 있었는가? 다른 선택의 여지는 없다. 어쨌든 당신은 아침에 눈 뜬 당신의 집 침대 안에 있지 않았고, 비행기표나 여권도 없이 적어도 여덟 개의 다른 나라에 있었다. 그것을 알지도 못한 채 말이다. 믿기 어렵겠지만 사실이 그렇다. 편재성, 곧 유비쿼터스라는 불가능한 형태. 그것은 신의 속성인 전율의 영역처럼 보이기 시작한다. 이것이 나에 대해 뭔가를 말해주는 것인지, 아니면 나와 어떤 타인들의 관계에 대해 말해주는 것인지 나는 모르겠다. 게다가 설상가상으로, 나는 전혀 알지 못하는 장소와 알지 못하는 사람들의 머릿속에서 꿈과 관련된 일을 수행할 수도 있다. 이 경우에는 '사실'이 아무리 특이한 개념이라도 그것을 고수하자. 지난주에 나는 각기 다른 네 사람, 그러니

까 친구 세 명과 모르는 사람 한 명에게서 내가 나오는 꿈을
꾸었다는 이메일을 받았다. 그중 셋은 여성으로, 한 명은 내
책의 독일어 번역가, 다른 한 명은 미국인 작가, 다른 한 명
은 모르는 독일인이었다. 게다가 꿈 두 개에는 말馬이 나왔
는데, 하나는 죽은 말, 다른 하나는 살아 있는 말이었다. 전
자는 콜롬비아에서 온 이메일에 나온 내용인데 가장 상세
했다. 꿈을 꾼 사람은 예전에 메데인에서 알게 된 동료 작가
로―올해 카르타헤나 데 인디아스에서 한 번 더 만났다―
우리가 베를린에 함께 있었다고 했다. 이메일은 2014년 8월
9일 12시 47분에 메데인에서 보낸 것이었다. 그 내용은 다
음과 같다.

여기 메데인은 아침 5시 반이고 저는 방금 잠에서 깼습
니다. 당신 꿈을 꾸었는데 잊어버리기 전에 꿈 이야기를 하
려고 합니다. 평소에 저는 꿈을 잘 기억하지 못합니다만, 이
꿈은 아직 잊지 않고 있어서 전해드리고 싶습니다. 저는 베
를린의 항구에 있었습니다. 목선에 타고 있었는데, 일종의
스페인 갤리선으로 배에는 아주 넓은 공간이 있었습니다.
흑갈색의 아주 큰 휴게실이었지요. 배는 머지 않아 닻을 올
릴 참이고 폴란드를 경유해 북쪽 지방으로 여행할 예정이었
습니다. 저는 폴란드에는 가본 적이 없지만 카토비체와 크

라쿠프라는 도시에 대해 깊이 알고 싶었습니다.(방금 지도를 확인해보니 이 도시들은 폴란드 남부에 있군요. 항구에서는 꽤 멀고요.)

당신은 베를린에서 폴란드로 그리고 발트 해 연안국으로 갈 요량으로 배에 탔습니다. 좀 이상하다 싶었지만, 저는 아마도 이 갤리선을 타고 운하와 강을 통해 그리로 갈 수 있으리라 생각했습니다. 당신이 텔레비전을 보려고 의자에 앉았지만 저는 그러고 싶지 않았습니다. 가보고 싶었던 폴란드 도시들을 구경하려면 말 한 필을 갖고 가는 편이 좋을 듯했기에, 배에 회색 말을 데리고 탈 수 있는지 알아보려고 선원 한 명과 얘기 중이었거든요. 말 한 마리를 그 큰 휴게실에 싣는 데 드는 비용이 요지였습니다. 저는 가져가야 할 말 먹이에 대해 생각했고, 또한 휴게실에서 말의 용변을 어떻게 처리할지에 골몰했지요. 당신은 계속 텔레비전을 보고 있었습니다.

그러는 사이 저는 왕복 여행에 얼마나 걸릴지 물었고, 사흘이라는 답을 들었습니다.

꽤 오래 걸린다 싶어서 저는 배에 침대칸이 있는지 물었는데(그렇게 물었지만 그 단어가 배에도 적합한지는 모르겠습니다), 선원은 없다고 하면서 노터봄 씨를 위한 객실 한 칸뿐이라고 대답했습니다. 저에게 그 객실을 보여주기도 했는데, 선장 객실 같았습니다. 닫집이 달린 큰 침대도 있었고요. 인도풍의 근사한 침대였습니다.

저는 당신이 의자에 앉아 텔레비전을 보고 있는 휴게실로 돌아갔습니다. 그런데 그사이에 의자는 일종의 강단으로 바뀌어 있었고, 당신을 포함해 거기 있는 모든 사람이 이제는 그 위에 누워서 텔레비전을 보고 있었습니다. 저는 친구에게 자동차를 빌려 폴란드로 가는 편이 낫겠다고 말하면서 배에서 내렸습니다.

그게 다였습니다. 그다지 이상하지도 않고 흥미롭지도 않지만, 저는 마크 트웨인이 꾼 꿈을 바탕으로 한 이야기를 쓰고 있었던지라(의뢰를 받아서) 당신이 그렇게 비중 있게 나오는 꿈을 꾸고 그 이야기를 기록하는 것이 특별하다고 생각했습니다.

나에게 콜롬비아어로 깍듯하게 존댓말을 쓰는 이 남자의 이름은 엑토르 아바드[32]이다. 몇 해 전 메데인에서 열린 시詩 축제에서 그를 만났다. 개막일 오후에 수천 명이 행사장에 앉아 있었다는 점만으로도 여느 시 축제와는 완전히 다른 행사였다. 이후 짧은 일주일간의 축제 기간 중 교실이나 작은 도서관에서 자신이 쓴 시를 읽었는데, 더욱 내 마음에

---

32) 엑토르 아바드 파시올린세(Héctor Abad Faciolince, 1958~), 콜롬비아의 작가·언론인·정치평론가.

든 점은 내가 쓴 시를 군중 앞에서 낭독하지 않는다는 것이다. 만남은 그의 집에서 이루어졌다. 빛과 책이 가득한 집, 작가의 집이었다. 그의 사연을 모르는 사람은 없었다. 그는 1940년대와 1950년대, 즉 콜롬비아 역사에서 끔찍한 시기였던 폭력violencia의 시대에 뿌리를 두고 있고, 그 폭력은 오늘날까지 계속되고 있으며 나라를 파멸 직전으로 내몰았다. 이 표현은 말 그대로 받아들여야 한다. 납치와 반격의 시대, 게릴라, 준군사조직, 영원한 인질, 접근할 수 없는 정글 지대, 수십 만 명의 죽음, 인간의 피로 쓴 역사, 그리고 아직 끝나지 않은 역사. 이후 양측이 아바나에서 서로 대화를 했으나, 타협적이고 비타협적인 적대자들이 희생자들과 함께 탁자에 앉았으나, 결과는 불투명하다. 그 전쟁의 희생자 가운데 한 사람이 엑토르 아바드 고메즈Héctor Abad Gómez, 내가 나오는 꿈을 꾼 작가의 아버지다. 그는 1987년에 콜롬비아 정권을 공개적으로 거듭 비판하다가 준군사조직에 암살당했다. 첫 만남에서 그의 아들은 아버지에 관해 쓴 아름답고 감동적인 책 한 권을 나에게 주었다. 영어판 제목은 '망각Oblivion', 스페인어판 제목은 훨씬 더 많은 것을 말해주는 '우리가 될 망각El olvido que seremos'[33]이다. 이 제목에는 부정

---

33) '포가튼 윌 비Forgotten We'll Be'라는 제목으로 영화화되었다.

적인 암시와 함께 그 주제가 정확히 담겨 있다. 저자는 "그리고 기억하기 위해 나는 내 얼굴 위에 아버지의 얼굴을 씌운다"[34] 라는, 이스라엘 시인 예후다 아미차이Yehuda Amichai 의 시구를 제사로 썼는데, 제목과 제사가 상황의 절망을 함께 드러내준다. 한편에는 아버지를 몹시도 사랑했던 사람의 슬픔이 느껴지고, 다른 한편으로는 인간의 덧없는 노력, 그리고 아버지·살인·희생자들이 역사의 과정에서 또다시 잊힐 것임을 아들이 알고 있다는 비극이자 인간 조건의 불가피하고 막대한 부질없음이 느껴진다. 그가 사망한 날, 그가 마지막으로 쓴 신문 기고문이 든 봉인된 봉투가 그의 책상에서 발견되었다. '폭력은 어디에서 오는가?'라는 제목의 그 기고문은 다음 날 일간지 〈엘 문도El Mundo〉의 1면에 실렸는데, 그 글에는 이런 문장이 나온다. "메데인에는 가난한 이들이 하도 많아서 2000페소로 청부살인업자를 구할 수 있을 정도다." 그의 피살 후, 아들 역시 피살되지 않기 위해 피신해야 했다.

그 후 엑토르 아바드는 이탈리아에서 망명 생활을 했다. 다섯 해가 지나서야 콜롬비아로 돌아갈 수 있었다. 하지만

---

34) 시 〈아름다운 시온의 노래From Songs of Zion the Beautiful〉 중에서.

이 책을 쓸 수 있게 되기까지는 몇 해를 더 기다려야 했다. 이 책은 모든 것에도 불구하고 아버지를 기리며 쓴 회고록이다. 어째서 '모든 것에도 불구하고'인가? 왜냐하면 그가 아버지의 피살 후 3개월 뒤에 열린 추모식에서 그런 상황에서 흔히 예상되는 것과는 정반대의 추도사를 했기 때문이다. 아버지의 죽음을 놓고 아들은 이렇게 말했다. "저는 용기가 유전자를 통해 전해지는 자질이라고 생각하지 않습니다. 더 심하게는, 어떤 모범에서 용기를 배울 수 있다고 믿지도 않습니다. 또한 낙관주의가 유전되거나 학습된다고도 생각하지 않습니다. 그 증거는 지금 여러분에게 말하고 있는 이 사람, 용감하고 낙관적인 남자의 아들이지만 두려움과 비관으로 가득한 아들입니다. 그래서 저는 이 투쟁을 계속하고자 하는 사람들에게 용기를 북돋워드리지 않고 이렇게 말할 것입니다. 저에게 이 투쟁은 패배했습니다. 여러분이 모두 여기에 있는 까닭은 제 아버지가 지녔던 용기를 지녔기 때문이고, 그의 아들처럼 삶이 뿌리 뽑히는 절망에 시달리지 않기 때문입니다. 아버지에게는 제가 사랑했고 여전히 사랑하는 어떤 것이 있었습니다. 그것은 여러분에게서 다시 찾아볼 수 있으며 제가 가슴 깊이 존경하지만 제 안에 생겨나지 않으며 따라할 수조차 없는 어떤 것입니다. (…) 저의 패배주의적인 말이 긍정적인 영향을 끼치지는 않을 것입니다. 저는 여러분에게 이성의 비판뿐만 아니라 행동의 비판도 반영된 타성으로 말하고 있습니다. 그건 패배를 인정하는 겁니다. 이런 경우에 수사학이 원하는 바대로, 우리 가족 안에서는 우리가 전투에서 졌다고 느낀다고 말해도 소용없을 겁니다. 우리는 *전쟁*에서 졌다고 느낍니다. 근절해야 할 정치적 폭력의 현 상황에 대한 진부한 표현이 있습니다. 이 진부한 표현에는 공리와 같은 설득력이 있습니다. (…) 정치적 폭력은 맹목적이며 무의미하다고 말합니다. 그러나 우리가 겪고 있는 것이 비정형적이고 무차별적이며 미친 듯한 폭력입니까? 반대로 살인은 체계적이고 조직적이며 이성적인 방식으로 사용되고 있습니다. 더 나아가 우리는 과거 희생자들의 이념적 초상을 바탕으로 미래 희생자들의 모습을 정확히 예측할 수 있습니다. 그리고 어쩌면 거기서 우리는 우리 자신의 얼굴을 보고 놀랄지도 모릅니다."

그 마지막 말은 옳았다. 이 책에 나오는 다음의 문장은 간결하고 무서우리만치 명료하게 말하고 있으니 말이다. "그날 밤 추도사를 말한 사람들은 나를 제외하고 모두 나중에 살해되었다." 그리고 그는 그들의 이름을 읊는다. 전부 네 사람이다.

14

나는 지금 스페인 갤리선 꿈에서 한참 멀어져 폴란드 크라쿠프의 존재하지 않는 항구에 있다. 실제의 나는 메노르카 섬에 누워 있지만, 꿈을 꾼 이의 머릿속에서는 회색 말과 동행자로부터 한참 멀어져 폴란드로 여행하리라. 나는 콜롬비아에서의 삶이라는 낯선 현실로 한 차례 돌아갔는데, 콜롬비아는 지난 몇 해 동안 내가 두루두루 숱하게 여행했던 곳이다. 이제 엑토르 아바드는 다시 그곳에서 살 수 있으며, 신문만 읽어보아도 여전히 희생자들이 나온다는 것을 알 수 있지만, 사람들은 거의 나라 전역을 다시 이동할 수 있고, 또한 아바나에서 여러 당사자들 사이의 대화가 있었다. 산과 정글의 일부 지대는 지금도 여전히 출입금지 구역이고, 숱한 콜롬비아인에게 60년 동안의 폭력과 20만 명의 희생자에 대한 악몽과 기억은 아직 끝나지 않았다. 이웃 나라 베네수엘라의 소요가 아직 끝나지 않은 것처럼 말이다. 그 소요는, 단순화하여 요약하면, 엑토르의 아버지가 기록으로 남긴 원인과 동일하다. 역사의 과정에서 확대된 근본적인 불평등, 그리고 그것에 대해 지금까지 뭔가를 할 상황이 아니었던 정치 시스템. 설상가상으로 모든 것을 부패시키고 항상 번성하는 망령: 정치 및 혁명과 버무려진 마약 거래, 범죄, 폭력, 그리고 반격.

엑토르 아바드는 책의 말미에 기억 그리고 망각에 대해 쓴다. 그는 아버지의 죽음 또한 잊힐 거라고 전제하면서, 그 것은 수백 년 후가 아니라 수십 년 후라고 말한다. 순식간에 모든 것이 잊힌다고 말하고 우리는 이미 망각될 존재[35]라는 보르헤스의 말을 인용하지만, 그런 말로는 자신의 아버지 가 치른 희생에 합당한 위안이 되지 않는다는 사실을 익히 알고 있다. 그는 그것은 기념물에 보통 적혀 있는 말들, 묘 비에서 새겨져 서서히 사라질 말들은 아니라고 말한다. 책 의 앞부분에서 그는 책을 쓸 수 있기까지 20년을 기다려야 했다고 말한다. 아버지의 죽음을 복수하기 위해서가 아니라 모든 것을 이야기하기 위해 그것은 기록되어야 했다. 그리 고 그는 모두 꿈과 관련 있지만 꿈은 아닌 《햄릿》의 장면을 가져온다. 햄릿의 살해된 아버지의 유령이 등장해 아들에게 자신을 잊지 말아달라고 부탁하는 그 밤, 엑토르는 마치 햄 릿처럼 대답할 수 있다.

"그대를 기억해 달라고?

---

35) 보르헤스의 시 〈묘비명〉의 구절. "Already we are forgotten as we shall be." 엑토 르 아바드의 아버지가 살해당했을 때, 옷 주머니에는 그가 직접 옮겨 쓴 이 시 가 들어있었다.

그러지, 불쌍한 유령이여,

이제부터 기억의 공책에서

젊은 시절 내가 주목해 적어둔

온갖 격언과 자질구레하고 부질없는 생각을 모두 지우고

그대에 대한 기억만

홀로 자리하게 하리…."[36]

15

그런데 다른 꿈들은? 날아가버렸나? 내 독일어 번역가인 하리 물리쉬와 내가 나오는 꿈을 꾸었다. 꿈속에서 그녀는 독일에서 우리와 함께 문학의 밤 행사를 열기로 되어 있었지만, 행사장 홀에 죽은 말 한 마리가 누워 있는 바람에 행사는 중단되었다. 또다시 말이다. 그런데 하리는 죽은 사람이다. 나는 친구 다섯 명과 함께 그의 관을 시립극장으로 운구했었다. 꿈속에서 내가 그를 성가시게 했으니 사과해야 한다는 느낌이 드는가? 하지만 나는 아무 일도 하지 않았다. 그 꿈은 다른 누군가가 꾼 것이다. 그렇긴 하지만, 아마

---

36) 셰익스피어, 《햄릿》 1막 5장.

도 그는 깨어나고 싶지 않을 것이다, 나와 함께 누군가의 꿈 속에 등장할 마음은 없을 것이다. 우리는 나이가 들수록 죽은 사람을 더 많이 알게 되며, 어쨌든 그들은 우리 주변에 있고 우리는 영혼에 둘러싸여 있다. 나는 어떤 책[37]에 이렇게 쓴 적이 있다, 지인 중에 살아 있는 사람보다 죽은 사람이 더 많아지는 때가 온다고. 우리 자신이 죽음에 가까워지는 순간이다. 나는 다른 사람의 꿈에서라도 그를 만나고 싶었을까? 그렇다고 생각한다. 그에게 할 말이 아직 많다. 그가 듣고 싶어할지는 또다른 문제다. 하나하나의 죽음마다 말하지 못한 문장들이 모여, 거미줄에 걸려 남아 있다. 담아두었으나 결코 내뱉은 적 없는 생각들, 여전히 간직하고 있는 추억들, 시도해보지 못했으나 뜻밖의 순간에 찾아와 문을 두드리는 지난 일들. 하지만 그 독일 사람이 꿈을 꾼 밤은, 어쩌면 내가 미국인 작가의 꿈속에서 아일랜드 서쪽 해안 골웨이에 있던 밤과 같은 날인지도 모른다. 어쨌거나 그 모든 꿈들은 일주일 동안 일어났다. 잠자는 사람은 얼마나 많은 이동을 견딜 수 있는가? 나는 그녀에게 아직 무언가를 물어볼 수 있었으니, 이것이 살아 있는 자의 장점이다. 내게는 아주 오래된 기억이 있다. 폭풍 치는 날씨, 높은 회색빛

---

37) 노터봄의 모음집《붉은 비Rode Regen》.

파도, 그녀의 오두막에서 불을 지피려고 장작을 찾아다녔던 길고 황량한 해변. 하지만 그건 아니라고 그녀가 대답했다. 내가 거기에 있었고, 그게 다였다. 그런데 베네치아 꿈을 꾼 여성은 내가 모르는 사람이어서 아무것도 물어볼 수 없다. 발신인 주소도 없이 힘찬 필체로 적은 엽서 한 장. 나는 그 것에 답하지 못한다. 베네치아에서 내가 어디를 돌아다녔나요? 차테레로, 살루테로, 아니면 다시 바다를 건너 리도로? 파도 위의 몽유병자, 그런 모습의 나를 보고 싶다. 하지만 내게는 아무것도 보이지 않고, 그들은 뭔가를 본다. 그것은 내 것이 아닌 평행의 삶이며, 내가 어쩌지 못한다. 이제 다른 이들의 밤을 떨쳐버려야 할 시간. 수수께끼는 이미 충분하다. 왜 나는 〈열한 명의 아들〉이라는 카프카의 단편소설을 스페인어로 읽고, 이틀 후에 칠레 작가 알레한드로 삼브라Alejandro Zambra가 보낸 편지를 받는가? 편지에는 그가 카프카의 그 단편소설을 바탕으로 해서 새로운 소설《나의 문서Mis Documentos》─내가 이전 편지에 언급했던─를 썼다는 내용이 담겨 있다. 그걸 알아보아야 했는데. 이제 그 점을 알고 보니 그의 책이 다르게 읽힌다. 칠레 산티아고에 있는 다양한 온갖 남성 인물들, 이 또한 내가 직접 꾸지 않은 하나의 꿈처럼 보인다. 나는 내내 이곳에 있었다. 정원에 물을 주고, 잡초를 뽑고, 내일 길에 내어놓을 정원의 쓰레기를 봉투에 담았다. 그리고 화요일에 길 한쪽에 내어놓는다. 우리 집으로 이어지는 돌담길은 워낙 좁아서 시의 차량이 지나가지 못한다. 그래서 길이 포장되어 있고 차가 지나갈 만큼 넓은 곳에 쓰레기봉투를 갖다 놓아야 한다. 오늘 오후에는 셰크가 온다. 그는 드디어 주의회에서 답변을 받았다. 소나무에 살충제를 뿌려야 합니다. 하지만 소나무는 키가 너무 크잖소, 어쩌지요? 내가 말한다. 그는 가서 보도록 하죠, 라고 전화기 너머에서 웃으며 말한다. 나는 옆집의 유카는 키 큰 하얀 탑처럼 서 있는데 이제 꽃을 피우지 않는 우리 집 유카에 관해 물어볼 것이 있다고 덧붙인다.

16

그 유카에는 남다른 사연이 있다. 선물로 받은 나무인데, 누구에게 받았는지는 잊어버렸다. 이제는 사실이 아닐지언정 이 문장은 지우지 않고 그대로 두겠다. 나는 쉰 살이 되던 생일에 그 유카를 시모너에게서 받았는데, 그녀가 이 문장을 읽고 넌지시 상기시키기까지 면목없게도 그 사실을 잊고 있었다. 망각에는 부끄러움이 따라오고, 이 문장을 그대로 두는 것은 일종의 속죄다. 유카의 수관樹冠은 길고 무자

비한 서른 개쯤의 비수로 되어 있다. 정원 일을 할 때 그 근처에 가면 찔러대기 때문에 조심해야 한다. 갈퀴질을 하면서 뒷걸음칠 때, 유카는 내가 언제 제 영역에 들어갔는지 즉시 알려준다.

유카는 이미 오래전에 내가 눈을 너무 가까이 갖다 대서는 안 된다고 충분히 알렸다. 스페인어에서 그의 이름은 여성형으로 끝나지만, 그가 밤낮없이 지니고 있는 그 무기들로 말미암아 나는 그를 남성형으로 만들었다. 그가 곁가지들을 곧장 뻗어냈는지도 나는 알지 못하지만, 그가 여기에 있은 지 31년이 넘었고 그 곁가지 중 하나가 햇빛을 향해 자라고 싶어하지 않는다는 점은 안다. 그 결과는 기이한 구조였다. 어느 순간 그 곁가지는 나무줄기만큼 두꺼워져 땅에 누워 있었다. 하지만 식물은 햇빛을 쫓기 마련이기에, 휠체어에 앉은 환자처럼 수관을 희미하게 들어올리고 있었다. 몬탈치노의 포도 재배자가 양질의 포도주를 얻기 위해 포도 넝쿨에 모차르트를 들려주어 놀랄 만한 결과를 얻었고 해미시는 꽃을 피운 자신의 식물과 대화를 나눈다는 사실을 알고 난 이후로, 이따금 그들의 소리가 들린다는 생각이 든다. 대부분은 알아듣지 못하지만. 그런데 지금 이 경우는 제외다. 불구의 몸인 나의 유카도 괴테를 읽었다고는 상상할 수 없기 때문이다. 그럼에도 어느 날 저녁 '좀 더 빛을mehr

유카와 그 무기들.

Licht '38) 같은 말을 속삭이는 소리가 들렸다. 메노르카 억양
의 독일어였으나 메세지는 명료했고, 나는 누워 있는 그 곁
가지 밑에 받쳐놓기 위해 담장에서 돌멩이 몇 개를 집어오
기 시작했다. 두어 달이 지나자 벌써 그 곁가지가 서서히 몸
을 들기 시작했음을 알 수 있었다. 나는 그의 밑에 놓은 돌
무더기를 점점 더 높게 만듦으로써 그를 도왔다. 비틀거리
는 균형이었다. 특히 트라몬타나가 섬을 휩쓸 때는.

---

38) 괴테가 세상을 떠나는 마지막 순간에 한 말로 알려져 있다.

하지만 그는 버텼다. 지난가을에 나는 셰크의 도움을 받아 나뭇가지 두 개를 주워 툭 부러뜨린 다음 땅에 꽂아서 위쪽에 일종의 쐐기를 박은 것처럼 만들었다. 그럼으로써 유카를 계속 지지해줄 수 있었다. 그 방법이 통했다. 나보다 키가 커서 나를 내려다보는 그 식물에는 전체적으로 네 개의 수관이, 다시 말해 하늘을 찌르는 날카로운 칼들이 팽팽하게 묶인 다발이 네 개 있다. 특히 늦은 저녁 무렵이면 그 실루엣이 숨이 멎을 만큼 멋있다. 여름에는 각각의 수관 가운데에서 뒤집힌 샹들리에 모양의 새하얀 꽃송이들이 나온다. 그것들은 굉장히 아름다우며 마치 빛나는 양초들 같다. 유카 자체는 여전히 불구의 상태다. 마비된 줄기의 대부분은 아직 땅에 누워 있는데, 좀 더 가면 나뭇가지 두 개와 돌멩이 구조물이 받쳐주고 있어서 햇빛을 향해 수관을 들어올리고 있긴 하다. 그러나 아직 누워 있는 줄기—사실은 모체의 곁가지일 뿐이지만—의 둘레를 자로 재어보니, 만약 그것이 똑바로 선다면 주된 줄기보다 키가 더 클 것 같았다. 그래서 나는 서로 모순되는 두 가지 일을 동시에 했다. 이상한 불구자는 내 양심의 가책이 되었고, 나는 식물 하나를 구했다. 그는 '좀 더 빛을'이라고 한 번 말한 이후로 나무처럼 침묵하고 있다. 비수들은 반짝이고 그 어느 때보다 푸르다. 그는 위엄 있게 서 있다. 네 개의 수관은 또 다른 수관보다 키가 작다. 하지만 그는 꽃을 피우지 않는다. 셰크는 물고기처럼 건강해요, 라고 말한다. 비교 한번 희한하다.

비수들이 그토록 위험하고 위협적으로 보인 적이 없었다. 그는 자신이 서 있는 곳에서 담장 너머로 이웃집의 훨씬 더 키가 큰 유카를 볼 수 있는데, 이웃집 유카들은 수관에 하얀 샹들리에가 있고 키가 크며 웅장하다. 그러니 내 유카가 꽃을 피우고 싶어하지 않는다는 사실은 일종의 모욕처럼 느껴진다. 셰크의 말로는 그건 지나가는 현상으로 가을을 넘기지 않을 거라고 한다. 나는 두고 보기로 하며, 여전히 땅에 누워 있는 줄기를 바라본다. 그 주변을 갈퀴질하는 것을 어렵게 만드는 줄기. 하지만 내가 만든 희한한 구조물은 자신의 의지 및 햇빛과 더불어, 누운 그 가지의 끝을 다시 강력한 아치 모양으로 일으켜 세우고, 그것의 세 형제자매가 수관을 향해 버드러지게끔 만든 모습도 보인다. 솔직히 말해 나에게 좀 더 고마워할 줄 알았다. 하지만 나는 앙심을 품지 않고, 섬을 떠나기 전에 돌더미를 높이 쌓아올려서 내 유카가 해를 더 잘 받을 수 있게끔 할 것이다. 그로써 나의 초현실적인 구조물은 식물적인 라오콘의 자태를 취할 것이다. 트로이의 사제 라오콘은 트로이 목마를 경고했고, 그가 옳았다. 하지만 아테나 여신은 트로이 목마를 구상한 오디세우스를 돕고 싶어했기에 벌로 거대한 뱀 두 마리를 라오콘에게 보냈고, 라오콘은 자신의 두 아들을 팔로 껴안은 채 뱀에 목 졸려 죽었다. 끔찍한 장면이다. 그래서 그 뱀 중 한 마리가 이곳 땅바닥에 누워 있지만 여신은 힘을 잃었고, 사제는 아직 죽지 않았으며, 그의 두 아들은 누이 하나를 얻었는데, 나는 그 누이를 30년 동안이나 보살피고 있다.

17

다른 근심거리들. 어제 셰크가 모하메드와 함께 장비를 가지고 나타났다. 모하메드는 언제 보아도 눈에 보이지 않는 말을 타고 다니는 셰크라는 돈 키호테와 동행하는 과묵한 산초 판사 같다. 땅 파는 소리가 들렸을 때, 나는 집의 끄트머리에 조금 떨어져 있는 작업실에서 일하고 있었다. 모래 또는 흙이 툭 떨어지는 소리도 들렸는데, 그때 마침 햄릿에 관해 읽고 있던 터라 무덤 파는 사람이 떠오를 수밖에 없었고, 그로 말미암아 요릭[39]이 떠올랐다. 독자는 참조referenties에 의존하고, 작가이기도 한 독자에게 참조병

---

39) 셰익스피어의 희곡 《햄릿》에 나오는 해골. 햄릿이 오필리어의 장례식을 보기 위해 묘지에 갔다가 자신이 어렸을 때 궁정 광대였던 요릭의 두개골을 보며 인생의 덧없음을 이야기하는 장면에 등장한다.

referenditis은 고약한 질병이다. 셰크는 바퀴 달린 장비를 가져왔는데, 도르래가 있고 그 위로 기다란 관이 팽팽히 당겨져 있는 물건이었다. 정확하게 설명하기가 어렵다. 모하메드 산초는 소나무 한 그루의 둘레에 고랑을 팠다. 일종의 해자 埃字인 셈이었다. 나는 땅속에서 요릭의 해골이 나오기를 바랐으나 아무것도 나오지 않았다. 셰크는 사용 설명서로 판명된 소책자에서 뭔가를 읽고 있었으며, 나는 감히 방해할 엄두가 나지 않았다. 왜냐하면 모하메드가 거기서 궁정 광대의 해골을 찾기로 결심이라도 한 듯이 자신이 새로 판 고랑 위로 몸을 숙인 채 집중하고 있었기 때문이다.

그 모든 것은 구조 작업이었다. 셰크는 섬에 막대한 피해를 입힌 우루과이발 해충 나방으로부터 종려나무들을 이미 구해냈고, 이제는 주의회에서도 답변을 받았다. 그가 새로 난 소나무 가지의 초록색 끝부분을 꺾었을 때 본 위협적인 흰색 액체는 사실 심각한 위험이었으며, 소나무 네 그루의 뿌리에 일종의 수목용 페니실린을 주입해야만 물리칠 수 있는 것이었다. 그래서 뿌리의 가장 윗부분을 드러내고 주사를 놓아야 했다. 나는 집으로 가는 길에 먼저 해자가 둘린 나무 네 그루를 지나고, 그다음에 나방 종양에 걸렸을 수도 있고 아닐 수도 있는 종려나무 두 그루를 지나고, 그다음에는 내 손으로 병을 고친 유카를 지난다. 사촌. 이것은 가족

구성원이라는 뜻일 뿐 다른 뜻이 아니다. 이 섬에 온 지 이미 50년이 된 이 사촌은 어느 날 저녁 정원을 바라보며 말했다. "이 정원은 네 영혼의 초상이야." 나방의 공격을 받았고, 뿌리가 손상되었으며, 돌더미로 받쳐져 빛을 쪼인다. 그것이 내 영혼이다. 여기에 도리언 그레이는 비교가 되지 않는다.

18

새벽 5시. 마을에서 들려오는 폭죽과 음악 소리에 뒤척인 밤, 해마다 8월 말이면 축제들이 끝난다. 밤은 시원하고 믿기 어려울 정도로 맑다. 나는 불을 켜지 않는다. 종려나무 왼쪽 위로 나의 수호성인 오리온자리가 보인다. 개의 별 시리우스가 그의 발치에서 반짝이고 하늘이 너무 빼곡하게 부호들로 덮여 있어서 나는 길을 잃고 만다. 주변을 360도로 볼 수 없어서이기도 하지만 말이다. 그러나 밤바다를 항해하는 뱃사람들에게는 똑같은 이 하늘도 지도처럼 선명할 것이다. 나는 테라스에 잠시 앉아 무無에 귀 기울인다. 오늘은 9월의 첫 아침이다. 가을의 첫 신호인 축축한 흙내음. 한 시간 뒤면 평소 나를 잠에서 깨워주는 아침 콘서트가 열린다.

수탉, 개, 비둘기, 거위, 염소, 그리고 당나귀는 세상의 슬픔인지 황홀한 기쁨인지를 울부짖는데, 정확한 걸 누가 알겠는가? 나는 당나귀의 언어를 모른다. 내가 아는 거라고는, 그것이 막연한 순간에 가차없는 파토스로 밤을 갈기갈기 찢고 그 후에는 이전과 같은 것이 없다는 것뿐이다. 오직 수탉들만 그 정도의 음량을 내는데, 그 의기양양한 고음은 그들의 암컷 친구들이 내는 웅웅거림과 와자지껄한 소리에 의해 갈라진다. 내 귀에 들리기로는 그렇다. 거위와 염소들은 저 멀리, 내가 모르는 이웃 남자 집에 있다. 거위들은 여전히 캄피돌리오를 지키는 임무를 띠고 있고,[40] 새끼 염소들은 새된 소리로 징징거린다. 당나귀 그리고 가장 가까운 곳에 있는 수탉과 암탉은 우리 옆집에 사는 미장 기술자 미구엘의 것이다. 그 밖의 수탉들은 사방으로 소리를 질러대며 이울어가는 밤에 커다란 원을 그린다. 전체적으로 귀에 거슬리는 소음은 아니지만, 이 악곡은 나무 뒤에 자리잡은 합창단의 불협화음, 고독한 목소리들, 저항, 갑작스러운 침묵, 그리고 다시 날카로운 비명과 함께 나름의 방식으로 작동한다. 말들이 나의 전문 분야이기에 나는 종종 그들이 무슨 말

---

40) 켈트족이 로마를 점령하자, 살아남은 로마 시민들은 캄피돌리오 언덕에 배수진을 쳤다. 켈트족이 야음을 틈타 캄피돌리오 언덕을 기습 공격했으나 거위가 울어대는 바람에 잠자던 로마 병사들이 깨어나 결사 항쟁했다.

을 하는지 알아듣곤 한다. 물론 말도 안 되는 일이다. 내 말인즉슨, 소리에 특정한 박자가 있을 경우 내가 그 소리에서 말을 듣거나 생각해낸다는 것이다. 예를 들어 나폴리 테너 같은 기막힌 목소리를 지닌 수탉 한 마리가 있는데, 그가 내는 소리는 큰 행복감, 동물적인 만족감을 표출하기에 언제 들어도 알 수 있다. 그 수탉은 한결같은 짧은 문장에서 음절을 쭉 늘린 다음, 한껏 뽐을 내며 다시 한동안 반복한다. 기분 좋구나, 하며 암탉들과 교미한 후 기쁨의 환성을 지르며 담장으로, 들판으로 달려간다. 마치 다른 시간대에 귀뚜라미가 자신의 형이상학적 의심을 다음과 같이 강박적으로 반복할 때처럼 설득력이 있다. '그건 A가 아니야 / 그건 B가 아니야 / 나는 뭔지 모르겠어.' 한번 듣고 나면 그 문장들을 절대 잊지 못한다. 악보 전체는 워낙 두꺼워서 아무도 이고 다니지 못할 지경이다. 내 주변의 뭇 들판과 숲속 어딘가에 지휘자가 돌아다니고 있을 것이다. 그는 모든 연주자에게 다가갈 줄 알고, 새날의 빛에 대한 고대의 조화와 환희에 서서히 사라지는 어둠의 불안과 위험을 섞을 줄 아는 이다. 저녁은 도마뱀붙이, 부엉이, 검은 딱새 들의 시간이고, 아침은 여러 종류의 두발짐승과 네발짐승 들의 시간이며, 침묵 속에서 듣고 있는 이는 아무에게도 들리지 않는 소리를 내는 뱀, 쥐, 개미, 도마뱀, 거북이, 거미, 그리고 인간 들이다.

19

이 섬에서 내가 몸담고 있는 마을의 이름은 산 루이스San Luís라고 하거나 카탈루냐어 철자로 Sant Lluís라고 쓰는데, 13세기의 프랑스 왕 생 루이Saint Louis의 이름에서 비롯된 지명이다. 마을 자체는 자그마하고, 하얀 회칠을 한 나지막한 집들과 그 집들만큼이나 하얀 교회가 하나 있다. 18세기 말 프랑스가 이 섬을 점령했을 때 리슐리외 공작에 의해 건설된 교회다. 랑니옹Lannion 백작이 이곳의 총독을 지냈을 때로, 점령 기간은 짧았으나 점령 지역은 넓어서 섬의 남동쪽 자연 해안의 높은 절벽과 만까지 이른다. 우리 집 담장 너머 바깥 세계에는 고대와 봉건 시대의 정취가 남아 있다. 해마다 중세 프랑스 왕의 영명 축일에 열리는 피에스타fiesta는 말과 기수들이 마치 프랑스 궁정에서 온 것처럼 의례들을 따르는 전례 축제다. 마온Mahón의 공공 도서관에 보존되어 있는 한 세기가 넘은 빛바랜 신문 속 흐릿한 사진들에서 볼 수 있듯이, 옛날 옛적 그대로 변함이 없다. 섬의 모든 마을과 도시는 수호성인의 축일에 축제를 여는데, 그런 축제에서는 말을 못 타는 사람이 없고, 말들은 귀청을 찢는 듯한 금관악기 소리와 자극적인 음악에 견디도록 조련되었으며 키가 크고 검은색으로 아랍 순종처럼 보인다. 축제의 봉건적인 성격은 섬의 반대편에 있는 시우타데야에서 가장 뚜렷이 나타난다. 그도 그럴 것이, 그 도시에서는 변경백 또는 공작에 해당하는 카셰 세뇨르caixer senyor가 선두에서 달리며, 사제를 나타내는 카셰 카펠라caixer capellà라는 형태로 교회가 뒤를 따른다. 귀족, 농부, 시민, 그리고 신부. 교회와 속세. 거의 600쪽에 달하는 내 카탈루냐어-스페인어 사전에는 '카셰caixer'의 뜻이 계산원이라고 나와 있지만, 그래도 수수께끼는 풀리지 않는다. 카셰 파헤스caixer pagès나 카셰 바틀레caixer batle처럼 이 단어에 따라오는 대부분의 단어들도 마찬가지다. 그러나 이 섬에서 '카셰'는 이미 오랜 세월 동안 기수를 뜻했으며, 그 뒤에 따라오는 단어는 그가 전체 속에서 수행하는 직무를 가리킨다. 카셰 파드리caixer fadrí는 총각 기수, 카셰 파비올레르caixer fabioler는 피리 부는 기수이며, 말 행렬의 앞잡이는 카셰 바틀레caixer batle이다. 사실 그 자리에는 시장市長이 와야 하지만, 내가 사는 마을의 시장은 큰 사고를 겪고 나서 말을 타지 못한다. 카셰 말고 '카바예르cavaller'도 있다. 이 단어도 실제로는 기수를 의미하지만 차이가 있다. 이들은 계층 구조 안에서 아무런 역할이 없기 때문인데, 보통 다른 마을에서 와서 함께 '콸카다qualcada', 곧 행렬을 형성한다. 그들은 19세기의 의례복처럼 보이는 하얀 조끼, 하얀 바지, 검은 연미복에 하얀 나비넥타이를 매고,

검은 부츠를 신고, 검은 이각모를 쓴 수십 명의 남자들이다. 축제 며칠 전부터 마을은 들뜨기 시작한다. 마을을 장식하고, 행렬이 지나갈 수 있도록 사방에 펜스를 세우며, 주차를 통제하고, 벽에는 말 머리 모양의 간판이 선수상船首像처럼 내걸린다. 흥분을 기대하는 분위기가 감돈다. 그러다가 8월의 마지막 금요일이 되면 모든 준비가 끝나는데, 이를 '프리메르 톡 데 파비올primer toc de fabiol'이라고 부른다. 시장은 '카셰 파비올레르, 즉 피리 연주자에게 참석을 요청해 카셰 파드리와 동행하게 하는데, 카셰 파드리는 수호성인의 깃발을 건네받은 다음 피리의 첫 번째 음을 이어받아 연주한다. 그런 다음 총각 기수는 깃발을 시청사의 발코니에 내거는데, 이때 피리 연주자, 시장 그리고 시장을 대리하는 기수가 '사 베사 모스 폿Sa vessa mos fot'이라고 불리는 두 명의 전령과 함께 이 과정을 지휘한다. 이제 축제를 시작해도 된다. 하지만 다음 날, '카셰 파헤스', 즉 농부 기수가 말의 갈기와 꼬리를 꽃술과 리본으로 장식하면 바야흐로 축제는 시작된다.(메노르카어로는 '엘 카셰 파헤스 프레파라라 엘 세우 카발 페르 레스 페스테스el caixer pagès prepararà el seu cavall per les festes'라고 한다.)

그런 다음 4시 반, '레피카다 데 캄파네스 이 데스카라레하 데 모르테레repicada de campanes I descarràrrega de morterets', 그러니까 종소리와 박격포의 굉음이 들린다. 그 뒤 '소르티다 데 라 반다 데 코르네 이 탐보르sortida de la banda de cornets I tambors', 코넷 밴드와 드럼이 등장한다. 그리고 거인과 악사들의 행렬. 이제 중대한 순간이 온다. 유일하게 당나귀를 탄 피리 연주자는 시청 앞 광장으로 가는데, 거기에는 콸카다, 즉 마상 행렬의 규칙을 허가해줄 시장이 기다리고 있다. 피리 연주자는 총각 기수를 다른 광장으로 데려가도 되는지 물어본 다음, 총각 기수와 함께 다시 돌아와 축제를 시작하게 해달라는 허가를 요청할 것이다. 그들은 깃발을 건네받고, 이윽고 피리의 첫 음이 울리며, 모든 기수가 자리를 잡고 선다. 이 시점에서 연주되는 선율을 나는 꿈에서도 들을 수 있고, 글을 쓰는 동안에 부를 수도 있다. 내 안에서 빙빙 돌며 감상을 불러일으키고 내내 반복되어 골수에 사무치는 후렴구다. 이 음악과 함께, 산 루이스의 카셰들과 카셰가 아닌 기수들은 다른 마을에서 온 기수들이 그들을 기다리고 있는, 마을 중심도로의 반대편 끝 풍차로 간다. 이들이 다 함께 모여 교회 맞은편 시청사를 향해 다시 행진한다. 거기서 카셰 바틀레는 '바톤 데 만도baton de mando', 즉 일종의 지휘봉을 받은 뒤 교회 옆 광장을 향해 30미터를 달린다. 광장에서 신부가 말을 타고 서 있다가 행렬에 합류한다. 그러고 나면 당신은 말을 잘 탈 줄 알아야 한다. 이때부터는 군중의 참여가 허용되기 때문이다. 이 말인즉슨, 군중 속에서 수많은 춤꾼들과 강심장들이 말들 앞에 자리잡고 서서 말이 뒷다리로 서게끔 한다는 의미이다. 이따금 그것은 거친 춤이 된다. 말들이 그들 머리 위로 솟구쳤다가 그 몸무게와 함께 다시 밑으로 내려와 발굽으로 땅을 디디며, 그사이에 춤꾼들은 포마다pomada를 많이 마셨기 때문이다. 포마다는 달콤한 레모네이드를 섞은 이 섬의 진 칵테일인데, 거리 어디에서나 흔히 마실 수 있다. 이 칵테일의 이름은 소리게르xoriguer지만, 카탈루냐어-스페인어 사전에서 뜻을 찾아보면 세르니칼로cernícalo라고 나오며, 이를 다시 스페인어-네덜란드어 사전에서 찾아보면 '황조롱이', '난폭한 남자'라고 나온다. 그리고 스페인어 동사 '코헤르coger(잡다, 쥐다, 취하다)'와 결합하면 술에 취한다는 뜻이 되는데, 이는 해마다 이곳에서 대규모로 벌어지는 일이다. 말과 함께 춤을 추는 일은 춤꾼들이 술을 퍼마시고 말을 자극하는 것보다는 덜 해롭다. 승마에 능숙하지 않으며 앞발을 공중에 버둥대는 말을 다스리지 못하는 사람은 고역을 치르게 된다. 올해 처음으로 시우타데야에서 사망 사고가 발생했고, 그 후 시장은 자신의 잘못은 아니지만 즉시 사임했는데, 이는 스페인에서 매우 드문 일이다. 해마다 더 많은 외부인이 이 축제에 온다. 메노르카가 아직은 바깥 세상과 단절되어 있었을 때, 여러 마을에 한 해의 하이라이트였고, 동시에 결혼 시장이자 길고 굶주리는 겨울의 한 해에 한 점 빛이었던 축제. 이 점에 관해서라면 이곳에 사는 사람들의 성격에서, 그리고 그들이 쓰는 온갖 단어들이 내 카탈루냐어-스페인어 사전에는 나오지 않는다는 사실로 미루어 알 수 있다. 그 겨울날들이 어떠했는가는 19세기 요리책을 보면 제일 잘 알 수 있다. 일주일에 한 번 겨우 배 한 척이 들어오고, 사람들이 바다와 이 거칠고 메마른 땅에서 얻을 수 있는 것을 스스로 얻어서 살아야 했던 시절. 당시 농부와 어부들 대부분은 섬을 한 번도 떠나본 적이 없었다. 내가 항상 바르셀로나에서 타고 오는 현대적인 배로도 여전히 아홉 시간이나 걸린다. 그 시절에는 얼마나 걸렸는지 나는 알지 못하지만, 그 시간 동안의 고립이 남긴 무언가는 여전히 감지할 수 있다.

20

나는 위대한 예술가다. 그리고 집단 살인마다. 저항할 수 없을 만큼 매혹적인 조합. 그게 아니라면 나는 어떻게 꿈속에서 사람들을 만드는가? 어떻게 그들은 그 얼굴들을 가지게 되는가? 그들에게는 볼이 있고 코가 있고 눈이 있다. 대체로 나는 모르는 사람의 꿈을 꾸는데, 어느 정도는 설명할 수 있으리라. 어떻게인지는 잘 모르지만서도. 그렇다, 그 낯선 사람들, 이따금 나의 밤을 채우는 생면부지의 그 존재들, 그들이 걸어가는 복도, 계단, 난간, 벽, 어슴푸레하거나 또는 그렇지 않은 불빛, 건설된 도시. 하지만 누가 건설했는가? 그렇다면 나는 건축가이기도 하단 말인가? 그리고 그 건물들이 서 있는 도시들은 어디인가? 어느 순간 내가 그들에게 거리와 광장을 만들어줄 수 있게 하는 것은 무엇인가? 내가 도시 등과 함께 만들어놓은 사람들이 걸어다니는 발치에 있는 고층 건물들. 그 사람들에게 얼굴을 주고, 걷게 하고, 모퉁이를 돌아 나를 향해 오게 하는 데 시간이 얼마나 걸렸는가? 그들은 누구인가? 나는 전에 그들을 본 적이 없지만 내 꿈속에는 그들이 보이니, 내가 그들을 직접 만들고 빚었으며, 어딘가에서 얼굴을 훔쳐오고, 자세를 빼앗아오고, 움직일 수 있는 손과 옷차림을 생각해내어 매력적으로 만들고자 했다는 것 말고는 다른 답이 있을 수 없다. 그들의 눈은 색깔을 띠고 있는데, 나는 어디서 그것을 얻었는가? 누구에게서 훔쳤는가? 그리고 내가 훔친 그 대상들은 아직 살아 있는가? 인정하건대, 나는 여행을 많이 하고, 대도시를 방문하며, 지하철 계단을 내려가고, 여러 공항의 보안 검색대 앞에 줄을 선다. 때로는 내가 보는 모든 사람을 세어보려고 애쓰기도 하지만 그것은 불가능한 일이다. 그리고 나는 그들이 쓴 안경을 어디서 사는가? 그들이 무슨 신문을 읽는지 어떻게 알 수 있는가? 그럼에도 그들은 등장한다. 그들은 나를 위협하거나 내게 유혹 받고 싶어하고, 나를 흥분시키거나 나를 쫓아온다. 내 뒤에서 그들의 발자국 소리가 들린다.

베를린의 지하철 U-반에서 나는 얼마나 많은 사람을 보는가? 뉴욕의 지하철에서는? 노인, 어린이, 군인, 간호사, 성직자. 하루에 족히 수천 명은 되리라. 모두가 그들 자신에 대해 '나'라고 말하지만, 내가 말해본 적이 없는 '나'이다. 밤에 나를 찾아오는 존재들을 만드는 데 나는 무엇을 사용했는가? 그래서 가끔 내가 그렇게 고단한가? 한 사람을 만드는 데 시간이 얼마나 걸리는가?

어떤 사람에게서는 얼굴을, 다른 사람에게서는 굽은 등을 또는 위협적인 자세를 가져오는가? 부에노스아이레스의 기차에서 내 앞에 앉았던 사람인가? 나는 도리 없이 대가大家일 수밖에 없다. 그도 그럴 것이, 내가 공연히 서 있는 것은 아니기 때문이다. 나는 나무와 구름과 눈 덮인 들판을 만들고, 그것들에게 살아갈 수 있는 세상을 준다. 그런데 나는 꿈꿀 때 내 눈이 움직인다는 사실을 알고 있으니, 내가 전부 다 진짜로 본다는 것도 알고 있다. 그리고 내가 만들지 않았다면 도대체 누가 만들었겠는가? 그들은 항상 나의 뇌 속에 살고 있는가, 아니면 내가 꿈을 꾸고 싶거나 꿀 수밖에 없을 때만 그들을 소환하는 것인가? 내가 본 적이 있는 수백만 명의 모습과 본보기를 모방해서 인물들을 만드는가? 아니면 그런 모델 없이 직접 구상하는가? 두개골에 볼을 붙이고 머리카락을 염색하고 늙게 만들면서? 그러면 주름살 하나하나를 만드느라 시간이 더 오래 걸리는가? 아이들은 더 쉬운가? 벗겨진 피부는 몇 시간에 걸쳐서 만드는가? 젖가슴은, 입술은? 부릅뜬 눈길은 얼마나 만들기 어려운가? 죽음에는 언제 관여하는가? 나를 위협하는 칼은 얼마나 날카로워야 하는가? 내가 갈아놓은 칼과 그것이 불러일으키는 두려움의 정도 사이에는 어떤 관계가 있는가? 그리고 나는? 나는 거울을 자주 들여다보지만, 꿈속에서는, 심지어 내가 꿈속에 있을 때도 여태껏 나를 본 적이 없다. 꿈에 나오는 동안 내가 눈에 띄었던 기억은 없다. 그렇다면 내가 꿈에 나왔다고 말하는 다른 사람들은 그것을 어떻게 했을까? 다른 이의 꿈에 나오는 걸 거부할 수 있을까?

21

오늘은 석 달 만에 비가 왔다. 4월이 가장 잔인한 달일지는 몰라도, 가장 이상한 달은 9월일 때가 많다. 비가 오기 전의 시간은 견디기 어렵다. 습도계의 숫자는 100을 넘어가고 싶어 하지만 불가능한 일이다. 가장 좋은 방법은 나무가 어떻게 견디는지 관찰하는 것이다. 나무들은 마치 숨 쉬고 싶지 않다는 듯 그 축축하고 뜨끈한 천에 싸인 채 죽은 듯이 서서 아무 말도 하지 않고 어떤 움직임도 거부한다. 팀파니 치는 소리가 들려야 하지만, 팀파니 연주자가 아프거나 아니면 지휘자가 죽었다. 새들은 계속 떠나가고, 할 수 있는 일이라고는 검은색이 몰려드는 하늘을 쳐다보는 것뿐이다. 그리고 기다린다. 모든 것을 기다린다. 어딘가에서 카운트다운에 돌입했다는 느낌이 들기는 하지만 얼마나 오래 걸릴지 모르며, 끝을 봐야 하지만 어떻게 해야 할지 모른다. 그러고 나서 일이 발생한다. 이 구름들은 구름이 아니라 쇳물로 이루어졌으며, 룬 문자의 광기 어린 전기적 자취가 검은 하늘을 가로질러 그어지는데, 구름층이 산산조각 나고, 건물에 충격이 가해지며 집이 진동하고, 등燈이 꺼지고, 골고다의 어둠이 땅 위에 내린다. 그런 다음 갑자기 해방된 것처럼 비가 내린다. 하지만 비는 낙하하지 않고 서 있으며, 차갑고 수직적이며, 자신의 힘을 충분히 인식하고 있다. 모든 것이 열리는 듯해, 마치 나무와 풀들이 안도의 비명을 내뱉으며 응답하는 것 같다. 가장 먼저 보이는 것은 오랫동안 보지 못했던 작은 거북이다. 거북이는 별안간 생겨난 진창을 작은 전차처럼 가로지르기 시작하고, 지난 석 달 동안 마시지 못했던 것을 마시기 위해 가장 깊숙한 지점을 찾는다. 지중해의 악천후는 네덜란드 간척지의 악천후와 다르고, 열대성 호우와도 다르다. 다른 해안이나 섬으로 옮겨간 폭풍우가 때로는 다음 날까지 보이기도 하며, 수평선에는 여전히 글자가 휘갈겨지고 멀리서 번개가 번쩍이지만, 이제는 아무 소리도 들리지 않는다. 다른 어느 곳에서 재앙과 구원을 선포하는, 알아보기 힘들게 괴발개발 적힌 글자만 보일 따름이다. 특히 신비로운 점은 바다 위로 번개가 치는 모습이 보이는데도 내가 있는 곳에는 비가 내리지 않는다는 것이다. 바람이 불지 않고 구름조차 없지만, 멀리서는 폭풍우가 친다. 그 모습이 보인다. 어쩌면 저 멀리에서는 배 한 척이 그 악천후를 버티고 있을 것이다. 해양지도에 해안의 난파선이 표시되는 것처럼, 이 섬의 신문에는 바다의 종류에 따라 다양한 형태의 위험이나 고난과 관련된 명칭들이 사용된다. 섬들 사이에서 이미 숱한 배들이 난파했다.

22

폭풍이 지나간 저녁, 하늘이 다시 개었다. 나는 나의 붙박

이 항로표지를 발견했다. 카시오페이아 자리의 큰 별 다섯 개. 어둠과 함께 찾아와 우리 집 바로 위에 떠 있는 커다란 오리온자리가 이슬이 내리기 전 밤이 끝났음을 선언하는 것처럼, 안드로메다의 어머니[41]는 나에게 밤의 시작을 의미한다. 인간의 척도란 놀랍도록 천진난만한데, 이는 다름 아닌 바로 나의 척도를 두고 하는 말이다. 생각해보니 내가 카시오페이아는 우리 집 발코니에 속한 것이라고 보고 있는 까닭이다. 8월의 오리온이 항상 새벽 5시에 첫 야자수 위로 지고 그런 다음 바다 쪽으로 사라지는 것처럼 말이다. 내가 나와 관련한 모든 것을 이런 식으로 본다는 점을 인정한다. 이웃집들 뒤편에 있는 별들은 대부분 나에게는 보이지 않아서 알지 못한다. 얼마 되지 않는 내 땅뙈기에 대해서는 토지대장에 기재되어 있지만, 그 땅에 속하는 별에 관해서는 아무런 언급이 없다. 카시오페이아는 밤이면 우리 집 위에 떠하니 나타나기 때문에 손쉽게 찾아볼 수 있는 반면, 별자리 책의 천체지도에서 찾으려면 애를 먹는다. 124쪽, 용골자리 Carina와 센타우루스Centaurus 자리 사이에 있어서 알파벳으로 찾아야 한다. 그런가 하면, 우리 태양계에서 카시오페이아의 진짜 이웃들은 안드로메다와 케페우스, 그러니까 카시

---

41) 카시오페이아를 가리킨다. 그리스 신화에서 카시오페이아의 딸이 안드로메다이며 남편은 케페우스다.

오페이아의 딸과 아버지이다. 고로 가족 전체인 셈이다. 내 별자리 책은 미국에서 나온 것인데, 네덜란드에서 우리가 진짜 그리스인처럼 K로 쓰는 이름들을 모두 C로 써놓았다. 케페우스는 에티오피아의 국왕이었고 카시오페이아는 그의 아내였는데, 그녀는 자신이 바다의 신 네레우스의 딸들인 눈부시게 아름다운 네레이스보다 더 아름답다고 주장했다. 그런 말은 하지 않는 편이 좋았을 것이다. 그도 그럴 것이, 거의 언제나 기분이 좋지 않은 포세이돈은 그 말을 듣고, 면면한 폭풍으로 나라를 휩쓸어 파괴하는 지옥 같은 괴물을 보내어 그녀를 벌주었다. 그녀의 딸 안드로메다를 바닷가 바위에 쇠사슬로 결박해 포세이돈의 노여움을 진정시킴으로써만 그 재앙을 막을 수 있었고, 페르세우스가 와서 안드로메다를 구하지 않았다면 일은 그렇게 흘러갔을 것이다. 지금 페르세우스는 그 보상으로 천구에서 안드로메다 자리의 이웃이 되어 있다. 하지만 천체지도를 찾아보면 그에게는 별 이점이 없어 보인다. 별자리로서 안드로메다는 사슬에 묶인 여인을 나타내는 별 세 개로 되어 있고 셋 다 아랍식 이름을 갖고 있으니 말이다. 시라흐, 미라크, 알마크, 각각 사슬에 묶인 그녀의 머리, 허리, 발이다. 미라크의 옆쪽 어딘가에(그 지도상에서) M31, 곧 안드로메다 성운이 위치한다. 2,537,000광년 거리에 있는 거대한 나선형 은하. 하지만

'옆쪽'이란 무슨 의미일까? 이 별자리에 안드로메다라는 이름을 붙인 사람도 사슬에 묶인 이 소녀가 그사이 어떤 숫자들을 얻었는지는 알지 못했을 것이다. 그녀의 머리에는 어느새 명칭이 B8이며 헬륨 항성에 전형적으로 나타나는 스펙트럼이 생겼으며, 우아한 뭔가를 연상시키는 그녀의 허리는 3500K라는, 상대적으로 온도가 낮은 적색거성이며, 결박된 발은 오렌지색와 푸른색이 대조를 이루는 이중성二重星이다. 페니키아 선원이 카르타고로 가는 길을 찾을 수 있게 해준 신화는 그 모든 숫자와 광년 사이로 사라졌다.

나는 저녁에 그녀의 어머니 카시오페이아를 볼 때마다 이 다섯 개의 단순한 별을—실제로는 최소한 여섯 개의 별에 더해 도대체 눈을 어디에 둬야 할지 모를 성운들이 좀 더 있지만—마음이 편안해질 징후로 삼곤 한다. 이것은 마치 칸트가 내게 그렇듯이 풀 수 없는 수수께끼다. 사실 그 답을 알고 싶지는 않다. 몇 시간 뒤 페니키아의 그 선원처럼 바닷가에 서면, 그녀가 하루의 여행길에서 얼마간 전진한 모습이 보인다. 사실 그 여행은 내가 하는 것이기도 하다. 거기 꼼짝 않고 서 있는 동안, 나 역시 절대로 느껴지지 않는 속도로 그녀와 함께 돌고 있으니까. 오늘 밤 하늘이 계속 맑게 개어 있다면, 오리온자리도 시간 맞춰 정원에 나올 것이다. 지구상에서 어긋난 일은 다 저 위에서 바로잡힌다. 아니면 그렇게 보이거나. 우리가 징후라고 믿고 예전에 인간들이 상상해내고 시인들이 기록한 이야기가 거기에 담겨 있다고 보는 그것들은 실제로는 수백만 년에 걸쳐 무한한 속도로 서로에게서 그리고 우리에게서 멀어져 사라지고 있는 생명 없는 가스 덩어리이거나 성단이며, 우리는 그것들 스스로는 알지도 못하는 이름을 그것들에 붙여준 것이다.

23

끊임없이 주변의 외국어를 들으며 사는 사람은 때로는 심해 잠수사처럼 모국어에 푹 빠지게 되곤 한다. 1864년에 편찬을 시작해 얼마 전에 드디어 완성된 네덜란드어 사전[42]이 있다. 내가 그 사전 전체를 처음으로 본 것은 샌디에이고 대학교에서였다. 몇 권인지 셀 수도 없는 사전들이 꽂혀 있었는데, 족히 몇 미터는 되어 보였다. 나중에 나는 그것을 중고로 사들여 암스테르담 집의 바닥에 놓아두었다. 거기 말고는 마땅히 둘 데가 없었다. 이따금 나는 몇 시간이고 그 앞에 눌러앉아 독서 삼매경에 빠진다. 그러면 마치 심해 탐

---

42) 판 달레Van Dale라는 사전 편찬자가 펴낸 네덜란드어 사전을 말한다. 2015년에 15차 개정판이 나왔다.

사용 잠수정을 타고 모국어의 무한한 바닥으로 내려가는 느낌이 든다. 그곳에는 내가 본 적도 읽은 적도 없는 단어, 생명을 다한 물건의 이름, 기상천외한 직업, 이제 아는 사람이 아무도 없는 유사어와 동의어, 그리고 완전히 사라져버린 시와 책 속의 문장들이 살고 있다. 지금은 영원히 사라져버린 어떤 시대에 그 단어나 표현이 진짜로 살아 숨 쉰 적이 있다는 증거들이다. 거기, 그 바닥은 희한한 곳이다. 나는 그 소멸한 단어들을 크게 소리 내어 말해보는 걸 좋아하는데, 그렇게 하면 그것들이 그나마 한 번은 더 진짜로 존재하는 듯 느껴진다. 하지만 몇 시간이 지나면 나는 그 단어들의 유효함이 상실된 세계로 되돌아온다. 마치 쓸모없는 지폐만 지닌 채 낯선 나라에 도착한 것처럼.

물론 그 무한한 사전을 이 섬으로 가져오지는 못했다. 하지만 이곳에는 1950년 판본이 한 권 있다. 그것도 깨알 같은 활자에 분량이 거의 3000쪽에 달해 여간해선 집어들지도 못한다. 무릇 섬이란 책에 이상적인 장소는 아니다. 습기는 적병이고, 곰팡이는 무기다. 책과 무척 친하게 지내는 사람이라면 그 성미를 잘 알리라. 그것은 누군가 자신을 읽어주기를 바라며, 자신을 움켜쥐는 손을, 책장을 넘기는 손가락을 갈망한다. 너무 오랫동안 읽지 않고 내버려두면, 처음에는 슬퍼하다가 나중에는 성을 낸다. 소설책이 그렇고 시집도 그렇지만, 특히 사전은 쓰지 않고 두면 단어들이 반란을 일으킨다. 네덜란드에서는 이 사전을 '두꺼운 판달레 Dikke Van Dale'라고 부르는데, 가히 우리 말의 보고寶庫다. 초록색 리넨으로 장정된 내 사전은 습한 공기에 서서히 망가져갔다. 바닷바람이 실어오는 소금기는 파괴를 일삼았다. 책은 부서지기 시작했고 하드 커버가 분리되기 시작했다. 어쩌다 내가 집어들기라도 하면 적의를 드러내 낱장들을 떨어뜨리는 바람에 뒤쪽에 꽂아두어야 했다. 그 사전이 옛 주인을 그리워하고 있을지 누가 알겠는가? 책에 장서표를 남겨둔 그 사람 말이다. H. A. 브롱어르스라고 분명하게 적혀 있었다. 나는 모르는 사람인데, 물론 그사이에 그 사람이 한마디 말도 없이 죽었을 수도 있고, 아니면 브롱어르스 씨가 사전을 모욕적으로 헐값에 처분한 탓에 그에게 아직 화가 나 있을 수도 있다. 진정한 수치는 그 후에 비로소 시작되었다. 그 사전은 허름한 헌책방에 홀로 남겨진 채 비가 오나 눈이 오나 매대 위에서 다른 추방물들 사이에 섞여 있었으며, 바로 이 글을 쓰고 있는 사람에 의해 구조되었다. 책은 자부심이 있으며 자신의 가치를 안다. 언어의 살아 있는 기억으로서 수천수만의 단어를 간직하고 있는 책이라면, 워털루 광장[43]에서 별의별 손들이 자신을 무신경하게 다루지 않길 바란다. 어쩌면 이 사전에게는 스페인에 가는 것도 뜻밖의 놀라운 일이었을 것이다. 웹스터 씨, 두덴 씨, 그리고 부분적으로 동일하나 단어 수는 훨씬 적은 외국인 한 쌍 사이에 마련된 새로운 거처는 그 자체로는 받아들여졌다. 하지만 겨울이 오고 그것들이 각자 홀로 남겨지자 서서히 반란이 시작되어, 나는 테이프와 접착제와 바늘과 실로 무장한 채 일종의 20년 전쟁을 치렀는데, 판달레가 제일 먼저 단념하고 자살을 감행할 조짐을 보이기에 이르렀다. 그때 누군가가 나에게 이 섬에 사는 여자 제본사에 대해 말해주었다. 나는 죽어가는 판달레의 조각들을 그녀에게 가지고 갔다. 그녀는 두 달이 필요하다고 했다. 두 달 후에는 되살아난 판달레를 돌려받을 수 있으리라. 인사를 하고 나오는데, 내 모국어가 이야기를 다한 것은 아닐까 하는 기분이 들었다. 사전은 보물창고일 뿐만 아니라, 공동묘지이기도 하다. 훌륭한 사전은 살아 있는 단어와 갓 태어난 단어 말고도 죽은 단어, 사멸하는 단어, 그리고 영영 사라진 단어들도 소장하고 있다. 프루스트는 너무도 짧았던 생애의 끝에서 자신의 사후에 자기 작품이 얼마나 오래 살아 있을지 궁금해했다. 백년은 그에게 너무 길어 보였다. 그런 면에서 그는 지나치게 조심스럽거나 콧대가 높다. 머지않아 그의 백 주기가 되고,

---

43) Waterlooplein, 네덜란드 암스테르담에 있는 광장.

그의 책은 여전히 죽지 않았다. 아마도 그는 언어에 대해 깊이 생각하지 못했으리라. 책뿐만 아니라 단어도 죽는다. 사라지고, 먼지로 덮히며, 의미가 모호해지거나 달라진다. 내 책의 프랑스어판 편집자가 프루스트를 어느 나라 말로 읽었느냐고 내게 물어본 적이 있다. 그때 나는 살짝 기분 나쁜 투로 "물론 프랑스어지요"라고 대꾸했다. 그러자 그는 이렇게 말했다. "그런데 재미있지 않나요. 당연한 얘기지만 프랑스어로 프루스트의 작품은 여전히 뛰어납니다. 하지만 구식이 된 지 이미 오래예요. 접속법이라는 골동품과 함께 말이죠. 영국에서는 프루스트 사후에 그의 작품이 벌써 세 번이나 새로 번역되었어요. 프랑스인들도 그러고 싶을 겁니다. 문체만큼 빨리 노화하는 건 없어요."

언어, 단어, 문체. 지난 백 년 동안 나는 듣지도 보지도 못한 언어들이 죽었다. 어떤 언어를 사용하는 최후의 사람들이 죽는다는 사실은 항상 내 호기심을 자극했다. 그러면 어떻게 되는 걸까? 그들은 마지막으로 무슨 생각을 할까? 나는 자신이 다시는 지구에 돌아오지 못한다는 것을 그 단어들이 알기에 죽은 사람의 머리 위에 잠시 떠 있다고 상상해 본다. 언어 안에서도 사유는 일어난다. 다시는 아무도 들을 수 없게 될 단어 안에서 마지막으로 사유가 일어난다면 그것은 어떠할까?

나의 판달레는 돌아와 내 옆에 놓여 있다. 제본사는 닳아 빠진 그 초록색 표지와 똑같은 색으로 멋진 새 표지를 만들어주었다. 나는 완전히 무작위로 첫 번째 단어를 찾아보지는 않았다. 내가 찾아본 첫 단어는 'mot(나방)'이었는데, 그것이 이곳에서 여전히 야자수를 위협하고 있어서였다. 판달레에는 '나비과에 속하는, 작은 날개들이 달린 매우 작은 나비'(그렇다면 판달레는 우리의 오루가 바레나도라Oruga barrenadora를 보지 못했다는 얘기다)라고 나와 있었다. 복구된 사전이 그 보답으로 내가 옳다는 것을 보여주고 싶었는지 이내 퍼즐이 시작되었다. Mot의 또 다른 뜻이 '다툼'이라는 것은 암스테르담의 요르단 지역에서 들어 알고 있었지만, mot가 '카르데일kardeel에 나 있는 구멍'이라는 설명은 '카르데일'이 무엇인지 모르기 때문에 도통 이해할 수 없다.

사전을 읽어나갈수록 더 알쏭달쏭해진다. Mot는 '보통 쇠고리 주변이나 돛의 시체lijk에 갈라져 있다.' 시체란 내게는 죽은 사람의 몸을 뜻하는데, 그것이 돛과 무슨 관계가 있는지 모르겠고, 쇠고리는 이 맥락에서 아무 관련이 없다. 분명 누군가에게는 이 단어들이 아직 살아 있겠지만, 내게는 죽은 것들이다. 내 말은, 사전은 묘지라는 의미다. 판달레는 행복한 모양이다. 떨어진 낱장들도 전부 제자리를 찾았고, 초록색 리넨이 쭉 뻗은 몸에 갑옷처럼 둘려 있고, 곧 웹스터 사전을 옆으로 밀칠 생각에 기분이 좋다. 나는 'motgras' 와 'mothok' 항목까지 내쳐 읽는다. 네덜란드 남부 지방에 서는 mot가 지저분한 여자라는 뜻으로 사용됨을 이내 알게 되지만 '릭lijk'의 뜻을 찾아보고 싶어진다. 릭Lijk은 과연 사람의 죽은 몸을 뜻한다. 그런데 두 번째 뜻은 '돛의 가장자리를 강화할 목적으로 단단하게 박음질한 밧줄'이다. 예문으로 관용구가 제시되어 있는데, 혹시 누군가 그 관용구를 사용하는 소리가 들리면 내가 한턱내고 싶다. '그는 돛의 밧줄lijk로 처맞았다'.[44) 무고한 번역가가 이 애처로운 메시지를 어떻게 번역할지 모르지만, '카르데일'은 '실 몇 가닥을 함께 꼬아 만든 끈'이다. 마지막은 진짜 네덜란드 단어로 지호터zygote, 지마저zymase, 지모저zymose, 그 앞에 오는 단어는 주르트zwoerd 또는 조르트zwoord이고, 뜻은 '긁어낸 돼지 껍질'이다.(예문: '네 귀 뒤에 zwoord가 있니?' 이는 '너는 귀머거리가 되었니?'라는 뜻이다.) 그리고 모든 사전에는 최후의 단어가 있는 법이니, 조르트zwoord 아래에서 조르드롤zwoordrol을 발견한다. 뜻은 '조르트zwoord를 얇은 삼겹살로 돌돌 말아 후추와 소금을 친 다음 삶아서 식초에 재워놓은 것'. 내가 전혀 몰랐던 고국의 음식. 풋히터르,[45) 레인비스 페이트,[46) 더헤네

44) '매우 어리둥절하다'는 의미의 관용적 표현이다.

스텃.[47] 시간 속으로 사라진 시인들. 그들이 쓴 옛 단어들도 맥도날드의 벽 뒤로 사라졌다.

24

가을, 폭풍, 그리고 새로운 교훈. 올해 벨라 솜브라에는 지난해에는 보지 못한 이상한 녹색 열매 송이들이 달려 있다. 아마도 9월이 유달리 더웠기 때문일 것이다. 내가 그래 달라고 부탁하지 않았는데 그것들이 너무 일찍 왔다. 인터넷에서 아름다운 젊은 흑인 여성이 코끼리 다리의 거인 같은 벨라 솜브라를 보여주는데, 아직 관목이자 어린 나무지만 먹지 못하는 열매들이 주렁주렁 달려 있다. 그녀는 두 가지 이유로 먹지 못한다고 말한다. 우선 맛이 없고, 죽을 수도 있습니다. 협죽도 잎처럼 독성이 있거든요. 만지지 마세요. 하지만 내 마음을 사로잡는 것은 그것의 다리다. 누워 있는 나무줄기이자 지상의 거대한 뿌리. 시내의 어시장 옆

---

45) 에베르하르뒤스 요하네스 풋히터르(Everhardus Johannes Potgieter, 1808~1875), 네덜란드의 시인.

46) Rhijnvis Feith, 1753~1824, 네덜란드의 시인.

47) 페트뤼스 아우휘스튀스 더헤네스텃(Petrus Augustus de Génestet, 1829~1861), 네덜란드의 시인.

에 그 나무 두 그루가 서 있는데, 뿌리를 의자 삼아 앉을 수
있다. 나는 아르헨티나와 브라질에서 이 나무를 처음 접했
다. 그곳에서는 옴부ombú라고 불리며 학명은 피토라카 디
오이카Phytolacca dioica다. 언젠가 이 나무는 우리 집 담장을
들어올리고 정원을 공중에 떠 있게 할 것이다. 그리고 나도
함께. 셰크는 야자수 뿌리 하나를 가리키며 뭔지 아느냐고
나에게 묻는다. 이제 나는 안다. 그것은 야자수 뿌리가 아니
다. 그것은 벨라 솜브라의 많고 많은 뿌리 중 하나로, 땅속
으로 자라서 야자수 밑에서 무성해졌다가 다시 땅 위로 올
라와 이상한 나무토막처럼 덤불로 번졌다. 이제 뭇 열매 송
이들이 그 나무토막을 통해 영양분을 공급받고 비와 함께
땅으로 떨어진다. 그것들은 들큼하고 역겨운 쉰내를 풍기
며, 과일인 척하는데, 사실 그렇기도 하고 아니기도 하다.
새들은 그것들을 건드리지 않는다. 그것들은 과일처럼 보이
도록 위장한 사기꾼들이며 열대의 썩은내를 풍긴다. 그리고
나는 그것들을 거둬들여야 하는 하인이다. 수백수천의 열
매가 축축한 땅 위에 널려 있는데, 요리에 쓰지 못하고 그
냥 먹지도 못한다. 나는 그것들을 과일로 여기며 긁어모은
다. 도덕적인 교훈. 하지만 내가 어떤 교훈을 따르고 있는지
모르겠다. 이곳에는 법칙이 작동하고 있으며 모두가 그 법
칙을 알고 있다. 해가 짧아지고 여름 내내 침묵하던 협죽도

가 새로운 꽃을 피우는데, 앞으로의 계획은 말해주지 않는다. 붉은제독나비도 제때에 와서 지난해 그리고 지지난해와 마찬가지로 아이오니움 위에 지독히도 아름답게 앉아 있다. 저녁 무렵이 되면 그것들은 물감통 세 개를 일시에 통과해 날아온 듯한 모습이 된다. 날개의 검은색 부분에 장식된 하얀 휘장, 이름 모를 종교의 짙은 빨간색, 여름의 끝을 알리는 전령이다. 나비는 꽃들을 방해하지 않고 그대로 둔다. 그 일은 다음 주자들, 조연들의 몫이다. 이를테면 윙윙대며 부겐빌레아 꽃을 들락거리는, 벌새 날개를 가진 나방들이다. 이들은 그 진동하는 투명 날개로 공중에 꼼짝 않고 머물러 꿀 한 모금을 마신 다음, 그 기쁨을 내가 닿지 못할 어딘가로 가져간다.

지난 며칠 동안 나는 얼추 넉 달만에 처음으로 그들 모두를 홀로 남겨두었다. 마드리드, 바르셀로나, 강연, 사람들, 비행기, 세상으로의 추방. 게다가 기체 불안정, 군중, 소음, 엘 그레코의 대형 전시회까지. 이제는 고요 속으로 돌아왔지만 아무도 눈치채지 못하는 것 같다. 노란 부리를 가진 검은 새는 무화과나무에서 마지막으로 떨어진, 이미 반은 썩은 무화과를 질질 끌고 가며 다음엔 또 뭘 먹어야 할지 걱정하지 않고, 달팽이들은 담장을 기어 올라간다. 개미가 많이 보이면 어디선가 누가 죽었다는 뜻이다. 지금 모든 것은

아이오니움.

죽어가고 있으며, 개미들은 그 뒤처리를 하고 있다. 언제 보
아도 비가 전혀 필요하지 않은 척하는 선인장들은 무슨 말
을 하려는 듯 반짝인다. 어제 저녁 나는 승마로를 따라 골
짜기barranco의 동굴을 지나 카르누테스 해변으로 갔다. 8시
무렵, 오리들이 바닷물도 제 영역이라는 듯 침입하는 곳이
다. 흰 거위 여러 마리와 검은 거위 몇 마리가 비가 오면 다
시 살아나는 개울가의 키 큰 갈대 밑에 산다. 골짜기에서 난
데없이 담비 한 마리가 보였다. 누가 더 놀랐는지 모르겠다.
어두운 암벽이 갑자기 움직이는 줄 알았으니 더 놀란 건 나
다. 아니면 그 시간에는 사람이 지나갈 일이 없으니 그 녀석
이 더 놀랐을지도 모르겠다. 녀석의 얼굴은 작고 뾰족하고

복면을 쓴 듯했다. 거의 밤의 색깔이었다. 그 녀석이 거기에 내가 있으면 안 된다고 생각한다는 점은 분명했다. 인간에 관한 책을 읽고 정신이 이상해진 박식한 담비. 나는 바다 방향으로 계속 걸어갔다. 큰 초승달이 뜨고 있었다. 사흘 뒤에 배를 타고 바르셀로나로 가면 나의 여름은 끝난다.

25

간주곡intermezzo. 두 달이 넘게 지났다. 독일, 스웨덴, 네덜란드, 북쪽으로 여행을 갔었다. 가을 즈음이었다. 그런 다음 비행기를 타고 이 섬으로 다시 돌아왔다. 어둠 속, 블랙홀 같은 정원에 도착했다. 하늘의 흰 구름은 말없이 나와 동행하는 비행편대다. 마치 물질이 아닌 것으로 구성된 듯 매우 가볍고, 집으로 가는 길을 안다. 난방이 작동되지 않으며, 집은 하얗고 싸늘하다. 그리고 충성스러운 사물들! 탁자, 의자, 책, 돌, 조가비, 독서등, 그리고 몇 해 전 포르투갈 동쪽 지방에서 산, 우편배달부처럼 어깨에 가방을 메고 중산모를 쓴 조그만 예수상. 그것들은 완벽한 고요 속에 미동도 없다. 벽에 쬐끄만 도마뱀붙이가 그림처럼 붙어 있다. 나는 손전등을 들고 정원을 가로질러 작업실로 간다. 정원의

디딤돌에 습기로 인해 이끼가 끼어 있고, 전등 불빛에 버섯 몇 개가 보인다. 아이오니움 잎들은 여름보다 더 크고 넓게 퍼졌다. 가지 끝에 노란 꽃들이 송이가 뒤집힌 것처럼 위로 솟아 있다. 종려나무와 다른 나무들 아래에는 나뭇잎들이 빗속에 썩어가고, 바람에 날려온 나뭇가지들이 쌓여 있다. 혼돈. 작업실 앞에는 선인장들이 파수꾼처럼 서서 그 무엇에도 아랑곳하지 않는다. 다음 날 나는 며칠 전 섬에 엄청난 폭풍이 불어닥쳤었다는 소식을 듣는다. 트라몬타나, 템포랄temporal(폭풍우). 해미시는 8미터 높이의 파도와 항구에 들어오지 못한 배들 이야기를 해준다. 조금 있으니 셰크와 모하메드가 왔다. 우리가 지난여름에 그리도 걱정했던 피노pino(소나무)의 녹색 바늘잎이 또 사방에 떨어져 있다. 셰크가 잔가지 하나를 꺾어 갈라서 그 속을 빤히 들여다보더니, 내게는 보이지 않는 조그만 뭔가를 거기서 꺼내어 돌 위에 놓고 그 옆에 무릎을 꿇고 앉아 전화기로 사진을 찍는다. 사진을 확대하니 내 눈에도 보인다. 그것은 반짝거리며 다리와 눈이 있는, 위험한 세계에서 온 존재다. 내 나무들의 적은 그렇게 생겨먹었다. 셰크가 돌보는 다른 정원에서 두 그루가 죽었는데, 반으로 쩍 갈라져 전장의 군인처럼 쓰러졌다고 한다. 며칠 동안 계속 비가 오고, 하늘은 구저분한 회색 구름에 덮여 있다. 항구의 모든 것이 닫히고, 죽은 계절이다. 의자 없는 노천카페. 종업원들은 다 어디에 있을까? 뭘 하고 있을까? 섬에 있을까, 아니면 육지로 돌아가 동절기 실업률 통계 속으로 사라졌을까? 부둣가에는 돛 세 개짜리 범선 로버트 베이든 파월 호만 덩그러니 정박해 있고 인기척이 없다. 내 작업실에는 내가 떠난 뒤 방에 갇혀 있었을 도마뱀붙이 한 마리가 시집 뒤에서 겨울잠에 들어 돌처럼 굳어 있다. 내가 글을 쓰는 동안 노트북 컴퓨터 위에는 어디에서 나타났는지 모를 개미들이 기기의 열기에 이끌려 삽시간에 모여들었다. 그것들은 무슨 글이 쓰이는지 읽고 싶다는 듯 화면에 꼬불꼬불 모양을 그렸다. 10월에 떠나기 전 나는 책을 여기저기 쌓아놓고 갔었다. 지금 맨 위에 올려져 있는 책 표지의 카네티의 성난 얼굴을 보자, 그가 조이스에 대해 언어 다다이스트라고 했던 말이 떠올랐다. 그리고 그 말이 어떻게 오늘 밤 아도르노에 의해 뜻밖에 논박되는지도 보였다. 마치 그 두 권의 책이 내가 없는 동안 서로 대화를 한 것처럼 말이다. 아도르노의 책은 이곳에서 상자 안에 담겨 보낸 세월 동안 색이 바랬다. 주어캄프 출판사의 유명한 무지개 총서 포켓북인데, 붉은색은 김이 빠졌고 값싼 종이는 노란색이 아니라 연갈색으로 바랬지만, 거기에 담긴 말들은 여전히 유효하다. 프루스트, 발레리, 그리고 《고도를 기다리며》의 베케트에 대한 평론을 묶은 평론집으로, '종막

극 이해를 위한 시도Versuch, das Endspiel zu verstehen'라는 다소 겸손한 제목을 달고 있다. 이 책에서 아도르노도 조이스를 언급한다. 그리고 다시 말하지만, 독자에게 우연이란 존재하지 않는다. 아도르노는 카네티가 조이스에 관해 쓴 글을 읽지 못했을 수도 있지만, 1950년대 독일의 아방가르드 소설가 한스 G. 헬름스Hans G. Helms에 관해 쓴 에세이[48]에서 카네티의 견해에 반론한다. 나는 예전에 헬름스의 귀한 책 《파암 아니에스크보프Fa:m' Ahniesgwow》를 산 적이 있다. 책에는 LP 한 장이 포함되어 있었고 암스테르담 집에 있는 그 LP를 들은 지는 50년도 넘었지만, 목소리들이 이리저리 뒤섞여 있던 숲은 기억한다. 서로 얽혀 있어서 즉각 알아들을 수 없는 단어들, 뒤죽박죽 엉킨 목소리들, 《피네간의 경야 Finnegans Wake》와 같은 부류의 책이었다. 그것은 실험이지만 오도해서는 안 되는 실험이라고 아도르노는 말한다. 그는 1960년의 그 에세이에 "'실험'이라는 불명예스러운 용어는 긍정적인 의미로 해석되어야 한다. 예술은 타고난 대로가 아니라 실험적일 때 그 가능성이 있다."라고 썼다. 아도르노는 쉬운 작가나 사상가가 아니다. 그의 독일어는 때로는 지

---

48) Theodor W. Adorno, 'Voraussetzungen. Aus Anlaß einer Lesung von Hans G. (sic) Helms', 1960, in Theodor W. Adorno, Gesammelte Schriften vol. II., Frankfurt, Suhrkamp, 1974.

금의 내 정원만큼 캄캄하게 보인다. 자신을 작곡가로 여기기도 했던 그는 그 에세이에서 헬름스와 연결하여 음악에 관해 쓰는데, 거기에 언급된 일련의 작곡가들이 '신Sinn'—여기서는 '의미' 또는 '이해 가능성'—을 제거하려는 유혹에 굴복하지 않았다고 말한다. 그런데 그 점은 요즘 절반의 지하세계가 나머지 절반을 제거하느라 바쁜 네덜란드에서는 어쨌든 분명한 모습이긴 하다. 또한 아도르노는 슈토크하우젠도 그 맥락을 한계값Grenzwert으로 본다고 쓴다. 그로써 나는 그것을 '여기까지' 그리고 '더는 그만'이라는 의미라고 받아들인다. 그런 다음 그는 다다이스트에 관해 몇 단락을 더 할애한다. "언어의 표현과 의미 사이의 충돌은 다다이스트들이 그랬던 것처럼 단순히 표현을 위해 결정되는 것은 아니다." 그러므로 이제 문제는 한 가지다. 카네티가 조이스를 언어 다다이스트라고 부르는 것이 옳은가? 아도르노는 복잡한 추론을 통해 그렇지 않다고 말한다(카네티에게가 아니라 나에게). 그는 프루스트에서 시작해 비자발적인 기억과 프로이트의 연상법을 거쳐 조이스에 도달하는데, 표현과 의미 사이의 긴장을 생산적으로 만들기 위해 그 연상법을 이용한다. 왜냐하면 무릇 연상이란 고립된 단어들에 들러붙는 경우가 많기 때문이다. 하지만 그 가치는 무의식적 표현에서 가져온다. 아도르노 또한 조이스가 그 연상법에 대해 너무 자세히

부연해서 그것이 때로 이해 가능성에서 떨어져나와 독립적으로 존재한다고 생각한다.("그것들이 종잡을 수 없는 감각에서 해방될 정도로.") 문학이 특수가 보편이라는 헤겔의 사유를 너무 글자 그대로 받아들이면 위험해질 수 있다는 경고성의 덤과 함께 말이다. 그 사이 밤이 되었다. 바르바라 수코바Barbara Sukowa가 이곳 밤의 고요 속에서 쇤베르크의 '달에 홀린 피에로'를 부른다. 1912년 작품이고 1988년 쇤베르크 앙상블의 연주를 녹음한 것이다. 그녀의 목소리는 고음으로 길게 휘고 늘어지며 바짝 달라붙어 떠다니고 공기를 가른다. 악기와 함께 노래하다가 다시 악기에 맞서고, 모든 것을 지배하는 바깥의 정적을 벼린다. 저 멀리서 개가 이 곡에 포함되고 싶어 짖어댈 때까지. 작전은 성공이다.

'일관성'.

?26?

이 이중 물음표가 뜻하는 바는 이 문맥에서 26은 숫자가 아니라 질문일 수도 있다는 것이다. '그러면 당신은 그 모든 것에 대해 어떻게 생각합니까?' 메리 매카시Mary McCarthy

가 조이스에 대해 쓴 에세이(?), 논문(?) 한 편이 기억난다. 굉장한 찬사가 담겨 있었지만,《피네간의 경야》가 무언가의 끝, 막다른 골목dead end이라는 생각도 있었다. 그도 그럴 것이,《피네간의 경야》이후에 무얼 더 할 수 있겠는가? 이 질문에 최신 지식이 제공하는 해답은 세 가지다. 낡아빠진 전통으로 돌아가거나, 이미지의 세계에서 새로운 수사법을 찾거나, 아니면 거미줄처럼 뒤에 남겨진 단어들로부터 가능한 한 멀리 모험을 떠나는 것이다. 하지만 그게 다인가? 소설의 종말The end of the novel인가? 아니다. 아직 발견되지 않은 변형의 세계가 아직도 있다. 그리고 아마도 현실의 변형은 그 현실을 다루는 방식의 변형에 포함되어 있을 것이다. 그러나 가장 가능성이 높은 것은 그래도 우리가 주변에서 계속 보는 것들이다. 이를테면 *제조된* 소설의 신격화, 제품으로서의 픽션, 갈수록 얇아지는 일간지 문예란을 채울 수 있을 만큼 어엿하여 업계의 부산물이 되는 것 말이다.

27

사건들. 작업실 앞에 양송이류의 버섯 하나가 자라고 있다. 주변에 닮은 것 하나 없이 홀로 덩그러니 서 있다. 매일 조금씩 커지는 모습이 보인다. 바다에는 회색의 잔파도, 어떤 때는 높은 파도. 작은 새 한 마리가 콘크리트 잔교에 앉아 다음 파도가 부서지기를 기다린다. 그러다가 축축한 콘크리트 바닥에서 뭔가를 물어 올리는데, 워낙 작아서 어지간히 가까이 가서 보아도 무엇인지 보이지 않는다. 집 안에는 벌써 며칠째 흰 벽에 삼각형의 나방이 미동도 없이 붙어 있다.

그 옆으로 조금 더 가면 내 새끼손가락보다 작은 도마뱀붙이가 있는데 마치 미니어처 같다. 그것이 살아 있다는 것은 그것이 자세를 바꿀 때나 알 수 있다. 나는 그것이 움직이는 모습을 본 적이 없지만, 그것은 날마다 다른 자리에 있다. 도대체 뭘 먹고 사는 걸까? 우리의 귀환이 겨울잠을 방해했을까? 오늘 아침 그 나방이 별안간 사라졌다. 하지만 도마뱀붙이는 너무 작아서 그 일과 아무 상관이 없다. 그밖에는 별 사건이 없다. 1시 무렵에 갈색 고양이 한 마리가 지나가다가 담장 위에 앉은 검은 고양이를 보더니 다시 제 갈 길을 갔다.

28

나는 선인장의 비밀스러운 삶을 서서히 파고든다. 선인

장을 어떻게 베어내야 하는지, 그리고 베어낸 조각을 어떻게 심어야 하는지 독일 책 한 권에 사진과 그림으로 소개되었지만, 나는 주저하고 있다. 칼은 예리하고 잔인해 보이고, 푸르스름한 그 속살이 칼날에 반짝이는데, 보고 있으면 내 손이 베인 듯한 느낌이 든다. 셰크는 기둥선인장이 얼마나 자랐는지 보여주었다. 한 뼘은 됨직했다. 이제 나는 어떤 선인장들의 이름을 안다. 맞는지 절대 장담은 못 하지만. 기둥선인장은 검은색 아이오니움 옆에 서 있다. 이들은 자신의 이름을 몰라도 아무 상관 없는 모양이다. 내가 이것들을 묘사할 수 있으면 좋겠다. 로제트, 윤기 나는 잎들이 대칭을 이루며 층층이 쌓인 원 모양의 식물. 봉오리를 다물지 않은 아티초크 비슷한 것. 내 아이오니움은 아놀드 슈바르츠코프Arnold Schwarzkopf라고 불리는데, 잎들이 반짝이는 검은색 schwarz을 띠고 있기는 해도 식물명으로는 이상한 이름이다. 셈퍼르비붐sempervivum(상록바위솔)의 경우에는 잎들이 더 두껍고 곧추서 있어서 서로 꽉 붙잡고 있는 듯한 모습이다. 이 책에 따르면, 셈퍼르비붐에는 킬러Killer, 가브리엘Gabrielle, 이프ipf 또는 푸에고fuego라는 하위 명칭이 있지만, 그것들이 이러한 이름에 반응하지는 않을 것 같다. 셈퍼르비붐에는 수백 개의 종이 있고, 우리 집 정원에서 내가 유일하게 알아보는 종이 셈페르비붐 마르모레움Sempervivum marmoreum인

아이오니움 아르보레움 아놀드 슈바르츠코프.

데, 이것도 완전히 확신하지는 못한다. 책은 아종亞種이 이리스레움erythraeum이라고 덧붙이지만, '아종'이라는 말은 식물에게 들으라고 할 만한 말은 아니다. 그것들의 가차없는 대칭성은 놀라운데, 기하학의 천재가 디자인한 것인지, 이 파리 한 장이라도 비스듬하게 나면 세상이 끝장날 기세다. 내가 더는 파고들어갈 수 없는 완벽함이자 고요한 수도원이다. 그것을 충분히 오래 바라본다면 저절로 침묵을 지키게 될 것이다. 그것들도 침묵한다.

지난해에 나는 어떤 플랑드르 문학평론가가 쓴 비평을 읽었다. 그는 내가 상념에 너무 깊이 빠진다고 말했다. 맞는 말일 수 있다. 그리고 내가 세상과 좀 동떨어져 있다고 했다. 이 나이에 흔히 일어나는 일이다. 내 생각에 그 평론가는 젊은 사람인 모양이다. 나는 1956년 부다페스트에서 그를 만난 적이 없고, 1968년 볼리비아에서, 1976년 테헤란에서, 1989년 베를린에서 만난 적이 없다. 그리고 그가 선인장을 바라본 적은 있는지 궁금하다. 오래 관찰하는 것 말이다. 베를린에서 나는 40년 전 부다페스트에서 발명된 시스템이 무너지는 모습을 보았다. 볼리비아에서 정통파 공산주의자들은 나에게 체 게바라는 케추아어를 쓰지 않았고 그래서 그의 투쟁은 실패할 운명이라고 말했다. 1958년 나는 아바나의 공항에서 신문에 실린 턱수염을 기른 젊은 남자의 사진을 보았고, 얼추 50년이 흐른 어제, 그 젊은 남자의 동생이 미국 대통령에게 보내는 메시지를 읽는 모습을 보았다. 플랑드르 문학평론가가 '세상'이라고 말했을 때 그건 무슨 의미일까? 어떤 세상을 말하는 걸까? 내가 60년 동안 본 세상? 아니면 그가 〈디체 바란더Dietsche Warande〉[49]나 〈더 스탄다르트De Standaard〉[50]에서 읽거나 쓴 세상일까? 정확히 무엇의 기치일까?

---

49) 네덜란드어권의 문예지.
50) 벨기에의 일간지. '깃발' '기치'라는 뜻.

29

바데메쿰Vademecum.[51] 나와 함께 갑시다, 몽테뉴. 이런 제목의 소책자 표지에 그 철학자가 앉아 있다. 대머리에 주름 장식깃이 달린 옷을 입었고, 망토 자락은 젖혀져 있으며, 꼰 다리 위 무릎에 양손을 편안히 얹은 채 미소 짓고 있다. 내가 지금 틀어놓은 모든 펠드먼Morton Feldman의 음악을 그는 듣지 못하고, 앞으로도 절대 듣지 못할 것이다. 지금 여기서는 이 음악이 아무리 순수하고 명상적으로 들릴지라도, 그에게는 이질적인 소리, 상상하기 어려운 불협화음이리라. 그럼에도 환상은 잠시 상상해보고 싶어한다. 아무리 터무니없고 시대착오적일지언정, 이 책에 뭐라고 언급되었을지언정 그러고 싶어한다. 이 바데메쿰은 프랑스 악트 쉬드 출판사에서 나온 소책자로, 개념들이 알파벳 순으로 정렬되어 있다. 나는 우연히 N 항목을 좀 뒤적여보았는데, 생각해보니 내가 그 언어를 우리로부터 비롯된 움직임에서 포착하고 싶었던 모양이다. 지금은 수 세기가 지나 다른 것을 의미하고 우리가 그것들을 더이상 이해하지 못하므로 설명을 해야하는 단어들, 과거를 향한 시대착오. 그런 일이 발생하는 지

---

51) '나와 함께 갑시다'라는 뜻의 라틴어로 안내서를 일컫는 말.

점에는 각주 번호가 달려 있다. "우리 본성론자[1]들은 인용[2]의 명예보다는 창작의 명예를 비할 수 없이 더 선호한다."[52) 나는 지금 인용이란 것을 하고 있지만, 몽테뉴가 말하는 바는 인용할 때보다 스스로 뭔가를 생각해낼 때 비교할 수 없을 만큼 훨씬 더 큰 명예를 얻는다는 것이다. 자연적인 것을 옹호하는 우리는 그렇게 생각한다고 그는 말한다.

30

겨울에는 섬이 텅 빈다. 나는 남쪽 해안가에서 바다로 한참 걸어 내려가 칼레스 코베스Cales Coves로 갔다. 암벽 높은 부분에 네크로폴리스가 있는 곳이다. 길 오른쪽으로는 흰색의 큰 농장 건물도 있는데, 반쯤은 숨어 있다. 이곳에서는 이름이란 이름이 모두 '~의 아들'이라는 뜻인 'bini'로 시작한다. Biniadrix de baix, Biniadrix de dalt. 농장을 이렇게들 부른다. dalt와 baix는 '위'와 '아래'라는 뜻이고, vell과 nou는 각각 '오래되다' '새롭다'라는 뜻이다. Binicalaf vell, Binicalaf nou. 모든 것이 원래 있던 자리에 그대로 남아 있

---

52) 몽테뉴,《수상록》3권 12장.

고, 옛날 지도에도 똑같은 이름으로 적혀 있다. 길에서 나는 아무도 마주치지 않았다. 조금 더 가면 자동차는 지나갈 수 없는 문이 있고, 계속 가고 싶은 사람은 걸어서 가야 한다. 바로 그 근처에 마지막 집이 있는데, 겉창이 닫혀 있고 대문도 잠겼다. 그 집에 사는 사람은 혼자다. 오른쪽과 왼쪽으로는 카미 데 카바스Camí de Cavalls, 즉 '말의 길'이 있지만 여기서부터는 양쪽 다 어두운 숲으로 들어가게 되며, 게다가 오른쪽 길은 큰 바위들을 타고 상당히 가파르게 올라간다. 그래서 나는 직진해서 바다로, 좁다란 만灣으로 가려고 한다. 내 왼쪽으로는 녹색으로 기묘하게 반짝이는 풀들이 빽빽이 자라 있는데, 여름에 이 풀들은 길의 먼지로 인해 갈색이 된다. 긴 꽃대 위에 붉은 꽃이 촛불처럼 높이 솟아 있는 알로에들, 알로에 아르보레스첸스Aloe arborescens. 길가에 지천으로 피어난 조그만 노란 꽃들은 이름을 모르겠다. 이내 표지판 하나가 네크로폴리스를 찾아가는 사람에게 위험은 본인 책임이라고 경고한다. 하지만 그리로 가는 좁고 가파른 길은 덤불이 무성하게 뒤엉켜 있고 폭우가 길을 미끄럽게 만들어놓아서 지금은 가지도 못한다. 나는 옛날 사람들이 망자를 묻었던 바위의 구멍을 바라본다. 그것들은 눈알이 없는 눈구멍처럼 보인다. 석회암류 바위에 생긴 블랙홀. 바위를 타고 올라가기엔 너무 높다. 이곳은 아무것도 바꿀 수 없고, 겨울 기후는 때때로 혹독하다. 바다 근처에서 살려고 했던 생존자들, 강인한 종족이었음은 두말할 나위가 없다. 내 상상력은 그들이 가파른 암벽을 타고 오르는 모습을 보고 싶고, 그들이 무엇을 먹고 살았는지, 이 섬에는 어떻게 왔는지 알고 싶어하지만, 공상을 해봐도 내가 수긍할 만한 어떤 것도 나오지 않는다. 그들의 언어도, 소리도. 동물 가죽을 걸치고 원숭이처럼 덩굴에 매달려 다니는 사람들이 나오는 그렇고 그런 영화의 클리셰도. 그들은 어떤 언어를 사용했을까? 바다를 건너왔을까? 답을 모르겠다. 조금 후에 나는 만에 이르렀고, 빛이 물에서 반짝였다. 절벽과 숲, 양쪽으로 바위 위의 길은 거의 지워졌고, 이제 좀처럼 지나갈 수가 없다. 그리고 물 한가운데는 환영처럼 배 한 척, 이곳의 절대 고요와 고독 속에서 피난처를 찾기로 결정한 뱃사공이 보인다. 배 위에서 누가 움직인다. 움직임으로 보아 남자인 듯하지만 거리가 너무 멀다. 그도 나를 봤는지는 모르겠다. 바위에 앉으니, 그도 분명 듣고 있을 소리가 들린다. 바위 위쪽의 언덕에서 자라는 억센 덤불 사이로 부는 바람 소리. 내 자리에서는 보이지 않는 바다에서 밀려오는 파도 소리.

31

대중사회 속 인간으로의 변신. 섬에서의 시간은 끝나고 공항, 보안검색의 시간. 당신은 유치한 미로를 통과하고, 의 례적인 모든 절차를 엄수하고, 컴퓨터를 가방에서 꺼내고, 불멸의 질문에 대답하고, 여느 사람들처럼 팔을 공중에 뻗 고, 신발을 벗거나 벗지 않거나, 허리띠를 풀거나 풀지 않거 나 해야 한다. 당신이 진짜 누구인지 생각하는 사람은 없지 만 그들은 당신을 신뢰한다. 그런 다음 200명의 타인과 함 께 줍디줍은 공간, 즉 운송수단 안으로 밀어넣는다. 그들은 당신을 당신의 자리에 앉게 만든다. 당신은 무기를 소지하 지 않았으며, 신발 뒷굽에 치명적인 가루를 숨기고 있지 않 으며, 어떤 계획도 없다. 옆자리에는 낯선 사람이 앉아 있 다. 언제나 똑같은 안내 사항, 수천 번은 들었다. 기압이 떨 어지면 당신 위에서 뭔가가 내려온다고 그 목소리는 말한 다. 수백 번의 비행. 하지만 한 번도 기압이 떨어진 적 없고, 구명조끼를 입은 적도 없으며, 바다에 떨어진 적 없고, 익사 한 적도 없다. 죽음에 관한 생각은 자고 있는 옆자리 남자의 애프터셰이브 향처럼 휙 스쳐 지나간다. 착륙하면 모든 사 람이 휴대전화를 들고 기지개를 켠다. 다음 공항에서는 식 당과 옷가게, 전자제품점과 바 사이에서 몇 시간을 기다려야 한다. 다른 사람들이 바퀴 달린 짐가방을 끌고 지나가는 모습을 앉아서 바라본다. 끝나지 않는 긴 행렬. 그런 다음 모든 일이 새롭게 시작된다. 다시 좌석에 앉고, 다시 벨트로 몸을 단단히 고정하고, 다른 성분 속으로 던져진다. 구름의 윗면이 보이는데, 그 위는 걸을 수 없는 곳이기에 사람이 있을 영역은 아니다. 때로는 시골 풍경이 눈에 들어온다. 적갈색 땅, 강, 숲, 당신이 떠나온 집처럼 외로운 집. 거기에 누군가 앉아서 나무를 바라보다가 일어나더니 갈퀴를 가지러 안으로 들어간다. 그 위를 날고 있는 비행기는 보이지도, 소리가 들리지도 않는 모양이다. 다만 팔을 길게 뻗어 밤새 떨어진 낙엽들을 긁어모은다.

32

다른 나라, 겨울, 추위, 숲속에 덩그러니 서 있는 책이 가득한 큰 집 한 채. 산등성이, 큰 농장들, 눈 덮인 경사 지붕들, 북유럽의 입체파. 고요. 내 노트북 컴퓨터의 윙윙거리는 소리가 들린다. 단어들을 기다리며 쭉 늘어지는 기계적이고 단조로운 소리, 그리고 나무에 부는 바람이나 바다와는 아무 상관이 없는 소리. 나는 알파벳으로 된 글자와 문장부

호를, 화살표를, 그리고 여전히 이해하지 못하는 비밀 메시지를 바라본다. 내 나이는 여섯 살, 글자들을 합쳐서 단어를 만드는데, 이것은 내가 평생 해온 일이다. 대중사회 속 인간으로서의 나는 나 스스로 지워버린 듯싶다. 울타리에는 박새 한 마리, 눈 속에서 도드라지는 노루 한 마리, 크로스컨트리 스키를 타며 자국을 남기는 두 사람이 보인다. 한 해의 첫 몇 달을 이곳에서 보낸 지 벌써 몇 년째다. 우리는 송년의 마지막 날 친구 두어 명과 함께 이곳에 와서, 자정이 되면 발코니에 서서 불꽃놀이가 벌어지는 지평선의 불빛을 바라보곤 한다. 여기는 조용하다. 폭죽 소리 몇 번, 그게 다다. 나는 지금은 보이지 않는 농장 이름들을 알고 있다. 크로텐탈Krottental, 파펜바일러Pfaffenweiler, 알비스하우스Albishaus. 눈이 사라지면 당장 그리로 산책을 갈 수 있다. 초원과 높은 숲을 가로질러 난 미로 같은 오솔길이 조용한 큰 집들을 요리조리 연결하는데, 보통은 인적이 없고 이따금 누가 마당을 걸어다니거나 개가 짖는다. 큰 외양간에 소들이 나란히 쭉 늘어서 있는데, 그 옆을 지나가면 소들은 세상없는 눈빛으로 쳐다본다. 곰브로비치가 아르헨티나 시절에 쓴 일기에서 존재의 심연에서 보았다고 한 그런 눈빛이다. 맑은 날에는 저 멀리 산들이 선명하고 찬란하다. 지금은 검은색으로 보이는 숲의 전열을 향해 들판이 느릿느릿 이어지고, 숲

너머는 다시 들판, 그리고 산등성이다. 창문 왼쪽으로 난 좁은 시골길, 날이 밝기도 전에 제설기 지나가는 소리가 들리고, 라디오는 길이 미끄러우니 주의하라고 경고한다. 모든 것이 스페인에서 내가 보내는 여름에 대한 독일의 안티테제다. 몇 킬로미터 떨어진 동네로 장을 보러 간다. 중세 느낌을 풍기는 조용한 소도시, 텔레비전이 없는 낮고 어둑한 식당. 큰 탁자 앞에 앉아, 더러는 이해하기 어려운 방언을 쓰는 사람들 틈에서 케셀플라이슈Kesselfleisch(돼지 뱃살 수육)나 플레들수페Flädlesuppe(팬케이크를 길게 잘라 만든 수프) 한 접시를 먹을 수 있다. 그들의 방언에서 'mir'는 1인칭 대명사의 여격이 아니라 1인칭 복수형이어서 'mir kommet'라고 하는데 이것은 '우리는 온다wir kommen'라는 뜻이다. 외벽에 건축 연도를 고딕체로 쓰고 문장紋章을 그려놓은 집들, 길가에는 마리아 예배당 그리고 십자고상十字苦像. 눈 속에서 그리스도가 간단한 하의만 두른 채 추위와 고난 속에 매달려 있다. 동네 어딘가에는 '콩고Kongo'라는 이름의 크나이페Kneipe(선술집)가 있는데, 그곳에서는 과묵한 남자들이 헤페바이첸Hefeweizen(독일 남부 지방의 화이트 맥주) 500cc 잔을 앞에 두고 앉아 오랜 시간에 걸쳐 잔을 비운다. 이따금 누가 무슨 말을 하면 잠깐 대화를 나누다가, 마치 거기서 말하는 모든 내용은 우선 숙고해야 한다는 듯 몇 분 뒤면 다시 침묵에 빠진다. 이방인인 나는 〈슈바벤 신문Schwäbische Zeitung〉에서 세상 뉴스와 지역 뉴스를 읽는다. 거기서 사람들은 조그만 빵조각들이 든 수프나 Sauerkäse mit Trauerrand, 그러니까 양파와 함께 식초에 절인 치즈에 얇게 썬 검은 소시지를 얹고 조그만 삼각형의 하얀 비계 조각을 뿌려, 치즈를 애도하며 먹는다. 한번은 내가 그 술집 이름이 왜 콩고인지 물어보았다. 답변은 루뭄바 시절로 거슬러 올라간다. 이곳 사람들은 뭔가를 할 때면 시간이 오래 걸린다.

콩고 내전 시기 총리였던 파트리스 루뭄바Patrice Lumumba가 암살되었을 때, 이 선술집은 주변 지역에서 유일하게 텔레비전이 있던 곳이었다. 이 선술집의 이름이 아직 그뤼너 바움Grüner Baum(푸른 나무)일 때였다. 동네 농부들이 모두 여기에 와서 흑인들이 서로를 죽이는 모습을 텔레비전으로 보았다. 레오폴드 2세가 남긴 독이 든 유산, 조셉 콘래드의 세계는 여전히 유효하다. 날이 좋으면 바깥에 앉아 골짜기를 구경하며 주변에서 들려오는 알아듣지 못하는 느릿느릿한 대화를 들을 수 있다. 이곳에서는 베를린이나 주도州都인 슈투트가르트의 세계가 한없이 멀게만 느껴진다. 내가 이 글을 쓰고 있는 동안, 바깥의 지방도로에는 아무것도 아무도 지나가지 않는다. 자동차도, 사람도, 노루도 없다. 자리에서 일어나 길모퉁이를 돌아가면, 항상 거기 높은 나뭇가지에 앉아서 나처럼 풍경을 바라보는 매가 보이리라. 며칠 전에는 마치 십자가에 매달린 듯 축사의 문에 못박혀 죽어 있는 여우를 보았다. 저녁 시간, 바깥의 고요가 묵직해지면 세계가 제 모습을 화면에 드러낸다―테러, 전쟁, 살인. 우크라이나, 파리, 나이지리아, ISIS, 보코 하람, 샤를리 에브도, 전부 다 유리에 그려져, 마치 터널을 통해 먼 곳을 보듯 바깥의 풍경과 집 안의 책들이 이제는 존재하지 않는 듯하다. 드레스덴에서 시위가 벌어졌다. 그 도시에는 무슬림이 살지 않지만 대열에서 걷는 사람들은 무슬림을 두려워한다. 유럽 국가 정상들이 표현의 자유를 위해 파리에서 팔짱을 끼고 시위하는 모습이 보이고, 몇 주 후에는 그들이 리야드에서 장례식[53]에 참석하는 모습이 보인다. 자신의 견해를 표현했다는 이유로 태형 1000대를 선고받는, 사막 왕의 나라에서 열린 장례식이었다. 나는 베네치아의 역사를 읽곤 한다. 1453년 콘스탄티노플에서 벌어졌던 야만적인 살인과 강간, 무슬림에 맞서는 기독교인과 다시 기독교인에 맞서는 무슬림. 어제 자 신문과 별반 다르지 않다. 역사에서 변하지 않는 것. 그런데 그리스에 관한 뉴스에서 배경에 아크로폴리스가 보이자, 나는 속세를 떠나 먼발치에서 전장의 포효

---

53) 사우디아라비아 압둘라 국왕의 장례식을 말한다.

를 듣는 고령의 일본인처럼 느껴진다. 우리는 몇 살까지 세상 일을 근심해야 할까? 나는 전쟁 전에 태어났고, 아버지는 그 전쟁통에 돌아가셨으며, 그 후 내가 살아오는 동안에도 전쟁은 일어났다. 그 전쟁이 냉전이 되었을 때 나는 대량 살상이 두려울 수밖에 없었고, 내가 여행하는 세상 어디에서나 역사는 끊임없는 반복 속에 그 얼굴을 드러냈으며, 지금도 여전히 장난이 아니다. 혁명, 해방 투쟁, 식민지 전쟁, 압제, 게릴라, 테러와 대對테러. 당신이 폭력과 동시대를 살아가면서 그에 맞서 할 수 있는 일이 무엇인지 아는 척하는 것, 거기에는 뭔가 창피스러운 면이 있다. 당신이 이미 연루되어 있고 서방세계의 일원이며 유럽 시민이라는 이유만으로도 말이다. 전부 다 조르주 당통이 공포terror 정치로 가는 도중 뒤늦게 깨달았던 것이다. 당신은 말리에 군대를 파견하기로 결정한 모양이다. 말리는 체 게바라의 볼리비아에서도 그랬듯이, 지금과는 세상이 달랐을 때 당신이 두루 여행한 적이 있는 곳이다. 1956년 10월의 헝가리를, 문을 걸어 잠근 동독을, 프랑코와 폭력적인 ETA의 스페인을 돌아다녔던 것처럼. 당신은 이라크 전쟁에 반대하고 그걸 글로 쓰기도 했지만, 재앙은 예상보다 무한정 더 커졌다. 나폴레옹은 탈레랑Talleyrand의 말을 무시하고 기어이 모스크바로 갔고, 히틀러는 스탈린그라드에 계속 매달렸으며, 부시와 블레어에게는 탈레랑 같은 인물조차 없었다. 당신이 세상을 보지 못했거나 다른 의견에 귀 기울이지 않았다고 할 수는 없다. 아마도 당신은 때로는 어떤 입장을 취했을 테지만 그게 도움이 되었는지는 알 수 없고, 아마도 재앙의 본질적인 메커니즘을 이해하지 못했을 수 있다. 그리고 다른 모든 사람이 절대 불변인 듯한 법칙—투키디데스나 랑케, 기번이나 토니 주트를 읽든지 아니든지 간에—에 따라 모든 것이 착오인 세계에서 부득이하게 계속 사납게 분노하는 동안, 당신은 당신의 정원으로 사라질 때가 되었다. 역사는 인간과 함께 만들어지며, 죽은 사람은 물질이고 숫자로 말해진다. 당신은 어렸을 때 낙하산에 매달려 죽은 영국 조종사를 본 적이 있고, 그 전에는 독일 군인들의 시체를 물에서 꺼내는 모습도 본 적이 있다. 긴 회색 코트에서 물이 뚝뚝 떨어졌다. 당신은 그 모든 것을 잊지 않았고, 아마도 그것이 다른 이들과 달리 장래의 희생자로 강제 징집된 우크라이나 군인들의 사진을 이해하는 이유일 것이다. 하지만 그다음 장의 사진에는 그들이 서 있지 않고 땅에 누워 있다는 것을 알고 있다. 당신은 여섯 살 때부터 군인들의 얼굴을 지켜보았다. 독일인, 이란인의 얼굴, 스페인인, 콜롬비아인의 철모. 당신의 내부는 지금까지 죽은 사람 이름이 빼곡한 신문으로 가득 차 있다. 비록 당신 개인은 안전할지라도, 당신에게는 당신이 지금 그것을 원하든 원하지 않든 끝까지 당신의 삶에 따라오는 전쟁이라는 뜻이 묻어 있다. 이번 주에 이곳에서 사람들은 아우슈비츠를 추모했고, 지난해에 크라쿠프에서 당신은 아우슈비츠 강제수용소로 가는 택시와 관광버스의 가격을 할인해준다는, 가장 씁쓸한 형태의 아이러니를 보았다. 당신은 생존자들을 보았고, 폭력의 역사가 그들의 얼굴에 남긴 것들을 보았다. 당신이 사라지는 날까지 당신의 시선은 얼룩질 것이다.

33

때로는 난데없이 예기치 않게 이런 일이 일어난다. 한바탕 소동이 지나가면 어떤 소리가 들린다. 숨죽이고 귀를 기울인다. 과잉된 세상에서, 잠깐일지언정 자신을 견지하고 숨 쉴 수 있는 자유로운 장소를 음악 안에서 찾는다.

첼로와 음성들, 악기들. 짧은 움직임, 길고 황홀하게 늘어지는 소리, 그런 다음 다른 저음 성부들의 요란한 패턴, 상승하려는 첼로의 돌발적인 음, 고요, 다시 첼로, 깊게. 그러다 다시 멀리서 들려오는 음성들. 이 음악은 공중에 거대한 교회가 떠 있고, 성가대는 한없이 멀리서 첼로와 함께 노래한다. 나는 그들이 무엇을 노래하는지 알 필요가 없고, 모든 것이 바깥의 풍경과 어우러지며, 말이 들어설 자리가 없는 곳에서 무언가가 일어나고 있다. 내가 모르는 어떤 악기가 높게 울려대는 소리, 어떤 이름으로 불리기를 원치 않는 음악. 내가 가까스로 또는 어쩌면 아예 들어갈 수 없는 소리의 성소聖所, 찬연함, 누군가에 의해 기록된 시간의 외부에서 오는 전갈. 그것은 내내 나와 함께 사라지려 한다. 희박하고 만져지지 않으며 설명을 거부한다. 피터르 비스펠베이Pieter Wispelwey가 연주하는 소피아 구바이둘리나Sofia Gubaidulina의 '태양의 찬가'.

34

헝가리어는 다른 어떤 언어와도 유사하지 않다는 특성뿐만 아니라, 다른 나라 언어를 헝가리인이 말하기만 하면 모두 변형하고 압도해버리는 어떤 리듬과 멜로디도 갖고 있다. 따다다다다, 시끄럽긴 하지만 치명적인 타격은 입히지 않는 기관총이 떠오른다. 그런데 헝가리 친구들이 나누는 도저히 알아들을 수 없는 대화를 듣고 있으면, 낯선 형태의 즐거움을 맛보고 있는 나를 발견한다. 우리가 흔히 듣는 언어에는 잡고 버틸 만한 동아줄이나 둑이 있는데, 헝가리어에는 없다. 그래서 언어 자체의 비밀로 돌아가보게 된다. 소리를 만들어내는 입. 목구멍, 목젖, 입천장, 입술이 다함께 어떤 기구를 형성해, 화자들에게는 충분히 명료하지만 나는 배제되는 생각과 감정을 표현하는 것이다. 소외를 더 키우는 방식으로 얼마 전에 나는 헝가리 작가 세 명의 책을 읽었는데, 네덜란드어와 영어로 된 미클로스 반피Miklós Bánffy의 책, 독일어로 된 페테르 에스테르하지Péter Esterházy의 책, 그리고 프랑스어와 영어로 된 미클로스 센트쿠치Miklós Szentkuthy의 책이다. 이중에서 반피의 책이 가장 접근하기가 쉽다. 그의 트란실바니아 3부작은 영광과 몰락을 담은 고전적 파노라마인데, 작품 속에 전개되는《바람과 함께 사라지다》유의 전형적인 연애사보다는 합스부르크 왕조 시대의 의회 역사가 상세하고 상상을 초월할 정도로 복잡한 데서 오는 생소함으로 인해 소외감을 준다. 소설의 주인공인 발린트 어바지 백작은 의회의 일원으로, 다양한 세력이 파국을 향해 나아가게 하는 악몽 같은 경박함을 본능적으로 알아차린다. 그리고 그는 세르비아에서 영락없이 폭탄이 터지고, k. und k.[54]의 오스트리아와 헝가리가 서로 갈라서고, 도나우 군주국이 언어와 국적이 조각난 지도로 변질될 때까지 운명의 시계가 똑딱거리며 흘러가는 모습을 의회라는 쇼

무대에서 무기력하게 바라볼 수밖에 없다. 거기서 헝가리는 영토를 잃고, 몇 년 후에는 모든 인접국에 거주하는 헝가리어 소수자들로 인해 큰 문제를 낳게 된다. 2차 세계대전이 끝나고 트란실바니아가 루마니아령으로 할양된 후로도 계속 이렇게 흘러간다. 미클로스 반피 백작은 자신의 소설 속 주인공과 매우 유사한 인물로, 당시에는 아직 헝가리의 일부였고 훗날 공산국가 루마니아의 일부가 된 트란실바니아에서 가장 저명하고 유서 깊은 가문 출신이었다. 그는 광활한 토지를 소유하고 있었으나 그것을 저택과 그 밖의 모든 것과 함께 두 번에 걸쳐 잃어버리는데, 첫 번째는 쿤 벨러Kun Béla가 통치한 평의회 공화국이 짧게 존속했던 동안이었고, 두 번째는 공산국가 루마니아 체제하에서였다. 그 전에 그는 1차 세계대전 이전의 자유주의자이자 진보적인 의원이었으며 나중에는 외무부 장관까지 지냈다. 1932년에 그는 그 시절에 관해 회고록을 썼는데 '불사조의 나라The Phoenix Land'라는 제목으로 아카디아 북스 출판사에서 영어로 출판되었다. 생각해보면 좀 서글픈 제목이다. 헝가리의 불사조는 1921년 최초로 부활한 후 2차 세계대전의 여파로 다시 총에 맞아 죽었는데, 이번에는 영영 죽고 말았으니 말이다. 이

---

54) 독일어권에서 오스트리아-헝가리 제국을 부르는 약칭. (오스트리아) 황제이자 (헝가리) 왕이라는 뜻의 'kaiserlich und königlich'를 줄인 표현이다.

회고록에는 코믹한 면도 있다. 반피는 쿤 벨러의 짧은 공포 정치 기간에 전 재산을 잃고 궁색한 망명자가 되어 네덜란드에서 초상화가로 입에 풀칠을 하고 살다가, 그다음 격변기에는 외무부 장관으로서 트리아농 조약이 가져올 위협적인 결과—헝가리는 털이 다 뽑힌 닭이 될 것이다—를 막으려고 애쓴다. 그는 헤이그에서 부잣집 마나님들의 가난한 초상화가로 보낸 짧은 시기를 회고록에 아주 유머러스하게 썼다. 나는 테헤란, 코소보, 자카르타 할 것 없이 전 세계 방방곡곡에서 외교관으로 일해온 친구에게서 반피에 관해 처음 들었는데, 그녀는 자신이 입이 닳도록 추천한 책을 내가 아직 읽지 않은 것을 알고 《트란실바니아 3부작》 영어판 세 권을 보내주었다. 그녀는 러시아 문학, 특히 푸시킨의 열렬한 팬으로, 그녀가 반피의 어떤 점에 그렇게 끌렸는지, 왜 내가 반피를 좋아할 거라고 생각했는지 나중에 이해할 수 있었다. 그녀의 판단은 틀리지 않았다. 게다가 나는 문학이 처음에는 모더니즘에, 나중에는 이미지의 세계에 양보해 잃어버린 것에 대해 여전히 애착을 갖고 있다. 1930년대에도 사람들은 여전히 그렇게 쓸 수 있었다.

실제로 훨씬 더 현대적인 헝가리 작가인 페테르 에스테르하지는 《트란실바니아 3부작》이 출간되고 몇십 년 동안, 그러니까 반평생 동안 반피의 아이러니와 지성을 높이 평가했다. 그 자신이라면 다른 방식으로 그렸을 테지만, 반피는 사라진 계급을 장대하게 묘사해 하나의 시대상으로 담아냈기 때문이다. 책이 나온 지 60년 후에 《트란실바니아 3부작》의 영어판 서문을 쓰게 된 작가 패트릭 리 퍼머Patrick Leigh Fermor는 양차 세계대전 사이에 유럽을 횡단하는 상징적인 도보 여행을 하면서 그 세계와 조우했다. 멸종 위기의 새처럼 보이는, 제복 차림의 헝가리 백작과 남작들의 사진이 기억난다. 하지만 다른 헝가리인 친구들에게 물어보면 반피의 책에 대해 모르는 듯했다. 그 책의 초판은 '메그삼랄터탈Megszámlaltattál'이라는 헝가리어 제목으로 1934년에 이미 출판되었으나, 헝가리가 공산국가이던 시기에 계급의 적으로 간주되어 금서가 되었다. 반피의 토지는 몰수되었고 그의 저택은 파괴되었으며, 그 자신은 루마니아에 홀로 남아 있다가 한참 뒤에야 부다페스트로 돌아와 숨겼다. 에스테르하지의 찬사가 그 역시 헝가리의 훨씬 더 막강하고 유서 깊은 가문 출신이라는 점과 관계 있는지는 모르겠다. 그에게 물어본 적은 없다. 네덜란드에는 반피의 3부작 중 첫 번째 책만 아틀라스 출판사에서 나왔는데, 물론 이는 서글픈 일이다. 세쌍둥이 중 둘을 어머니 몸 안에 남겨놓을 수는 없는 법이니 말이다. 첫 번째 책의 네덜란드어 번역본의 제목은 '세었다, 세었다Geteld, geteld'이다. 성서에서 임박한 재앙을 알리며 경고하는 메네 데겔과 관련 있는 제목이다. 내가 읽은 영어판 책은 이 책을 람페두사Lampedusa의 소설《표범》에 비교한다. 그 소설에서도 사라질 운명에 처한 봉건 세계를 배경으로 낭만적 대서사시가 펼쳐진다. 반피의 3부작은 우리가 19세기부터 알고 있는 연애소설이다. 우리가 체호프의《벚꽃 동산》과《세 자매》같은 소설에서 만났던 이상주의자 주인공, 그리고 그 상대자로, 이 책에서는 자신을 비극적으로 파멸시키는 사촌이 있다. 그는 술을 마시고 재산을 탕진하며 도박에 빠진다. 오늘날의 독자들은 무엇보다도 이 소설에서 음모와 가십, 가면무도회와 사냥 게임 사이를 오가며 빙글빙글 돌아가는 사회의 매혹적이고 우울하기도 한 그림을 떠올린다. 한 편의 영화 같은 책. 돌이킬 수 없는 몰락을 이미 품고 있는 찬란함. 미클로스 반피, 그는 부다페스트 국립극장의 관장이었을 때 벨라 바르톡Béla Bartók에게 오페라를 공연할 기회를 주었고, 트란실바니아에 있는 자신의 영지를 관리했으며, 외무부 장관이었을 때는 헝가리의 국제연맹 가입 문제를 다루었고, 나아가 자기 나라의 비극적인 역사를 잊을 수 없는 방식으로 묘사한 책을 썼다. 그리고 너무도 오랫동안 유럽의 나머지 지역에는 알려지지 않은 채로 남아 있었다. 얄타 회담은 이 대륙에 분리선을 그었고, 느릿느릿 치유될 따름인 상처를 남겼다. 언젠가 남미 어딘가에서 이 세 권의 책을 서점에서 보고 책장을 넘겨보다가 그 두께에 놀라 책을 내려놓았던 일이 기억난다. 그때 내 판단이 틀렸었다.

이 3부작뿐만 아니라 그의 인생사도 비극적으로 흘러갔다. 그는 2차 세계대전 때 헝가리의 독재자 호르티 제독에게 독일과의 동맹을 끊으라고 요청했는데, 나치는 그에 대한 복수로 퇴각하면서 현재 루마니아의 클루지Cluj에 있던, 그가 아끼는 대저택을 파괴했다. 운명의 얄궂은 장난은 헝가리 귀족과 달리 이 트란실바니아 귀족이 재산을 되찾을 수 있는 만큼 되찾게 했다. 그 멸종된 인종에 관해 야프 스홀턴Jaap Scholten은 '남작 동지Kameraad Baron'라는 의미심장한 제목의 멋진 책을 썼는데, 이 책에서 전후에 몰락한 귀족들의 때로는 비극적이고 때로는 굴욕적인 운명담을 들려준다. 그들 중 대다수는 알지도 못했던, 옛 영화의 어두운 이면. 정죄, 투옥, 고문, 가난을 겪은 귀족들. 하녀나 트럭 운전사로 살아남은 이들. 대부분의 경우 토지가 척박해지고 성은 폐허가 되어 아무것도 시작할 수 없었다.

에스테르하지의 아버지 역시 백작이었는데, 그의 아들이 쓴 책은 헝가리의 혼란스러운 역사 일부를 다룬다. 그리고 에스테르하지는 중세부터 오늘날까지의 자신의 모든 조상을 아버지라고 부른 까닭에 그의 책《천상의 하모니Harmonia

Caelestis》1부는 역사적 광란의 도가니가 된다. 그의 아버지
는 학교를 설립하고 교회를 건설하며 어떤 시대에서는 장관
으로 교수형에 처해지고 다른 시대에서는 총살당한다. 조상
이 많고 그 조상들의 역사가 문헌으로 남아 있을 경우, 그에
게는 전부 내 아버지이고 '내 아버지'라고 부를 수 있는 아
버지들이 수두룩하다. 그가 자신을 3인칭화하여 내 아버지
의 아들로 부르는 것과 마찬가지이다. 맞는 말인지는 모르
겠지만, 헝가리의 정신세계에 부조리주의와 서커스 곡예사
같은 기묘한 점이 있는 것처럼 이 책은 헝가리에서 말고는
쓰일 수 없는 책이라는 생각이 든다. 어쩌면 그것은 그 땅
의 경도와 관련이 있는 것은 아닐지 나는 주제넘게 생각한
다. 유럽 대륙의 동쪽으로 갈수록 카프카들, 불가코프들, 차
페크들, 에스테르하지들 그리고 센트쿠치들을 발견하게 된
다. 이 책이 어떤 세계를 배경으로 하는지 이해하려면 인터
넷에서 '에스테르하지 가문'을 검색해보기만 하면 된다. 기
사 훈장으로 치장한 제복 차림의 인간 수탉들. 백작, 군주,
주교, 장군, 장관, 불룩한 배와 가발, 순종 말과 그에 수반되
기 마련인 여자와 궁전. 그리고 그들의 먼 후손은 공산주의
몰락 후 재산을 돌려받으려 하지 않았으며, 비극적인 것과
우스꽝스러운 것이 매혹적인 화학적 결합을 일으키는 방식
으로 과거를 묘사하는 동시에 조롱하며 시간을 거꾸로 되돌

린 듯한 걸작을 썼다. 그 세계에서는 메테르니히Metternich 시대의 고해성사석에 도청장치가 설치되어 있을 수 있고, 아들이 부모가 처음으로 나눈 펠라티오에 대해 유쾌한 태도로 인류학적이고 정밀한 묘사를 할 수 있으며, 아버지 중 한 명은 참수되기 전 집행인에게 금화 10두카트를 주며, 20세기의 한 작가는 박물관 하나는 족히 채울 듯한 집안의 보물들을 하나하나 자세히 열거하며 끝없이 빼곡하게 써내려갈 수 있다. 그림을 그리는 듯한 서술 방식 때문에 이 책은 다른 건 다 차치하고라도 현대사를 다룬 생생한 삽화집이다. 수학을 전공했고 헝가리 정부 부처에서 시스템 분석가로 일한 적이 있는 이 작가는 과거의 시스템을 영웅적 기질에서 배신까지 인간의 다양한 내면이 펼쳐지는 그랑기뇰 극장으로 묘사했다. 그것은 자신의 근원지였고, 새로운 시스템과 극악무도하게 충돌해 파괴된 세계였다. 그는 파쇄성 폭탄 같은 글쓰기 방식으로 자기 가족의 과거를 수천 개의 파편으로 폭발시키는 동시에, 가족이 역사적 단위이자 하나의 기적이라는 관점에서 그 파편들을 서로 묶어냈다. 그것은 하모니도 아니고, 천상의 것도 아니다. 책 2부의 배경은 20세기이다. 반피의 가족과 마찬가지로 그 가문의 헝가리 쪽 부분은 쿤 벨러의 독재하에서 돈과 저택, 토지를 잃었고, 나중에는 모든 것을 영영 잃었다. 몰락에조차 그만의 유쾌함이

깃들어 있는데 그것을 첫 문장부터 바로 보여준다. "전하, 부인의 허락에 따라 제가 아뢰어도 된다면, 공산주의자들이 당도했사옵니다." 그러나 페테르 에스테르하지의 비극은 그 2부 뒤에 3부가 필히 따라온다는 것을 알지 못했다는 점이었다. 3부의 제목은 독일어로 '개정본Verbesserte Ausgabe'이었다. 개정된 쓰라림. 그도 그럴 것이, 《천상의 하모니》가 헝가리에서 반짝 베스트셀러가 되고 나서 에스테르하지는 자기 아버지가 자신이 생각했던 영웅이 아니라 아버지가 속한 사회 계층들과 나눈 대화를 보고하는 헝가리 비밀경찰이었음을, 한마디로 배신자였음을 알게 되었기 때문이다. 그는 육친인 아버지에게 경의를 표하기 위해, 그리고 아버지가 사회적 지위와 재산을 잃은 뒤 새로 등장한 공산주의 엘리트들의 양심과 비열함이 야기한 치욕과 상실을 견뎌낸 방식에 찬사를 보내고자 책에서 그 모든 아버지에 관해 이야기했었다. 과거에 대한 배신, 가족에 대한 배신, 어쩌면 가족의 과거에 대해 아들이 쓴 책에 대한 배신. 3부에서 터뜨리기 전까지는 미처 알지 못했던 그 부분은 충격이자 비극적이고 깊은 실망감을 안겨주었다. 아버지는 이미 돌아가셨고, 그 문제에 대해 아무 말도 할 수 없으며, 해결되는 것은 없었다. 그는 10년 동안 그 책을 썼고 책에 대한 비평이 나오기 시작했는데, 이러한 불명예로 인해 이 위대한 작품이 무너진 것처럼 보인다. 그럼에도 저자는 자신의 아버지가 무너지게 놔두지 않는다. 그 비극에 대해서만이 아니라 일어난 일들의 부조리함에 대해서도 공평하게 다루는 어떤 어조를 찾아낸다. 그 어조는 유머와 지성과 관련 있지만, 그 가족의 역사 그리고 문체와도 관련이 있다. 에스테르하지는 애정과 아이러니를 담아 2부를 써내려갔고, 그로 인해 아버지의 드라마는 비록 그것이 아무리 고통스러울지라도 가족사에 맞아떨어지는 듯 보인다. 그것이 가족이자 또한 역사이기 때문이다.

가족이 풍상을 겪었다는 점에서 에스테르하지 가家와 반피 가는 이런저런 공통점이 있다. 돌이킬 수 없는 방식으로 사라져버린 과거, 그리고 몰락한 귀족들의 세계. 에스테르하지 가문은 헝가리와 오스트리아의 귀족이었고, 반피 가문은 트란실바니아의 귀족으로, 트란실바니아는 한때 헝가리의 일부였으나 전후에 차우셰스쿠와 세쿠리타테,[55] 그러니까 '남작 동지'의 세계인 루마니아의 손에 떨어졌다. 에스테르하지는 의심의 여지 없이 더 위대한 작가인데, 반피보다 나중에 태어났다는 이점이 있었다. 그러나 그 유럽 땅의 운명을 이해하려면 두 사람의 책이 모두 필수적이다. 또한 나

---

55) 루마니아 공산 정권 시절의 비밀경찰.

중에 나온 에스테르하지의 책 덕분에 반피의 고전적 소설을 더 잘 이해하게 된다고 할 수도 있다. 눈부시고 통통 튀는 《천상의 하모니》의 상상력이 반피의 소멸하고 고요한 세계에 광택을 부여해 모든 것이 더 잘 보이는 듯하다.

35

며칠 동안 공중그네를 탔더니 풍경이 간절하다. 여우, 노루, 고양이 발자국만 표시되는 숨이 멎을 듯한 흰색. 여우와 노루가 깊은 눈 속을 뚫고 여기서 저기로 가고 싶어했다면 그럴 수밖에 없었겠다고 이해가 되지만, 고양이는 어째서? 좁다란 시골길 건너편에는 이 집과 숲을 돌봐주는 노르베르트와 클라우디아가 산다. 노르베르트는 치즈 공장에서 일하고 광활한 숲을 지키며 날이 너무 추워지면 노루들에게 먹이를 준다. 그저께 밤은 영하 13도였다. 그는 사냥 면허를 갖고 있지만 총 쏘는 걸 그다지 좋아하지 않아서 실제로 어쩔 수 없는 경우에만 총을 쏜다. 노르베르트와 클라우디아는 네 명의 자녀를 두었는데, 그중 둘은 이미 독립했다. 생일이면 손주들도 찾아와 큰 즐거움을 안겨준다. 그들은 이 고장의 방언을 쓰는데, 빨리 말하거나 자기들끼리 이야기할 때면 나는 대화의 뭉텅이를 놓치고 만다. 우리에게 제일 날카로운 부분이 깎여나가고, 우리는 음악을 거저 얻는다. 그 음악적 조성을 설명하기란 쉽지 않다. 따라할 수 있는지 없는지는 고사하고, 정확히 왜 그런지 알 수 없다는 점이 마음에 든다. 무릇 언어를 말한다는 것은 지능보다는 음악성과 모방 능력의 문제지만, 방언 사용자들 사이에서 그것을 흉내내려고 시도하면 사회학적 함정에 빠지게 되고 그들의 재산을 침해하게 된다. 차라리 서커스단이나 정신병원으로 직행하는 편이 낫다. 결국 언어란 습득한 재산인데 아무렇지도 않게 빼앗을 수는 없는 노릇이다.

의문은 남는다. 고양이는 왜? 네 마리 더하기 한 마리다. 그 중 한 마리는 털이 붉은 녀석으로, 건너편 집에 들어갈 수 있는 특권을 갖고 있다. 트릭시와 친구 사이다. 트릭시는 20센티미터 정도의 키에 중국 견종으로 보이는 바둑이인데, 이백李白의 시를 모두 읽은 듯한 눈으로 쳐다본다는 이유만으로도 내게는 지구에서의 삶을 더 잘 견딜 수 있게 해주는 사랑스러운 존재다. 네 마리의 고양이는 강적들이다. 큰 골판지 상자에 짚을 깔아 만든 4인용 공간이 있는 축사와 집 밖을 오가며 산다. 보아하니 녀석들은 우리를 좋아하긴 하지만 절대 가까이 오지 않는다. 두 마리는 회색, 다른 두 마리는 각각 흰색과 갈색. 녀석들은 철학자다. 집 밖으로 모험을 떠나 저 멀리 초원에 홀로 앉아 깊은 사색에 잠긴다. 눈이 수북이 쌓인 지금도. 더러는 눈 속에서 휘청거린다. 어떤 느낌일까? 지금처럼 눈이 많이 쌓여 있으면 두꺼운 흰색 눈덩이 속에 일자로 한 발 한 발 내디디며 특이한 방식으로 걸을 수밖에 없다. 눈이 별로 없으면 발자국을 쉽게 알아볼 수 있고, 눈이 너무 많으면 구멍이 더 넓고 깊어진다. 여우와 노루는 다른 흔적을 남기는데 고양이의 흔적은 움푹한 숟가락으로 파놓은 듯한 구멍이어서 위성에서도 볼 수 있을 정도다. 아마도 항상 뒤통수에 포수를 달고 다니는 야생동물들보다 덜 서두르기 때문일 것이다. 이제 오후 5시가 지났다. 오늘은 온종일 안개가 끼었다. 두 시간 전에야 하얀 장막이 조금 걷혔고, 그래서 검은 숲 위 저 멀리서 얼룩덜룩한 오렌지색이 서서히 회색으로 물들고 있다. 바깥에 안개가 끼어 있는 동안 나는 책을 읽었고, 내가 공중그네를 탔다고 한 것은 바로 책 읽은 일을 뜻한다. 마치 공중그네 위에서 몇 시간을 보낸 듯한 느낌이 든다. 어떤 책들은 그렇게 만들기도 한다. 안전그물망 없이 공중제비를 넘으며 느끼는 위협, 그것은 책과 함께할 때도 존재한다.

급회전, 과감한 스윙, 물구나무서기, 이따금 치명적인 한 방. 세 명의 헝가리 작가 중 세 번째인 미클로시 센트쿠치를 읽으면 일어나는 일이다. 어디 보여주시죠, 독자들은 이렇게 생각하지만, 이것이 바로 요점이다. '어디서부터 시작해야 하나?' 영어로 번역된 그의 책은 두 권뿐이고, 그 책에서 너무 많이 베껴 쓰면 사형을 내린다는 위협을 받는다(인용하기도 베껴쓰기다). 그렇다면 자신만의 말로 해라. 그건 할 수 있지 않은가? 영어, 가장 덜 번역되는 세계어이자 편협한 지방주의와 혼합된 대단한 오만. 그럼에도 모든 사람이 영어를 읽는다는 것은 확실하다. 그리고 영어로 이미 충분히 책이 집필되었다고 믿는다. 그러나 미국에서는 전 세계 문학의 2퍼센트와 부스러기 정도가 출판된다. 수확량이 너무 적어서, 왜 미국인들이 때때로 세상을 거의 이해하지 못하는지를 이해하게 해준다. 그렇다면 일본, 중국, 노르웨이, 또는 헝가리는 어떤지 이야기하지만, 거기에는 죽은 지 이미 30년이 넘은 센트쿠치의 그 책 두 권이 있다.

36

공중그네의 일례는 선인장과 하이든의 소나타다. 무슨 말이냐고? 센트쿠치의 책 《오직 하나뿐인 메타포를 향해 Towards the One & Only Metaphor》를 두고 하는 말이다. 이 책은 112개의 짧은 장들로 구성되어 있는데, 책 앞머리에 각 장의 내용을 짧게 적어놓았다. 22장: "나의 본질: 강렬함에 대한 절대적이고 지속적인 요구. 하지만 오르가즘도 필요하다: 형태!" 이것이 공중그네에서 첫 번째 스윙이었다. 98장: "만약 사람이 정말로 무언가를 위해 태어난 것이 아니라면?" 86장: "떠난 사람. 결핍, 부재. 터무니없는 수학적 출발점과 일상적 현실." 아니, 이것이 아마도 캔자스에 대한 것은 아니겠지만, 내가 느끼는 현기증을 감안할 때 네덜란드에 대한 것도 정말로 아닌지 누가 알겠는가.

그럼에도 이제 내가 공중그네에서 마지막으로 탔던 스윙을 보자. 44장: "하이든의 소나타와 선인장. 소설에 대한 나의 실험: 구체적인 *생물학적* 의미에서의 실험이다." 그리고 마지막으로 70장: "나의 문체는 프란치스코 성인의 옷처럼 누더기이다. 나의 문체는 성녀 테레사의 결핵과 같다. 나의 문체는 순교자의 피와 같다." 여기서 '나의'와 '그의'가 계속 헛갈린다. 나는 그가 말한 '테레사'가 스페인 아빌라 출신의 성녀이지 프랑스 리지외의 테레사와는 거의 상관이 없다고 생각하지만, 그가 누구를 말한 건지 어찌 알겠는가. 이모든 정신적 훈련을 치르고 나자―냉소나 풍자를 담아 하는 말이 아니다―나는 한동안은 눈 속의 그 발자국들을 바라보아야 한다는 필요를 느꼈다. 센트쿠치가 나를 사로잡기는 하지만, 그것은 당장 하지 않고는 못 배기는 훈련과도 같

았다. 게다가 평범하다고 자처하는 사람에게 어떻게 그것
이 가능한가? 능력자이면서 하고잡이. 내가 읽은 그의 번역
서에만도 주제의 다양함이 그의 방대한 서가만큼이나 압도
적이다. 고차원의 수학, 흥미로운 생물학, 고전 철학 그리고
수백 개의 샛길. 괴테의 생애를 상상해 전기를 쓰고, 카사노
바의 생애에서 촛불과 샹들리에가 차지하는 중요성에 관해
책을 쓴 이 사람이 머리를 싸매고 골몰하던 것들이다. 44장,
하이든의 소나타와 선인장으로 다시 돌아가보자. 나는 1981
년 컬럼비아 스튜디오에서 녹음해 1992년에 출시한, 글렌
굴드가 연주하는 하이든 후기 소나타 여섯 곡의 음반을 이
곳에 갖고 있다. 센트쿠치의 명제 중 앞부분에 해당하는 절
반이다. 나머지 절반이 선인장, 그리고 이 책의 첫 문장에서
첫 번째 단어가 바로 선인장이다. 이태 전 나는 1929년에
나온 카렐 차페크Karel Čapek의 책 한 권[56]이 계기가 되어 스
페인의 내 정원에 선인장을 좀 심었는데, 그래서 센트쿠치
의 책에 나오는 이 부분이 꼭 나를 위해 쓴 것만 같다.(독서에
는 한 가지 방식이 있을 뿐인데, 바로 관계사고 또는 관계망상을 통한 독
서이다. 모든 것은 그 순간 그 책을 들고 있는 바로 그 사람만을 위해 쓰
인 것이다.) 내가 계속 글을 써나가는 지금, 굴드는 1981년에

---

56) 《정원가의 열두 달》(1929).

센트쿠치의 명제를 보여주는 예로서 하이든의 소나타 42번을 연주하고 있다. 그 명제란 이런 것이다. 그 소나타와 내 선인장 사이의 차이점은 '작품'의 고전적·합리적 구조와 생물학적 형태(고로 이 글을 쓰는 동안 내 선인장이 마치 스페인의 내 정원에서처럼 눈에 선하다) 간의 차이점이다. "내가 지금 쓰고 있는 글은 선인장의 범주에 해당한다"라고 미클로시 센트쿠치는 말한다. "만약 내가 문학에서 어떤 역할을 할 수 있다면, 내 문장에서 본능의 생물적인 선과 형태를 직접 만질 수 있다는tangibility 점 덕분이다. 실험적인 소설, 바로 이것이 내 소설《프레Prae》가 케케묵은 19세기 분위기의 시대착오적인 잔재를 다루고 있음을 암시하면서 한 편 이상의 기사에서 정의된 방식이다."

《프레》는 헝가리에서 엄청난 명성을 얻었음에도 다른 어떤 언어로도 번역되지 않았고,[57] 이는 의심과 호기심을 동시에 유발한다. 하지만 다른 작품들이 많이 번역되었으니, 그중 한 권이《카사노바에 관한 주석Marginalia on Casanova》이다. 헝가리에서 총 열 권으로 출간된 연작《오르페우스 성인의 성무일과서St. Orpheus Breviary》의 1권에 해당하는 작품이다. 그의《카사노바》는 야성적인 책이다. 서문에서 읽기

---

57) 2014년에 처음으로 영어 번역본이 출간되었다.

로는, 센트쿠치가 카를 바르트Karl Barth가 쓴 연구서를 읽은 뒤 희한하게도 이 책이 탄생했는데, 바르트의 책은 사도 바울이 로마인들에게 보낸 편지의 문장 하나 하나를 파고들면서 분석한 강해서였다. 제노 비아누Zéno Bianu가 쓴 서문에 따르면, 센트쿠치는 이 방법에 깊은 인상을 받아 카사노바의 전기에 적용하기로 마음먹었다. 거기에는 샹들리에와 촛불, 무도회와 가면, 베네치아가 나오지만 금욕주의, 엄격함을 다룬 장도 있다. 나아가 '수성獸性을 우아함과 조화시키는 능력, 아니면 원하는 표현대로 침실과 신학 사이의 조화'도. 그리하여 전래의 호색적인 이미지보다는 형이상학적인 또 다른 카사노바의 모습을 보여준다. 예전에 나는 영화 〈카사노바〉에 관해 펠리니 감독을 인터뷰할 기회가 있었다. 그때 내가 이 책을 읽었었더라면 인터뷰 준비를 더 잘했으리라. 펠리니는 카사노바를 혐오하여 그를 자동인형automaton이자 기계적이고 강박적인 엽색꾼으로 보고 도널드 서덜랜드에게 그렇게 연기하게 했다. 그런데 센트쿠치는 카사노바에게 그보다 훨씬 더 신중한 이미지를 부여했고, 이런 모습은 책 앞머리에 나오는 성인聖人의 생애, 알폰소 마리아 데 리구오리Alfonso Maria de Liguori의 성인전聖人傳에서부터 드러난다. 이 장르의 정상적인 모습에서 한참 벗어난 전기인데, 나는 그것이 거대한 농담인 줄 알았다. 가발에는 이가 기어

다니고, 주교관主敎冠은 가죽으로 만든 포도주 메뉴판처럼 생겼으며, 나폴리의 왕비는 그 성인이 프랑스 혁명가들에게 잘 보이려고 《윤리 신학Theologia moralis》을 썼다고 주장하며 고래고래 소리치다가 그 성인을 향해 시뻘건 뾰족구두를 던진다. 모든 것을 알고 있는 인터넷이 나를 꿈에서 깨워주었으니, 알폰소는 실존 인물이며 기도를 올릴 만한 진정한 성자다.

이 헝가리 작가의 사진은 잠시 살펴볼 가치가 있다. 그사이 굴드는 여기 내 방에서 연주를 이어가고, 그의 연주는 언제나 그렇듯이 능수능란하지만 이 곡에서는 약간 뮤직박스 같은 면도 있다. 고전적이고 이성적인 구조를 묘사하기 위한 다소 가벼운 방식이다. 어쩌면 나에게는 선인장이 더 잘 맞는지도 모르겠다. 이 사진은 센트쿠치가 쓴 다른 책의 프랑스어판 표지에 실려 있는데, 예전에 파리에서 산 《경박한 고백La Confession frivole》이라는 책이다. 책 속에 객적은 말들이 어찌나 많던지 그때도 어리벙벙했었다. 그거야 공중그네이든 아니든 센트쿠치는 분화를 멈추지 않는 활화산과 같아서이다. 그러니 달아나거나 최대한 가까이 다가가서 계속 바라보거나, 둘 중 하나밖에 없다. 그 표지에 나와 있는 옆모습의 남자는 누구였던가?

그는 정면을 바라보고 있지만, 실제로는 내 쪽으로 눈을

《경박한 고백》의 표지에 실린 미클로스 센트쿠치의 초상.

돌려 나를 쳐다보고 있거나 아니면 곁눈질로 나를 훔쳐보고 있는 듯하다. 멋진 프로필이다. 지난 세기 초에 찍은 사진이 틀림없다. 크고 멋진 검은색 모자, 물방울무늬의 나비넥타이. 이 신사는 옷을 좀 입을 줄 안다. 그 모자 아래로 검은 곱슬머리가 나와 있고, 그 머리 속에는 남다른 뇌가 들어 있을 것이다. 꿰뚫어 보고 추리하고 에세이를 쓰고 이야기를 구상하는 뇌, 무자비한 놀라움을 그칠 줄 모르고 제시하는 뇌. 역설로 당신의 다리를 걸어 넘기고 어떤 모순도 피하지 않는다. 가톨릭주의와 에로티시즘, 합리주의와 신비주의. 조이스와 스위프트를 헝가리어로 번역했고, 괴테의 전기소설을 썼으며, 카사노바를 흥미진진한 책 한 권으로 오랫동안 추적한, 엄청난 독서가였던 작가. 그리고 혹자들 말로는 어디에서도 번역되지 않은 《프레》라는, 지난 세기의 걸작 중 한 편을 남겼으며, 그 자신이 터무니없다고 칭했던—아마 맞는 말일지도—프루스트, 라블레, 조이스에 스스로를 견주는 작가. 일전에 수필가이자 철학자인 친구 라슬로 푈데니László Földényi에게 센트쿠치에 대해 이야기를 좀 해달라고 청한 적이 있다. 그때 들은 바로는 그는 2만 5000권이 넘는 책을 소장했고, 공산주의 부다페스트에서 끝날 줄 모르는 라코시Rákosi의 독재 시기 동안 한 마리의 거미처럼 자신의 거미줄 안에서 글을 쓰고 읽으며 집필 금지 또는 최소한 출판 금지의 시간을 보낸 사람이었고, 각 권이 대담한 성인聖人의 생애로 시작하는 대형 연작을 쓴 색정광이었다. 요컨대 호기심을 불러일으키기에 충분했다. 자, 이제 어떻게 하면 좋을까? 책이 제조되는 이 시대에, 모든 것에 관한 책을 쓰고 싶었던 한 사람, 부다페스트의 방에서 자신의 영웅적인 탐험을 끝끝내 완수한 사람, 항해하거나 익사할 바다와도 같은 역작을 남긴 사람의 영토 안에 들어가는 일은 어쩌면 목숨을 건 모험일지도 모른다. 이 사람의 작품은 워낙 체계적으로 쓰여서 내 느낌에는 체계적으로 읽을 필요가 없다. 입구가 사방에 있는 광산이기 때문이다. 하지만 그곳이

어디라도 안으로 들어가 보면 도처에서 똑같은 마술사를 만날 것이고, 그 마술사는 뜻밖의 사고방식으로 우리를 계속 놀라게 할 것이다. 정설 철학과는 거리가 먼 개념과 의견으로, 이제껏 어디에서도 접한 적이 없고 당신을 가만두지 않는 사고방식으로.

37

사위가 어두워졌다. 별들. 다른 별자리들 사이에서 제자리를 잡고 있는 오리온, 북쪽과 남쪽을 지배하는 눈먼 사냥꾼. 무척 고요하다. 아무것도 움직이지 않는다.

오늘은 브뤼셀에서 그 27[58])이 부채와 벌금을 놓고 그리스인들과 대화하는 날이다. 우리는 28로 남을 것인가, 아닌가? 그리고 민스크에서는 남자 셋, 여자 한 명이 앉아서 더 이상의 재앙을 피하려고 애쓰고 있다.[59]) 온종일 나는 박새들이 눈 속 메마른 울타리에서 무언가를 더 찾으려고 애쓰는 모습을 보았다. 그것들은 부리로 나무를 톡톡 치면서 그

---

58) 유럽연합 국가들을 말한다.
59) 우크라이나 사태 해결을 위한 러시아, 프랑스, 독일, 우크라이나 4개국 정상회담을 말한다.

안에 누가 살고 있는지 찾고 있다. 굴드는 연주를 마쳤다. 하이든의 고전적·합리적 구조는 마지막 음을 끝으로 고요 속으로 사라진다. 스페인의 정원 어딘가에는 선인장이 서 있다. 여섯 개의 이음새가 있는 녹색 기둥 선인장, 잘라서 가르면 흰 속살을 드러내고 다시 자라나리라. 누가 그것을 만든 것이 아니다. 그 선인장이 스스로 자라났다. 그 계획을 선인장이 생각해내지 않았다. 내가 심었을 때 이미 제 몸속 에 지니고 있었다. 센트쿠치가 자신의 글에 대해 한 말처럼 "본능의 생물적인 선과 형태"로 완성된 것. 선인장이냐 소 나타냐, 그것이 문제로다.

38

섬에 있으면 세계와 더 멀어지는가? 그곳에도 똑같은 소 식을 전해주는 언론이 있지만, 대답은 '그렇다'이다. 하지만 그건 눈, 겨울, 추위, 언어처럼 분위기를 자아내는 것들에 관한 문제이기 때문에 증명하기가 어렵다. 여기서는 북쪽과 독일어가 문제다. 나의 여름 거처인 지중해의 기운이 문제 가 아니다. 지난번 글을 쓴 이후로 우크라이나와 그리스, 민 스크와 그렉시트라는 두 개의 포커 게임이 동시에 계속 이어졌다. 결과는 아직 불확실하다. 어떤 이들은 다른 이들보다 거짓말에 더 능하다. 그들이 불리한 상황에 처해 있다고 짐작할 수 없는 것은 아니다. 나는 여전히 전쟁의 아이, 그리고 전쟁 후에는 냉전의 아이로 남아 있다. 이곳에서는 대부분의 뉴스를 독일어로 접한다. 토요일은 되어야 린다우나 브레겐츠에서 외국 신문을 살 수 있다. 거짓말을 감지하는 모든 사람은 그렇지 못한 사람들에 관해 쓴다. 이미지 역시 거짓말을 할 수 있으나, 대체로 실력이 좀 떨어진다. 건물의 깃발, 죽은 아이, 전소된 병원. 그러니 우크라이나 동부에서 일어난 전쟁은 어쩔 수 없이 먼 과거의 속편이 된다. 우리에게 어떤 형태의 기억이 아직 남아 있다면 그냥 없애버릴 수 없는 것들이다. 폴 발레리가 뭐라고 했던가? "기억은 과거의 미래다." 패배한 남자들의 긴 행렬, 나는 그렇게 1944년에 독일군이 종대로 걸어가는 모습을 보았다. 그 걸음걸이를 알아볼 수 있다. 이제 나는 대통령이 자기 뒤에 있는 블랙홀을 응시하는 남자들의 가슴팍에 훈장을 달아주는 모습을 본다. 나는 그 블랙홀 안에서 신문을 들고 앉아 그들의 얼굴을 바라본다. 나를 보지 못하는 얼굴, 그것은 천이나 더러운 담요로 덮여 있는 시체의 형태를 연상시킨다. 총탄 세례를 받은 집들, 70년 전에 이미 본 적이 있는 얼굴들, 그때는 종잇장이었지만 지금은 말을 할 수 있다. 그러나 분노와

절망이 너무 큰 나머지 아무 말도 하지 않는다.

그런데 그리스는? 내가 그 풍경과 지중해식 말투를 알아본다고 해서 그 나라가 가깝다고 할 수 있을까? 내 머릿속에 남아 있는 투키디데스와 폴리비오스의 조각들, 아니면 더 오래된, 예를 들어 호메로스의 시에 관해 알아본다면? 우리가 그 느릿느릿 춤추는 구절들을 해독해야 했을 때도, 한 여인 때문에 여전히 전쟁이 일어날 수 있었다. 열네 살의 나는 지금보다 그것들을 더 잘 이해했다. 이제는 모르는 단어가 더 많지만, 아크로폴리스를 배경으로 행진하는 이들이 손에 들고 있는 그 표지판의 글자 정도는 아직 읽을 수 있으니 말이다. 크세노폰, 또다시 배척하고 전쟁을 벌이는 이야기. 그 첫 번째 그리스어 수업은 얼마나 오래전이었나? 그리고 또다시 이미지들이 간접적인 방식으로 거기에 연결된다. 크레타 섬의 독일군, 파르티잔, 처형.[60] 독일군 제복을 입고 독일군 장군을 납치했던 패트릭 리 퍼머.[61] 쇼이블레[62]가 잘못된 이유는 그가 독일어를 쓰는 사람이어서인가? 바

---

[60] 2차 세계대전 당시의 크레타 섬 전투를 말한다.
[61] 영국의 전쟁영웅이자 여행작가인 퍼머는 영국군 소속으로 그리스 전선에 파견되어 크레타 섬 전투에 참가했으며 섬의 파르티잔 활동을 지원하고 독일군 장교인 하인리히 크라이페를 납치하는 작전을 수행했다.
[62] 독일의 재무장관.

루파키스[63]가 잘못된 이유는 이곳 신문에 보도된 대로, 쇼이블레를 주무르지 못해서인가? 순진한 여름 아이가 겨울 남자들에 맞서 판돈을 너무 크게 걸고 도박을 하는 중인가? 넥타이를 매지 않은 남자들이 넥타이 맨 남자들에게 맞서는 데는 어떤 의미가 있는가? 넥타이를 매면 산수가 더 잘되는가? 오늘 그들은 새로운 제안을 내놓았고, 내일 반응이 나올 것이다. 통과냐 낙제냐, 선생님들의 답변을 기다린다. 교장 선생님은 휠체어에 앉아 있다. 오늘밤 이곳에 다시 눈이 내렸다. 마치 어제 눈 위에 쓰인 것을 지워야 한다는 듯이.

39

2월 22일. 처음으로 날짜를 쓴다. 그런데 사실 이것은 내 의도와는 달리 정치가 요즘의 화젯거리이기 때문이다. 이 메모를 쓰기 시작했을 때 나는 별생각 없이 '디아리우 노부Diário novo[64]'라는 가제를 붙였다. 그것은 스페인어(nuevo)도 아니고 이탈리아어(nuovo)도 아니다. 의도하지는 않았지만 포르투갈어였으면 하고 바랐는지도 모르겠다. 나와 스페

---

63) 그리스의 재무장관.
64) 포르투갈어로 '새 일기'라는 뜻.

인을 이어주는 것에 관해서는 책《산티아고 가는 길》에 담으려고 노력했다. 이 책은 세르반테스의 상상력과 수르바란의 진지함, 스페인 내전의 건곤일척, 카스티야 지방 메세타의 혹독한 기후, 그리고 다른 문화 속에 있는 자신에게서 발견하는 것들, 내가 선택하지 않은 설명할 수 없는 존재적 유대감과 관련 있다. 그게 아니라면 왜 이탈리아의 눈부심이나 포르투갈의 매혹적인 우수는 아니었겠는가? 왜 내가 태어난 나라의, 그리고 내가 글을 쓸 때 사용하는 유일한 언어를 쓰는 그 나라의 명료한 엄격함은 아니었겠는가?

사실 이 글이 정말 일기인지도 의문이다. 아마도 내가 생각하고 읽고 보는 것들의 흐름에서 이따금 무언가를 붙잡아놓기 위한 것, 그저 나날의 기록인지도 모른다. 고백서는 확실히 아니다. 내 정원이 오히려 나에게 가르침을 주었음을 이해하기까지, 굳이 규정하자면 '우리는 우리의 정원을 가꾸어야 합니다il faut cultiver notre jardin'[65]였다. 섬에서 보내는 긴 여름 또한 동기가 되어주었다. 조국의 현실을 떠나 섬의 경치와 바다 풍경, 책과 음악 속에 틀어박혀 사는 것. 이미 오래 산 사람에게는 많은 것이 중요성을 잃는다. 많은 세계를 보았고 이리저리 돌아다녔기에, 텔레비전에 나오는 사

---

65) 볼테르의 소설《캉디드》의 마지막 문장. 현실에 충실한 삶을 살아야 한다는 의미를 담고 있다.

건들의 무대장치를 알아본다. 아옌데 또는 크리스티나 키르치네르Cristina Kirchner의 발코니, 눈에 익은 홍콩의 거리에서 시위하는 학생들, 또는 서울에서 이동하는 교황, 시드니에서 일어난 테러. 세계는 강압적이고 탐욕적으로 되어간다. 일본 노인처럼 어느 승원에 칩거하고 싶겠지만, 세상은 당신에게서 이런저런 것들을 원한다. 당신은 자신을 내려놓은지 아직 오래되지 않았고 타인들은 당신을 다시 불러낸다. 예전에 한 말이 있고 쓴 글이 있기 때문이기도 하다. 자신에게서 벗어나기란 그렇게 쉬운 일이 아니다. 그래서 당신이 선택한 타협은 여름에는 섬에서, 겨울에는 알프스 근처에서 지내는 것이다. 나는 지금 알프스 근처에서, 눈을 감아야 할 정도로 새하얀 풍경을 바라보고 있다. 오늘 아침 시모너는 노루 여섯 마리를 보았는데, 한 마리가 앞장선 채 이 숲 저 숲으로 줄지어 다니더라고 말해주었다. 그 들판에 노루들이 있으면 굉장히 잘 보인다. 대부분 제일 늦은 노루가 가만히 서서 망설이다가 다시 대열에 합류한다. 그 마지막 노루, 가장 작은 녀석은 혼자 돌아가게 될까봐 겁이 난 것이다. 이곳에서는 겨울에 노루에게 먹이를 주는 것을 금지하는 법이 새로 생겼다. 깊은 숲속에 사료대를 세워놓고 매서운 추위 속에서도 항상 건초를 가져다놓는 노버트는 그 소식에 슬퍼한다. 인간과 이렇게 가까운 노루가 굶어 죽어야 하다니, 그는 이런 상황이 마음에 들지 않는다. 자연선택 이론과 관련이 있겠지만, 우리가 이런 부정적인 방식으로 자연에 관여하는 것 또한 자연스럽지 않다고 그는 말한다.

40

감정의 동요와 양심 성찰은 이 디아리우 노부에서 얘깃거리가 아니다. 부끄러움과 계산이 진실성을 훼손한다는 이유만으로도, 그럴 심산은 전혀 아니었다. 그러면 대체 무엇인가? 예전에 나는 절대 다시 들여다보지 않을 일기를 들쑥날쑥 가끔 쓰곤 했다. 두 해 전에는 1980년으로 거슬러 올라가는 일기 수백 페이지를 타이핑했다. 때로는 그 의도된 솔직함에 당혹하고, 때로는 연극적인 행동에 모멸감을 느끼거나 아둔함에 지루해하면서. 일기란 절대로 솔직할 수 없다. 그리고 적어도 내 경우에는 아무도 어떻게 하지 못하는 것들이 있다. 아니면 내가 《여우들은 밤에 찾아온다》에서 〈헤인즈〉의 마지막에 쓴 것처럼, "우리는 비밀을 지닌 존재다. 그리고 그것이 옳다면 우리는 아무도 접근할 수 없는 곳으로 그 비밀들을 가져갈 것이다." 더구나 비밀을 간직하는 일에는 은밀한 즐거움이 있다.

41

모순. 그렇다면 왜 우리는 일기를 읽는가? 이 집 꼭대기 층의 복도에는 일기 몇 권이 나란히 꽂혀 있다. 쥘리앙 그린Julien Green, 미셸 레리스Michel Leiris, 앙드레 지드André Gide 의 일기이다. 모두 프랑스어에서 번역된 독일어판이다. 쥘리 앙 그린의 일기를 아무 페이지나 되는대로 펼쳤더니 1943년 2월 14일자 일기였다. "사람이라는 존재는 참담하다. 만약 사 람이 충분히 참담하다면, 스스로 변화할 거라고 나는 생각한 다." 프랑스어로도 '사람'이라고 되어 있을까? 카우에나르[66] 의 시에 나오는 '사람'은 일반성이라는 거의 신비로운 형태 를 담고 있기에 아름답다. 그런데 여기서는 그런 방식으로 작동하지 않는다. 내 생각에 그린은 맨 먼저 자신에 관해 이 야기하고 있다. 나는 다르게 한번 써본다. "당신이라는 존재 는 참담하다. 만약 당신이 충분히 참담하다면, 스스로 변화 할 거라고 나는 생각한다." 이 구절이 나오는 편의 책 제목 은 프랑스어로 'L'oeil de l'ouragan'이다. 태풍의 눈. 그런데 1943년의 태풍은 무엇이었나? 그 전쟁 말인가? 그런데 그 린 자신은 달라졌을까? 아니면 그럴 필요가 없었을까? 표

---

66) 헤릿 카우에나르(Gerrit Kouwenaar, 1923~2014), 네덜란드의 시인. 〈사람은 해야 한 다Men Moet〉라는 시가 잘 알려져 있다.

지에는 문학평론가 알베르트 폰 시른딩Albert von Schirnding이
〈쥐트도이체 차이퉁Süddeutsche Zeitung〉지에 쓴 문장이 적혀
있다. "(…) 수많은 인물이 등장한다. 특히 앙드레 지드의 취
약한 성격이 굉장히 효과적으로 묘사되어 있다." 그러면 이
제 같은 연도, 같은 날짜의 앙드레 지드에게로 가본다. 그러
나 지드의 일기에는 앵글로색슨족의 우월함에 대해 적혀 있
는데, 아마도 그것은 그가 받고 자란 개신교식 가정교육에
서 비롯되었으리라. 레리스는 2주 뒤인 3월 1일 실제 전쟁
중에 있을 뿐만 아니라(결국 그들은 셋 다 1943년에 있다) 꿈속에
도 있다. 그는 친구와 함께 어느 아틀리에에 있다. 그 꿈속
에서 친구는 갑자기 바닥에 엎드리면서 그에게도 똑같이 하
라고 말한다. 점령군은 파리 전역에 "바닥에 엎드려라, 아니
면 안녕이다"라고 적힌 공고문을 붙였고, 이 지시를 따르지
않는 사람은 사형을 당한다. 연합군의 침공이 막 시작되었
다. (여기서 레리스의 꿈은 희망사항의 표현이었고, 침공은 1년쯤 뒤에
야 일어났다.) 이제 결정적인 최종 전투가 준비되고 있다. 독
일군 순찰대는 집들을 빠짐없이 수색해 그 명령을 어긴 사
람이 있으면 모두 즉결 처형할 것이다. 레리스는 그날의 일
기를 "내 친구와 나는 겁에 질려 바닥에 엎드렸다"라고 마
무리한다. 그린의 일기를 다시 넘겨보니, 위에서 언급한 인
용문은 1943년이 아니라 1945년의 것이었다. 그래서 그린

과 지드가 둘 다 일기를 쓴 똑같은 날짜를 찾아본다. 여기서 흥미진진한 점은 그린은 미국에, 지드는 튀니스에 있었다는 사실, 하지만 그린이 1943년 2월 19일에 튀니스에서 진행 중인 전쟁에 관해 쓰고 있다는 사실이다. "독일군은 네프타와 토죄르를 점령했다. 대부분의 사람들에게는 그저 수많은 뉴스 중 하나일 뿐이지만, 내게는 어떤 종류의 기억을 소환하는가! 이 오아시스들은 내 기준에는 지구상에 존재하는 행복에 대한 거의 완벽한 이미지다…" 그는 여기서 '내'게라고 말한다. 마치 수십 년 뒤에 이 문장을 쓰고 있는 다른 '내'게서 기억을 빌려다 쓰는 것처럼. 그도 그럴 것이, 그로부터 30년쯤 뒤에 나는 지금은 세상을 떠난 지 오래된 한 여인과 함께 바로 그 오아시스에 있었다. 그 여인의 목소리, 그리로 가는 끝없는 길, 차에 타고 있는 우리를 덜거덕덜거덕 흔들리게 만들던 꼬불꼬불한 비탈길, 벽에 하얀 회칠을 한 작은 여관의 가구라고는 거의 없는 천장 낮은 방이 내 기억 속에 남아 있다. 그리고 밤이 되면 상상하기조차 어려운 사막의 정적이 찾아오고, 오아시스 주위에는 개 짖는 소리가 고리 모양으로 공중에 떠 있었다. 마치 우리를 포위하는 듯이. 그린은 대추야자 나무의 흔들리는 잎들 사이로 누그러진 햇빛과 잔잔한 물소리에 관해 이야기하다가, "그리고 이제 이 형언하기 어려울 정도로 평화로운 곳에 독일의 공

포통치가…"라는 문장으로 끝맺는다. 대추야자는 지드에게
도 이야깃거리인데, 그가 2월 19일 튀니스에서 대추야자 잼
1인당 최대 구매량인 1킬로그램을 사기 위해 일찍 일어났
기 때문이다. 200명 넘는 사람들이 줄을 서 있었고, 그에게
는 너무 긴 줄이었기에 그는 그냥 가버린다. 그 시간을 글을
쓰는 데 써야 했다. 하지만 그는 그다음 날에야 일기를 쓰는
데, 연합군이 독일군 주력 부대에 재합류한 롬멜 장군의 후
퇴를 저지하지 못했다고 언급하기 위해서였다. 같은 날 그
는 미군이 전차, 대포, 그리고 다른 모든 것을 남겨둔 채 무
질서하게 퇴각했다고 쓴다. 하지만 미국인 병사들은 '굼뜨
게' 싸우며 싸워야 하는 이유를 확신하지 못하기에 전쟁에
서 다른 나라 국민에게 작동하는 긴박함이 없다고도 쓴다.
바로 그다음에는 2만 5000명이라고들 하는 미군 전사자 수
에 의구심을 가지고, 예상 밖의 심한 욕설을 퍼붓고, 페늘롱
Fénelon과 신앙의 모호함에 대해 떠들어대고, 1년 전 일기에
쓴 내용에 대해 투덜거린다. "쓸데없고 대단찮다."

그런데 1943년에 나는 무엇을 했지? 그해는 내 부모님이
헤어지는 해이지만, 짐작건대 나에게는 두 가지 소리의 해
다. 하나는 우리 집 근처에서 발사된 독일의 V1 소리이고,
또 하나의 소리는 얼마 전 텔레비전에서 미국 케이프 커내
버럴 공군기지에서 녹음된 소리로 다시 들었다. 훨씬 더 길

게 나는 소리, 영국과 미국 비행기가 독일 도시들을 폭격하러 우리 머리 위로 날아가며 내는 통주저음basso cotinuo, 고사포가 또박또박 리듬을 넣어주었다.

후자의 소리는 아직도 내 기억 속에 들린다. 절대로 사라지지 않는다. 모든 것을 손아귀에 넣었다가 결국엔 희미하게 사라지는, 보이지 않는 연주자 수백 명의 오케스트라, 다른 어딘가에서 재앙을 일으키는 소리다. 2년 후 나의 아버지는 영국군의 폭격으로 숨을 거둔다.

42

이곳 독일 남부에서의 마지막 날. 해가 났건만 산은 보이지 않는다. 제법 오랫동안 쌓여 있는 눈은 자연 속에서는 더러워지는 법이 없다. 그것은 그저 오래된 눈, 생기 없이 미련스레 하얗고 편편한 표면, 죽은 눈, 덮개가 될 뿐이다. 저 멀리 숲은 검은색의 벽. 거기서도 아무것도 움직이지 않는다. 세상은 기다린다. 여기서 세상이라 함은 우리 집 앞에 서 있는 나무들을 말하지만, 지붕 위의 눈도 해당된다. 불가사의한 순간이 되면 그것은 별안간 중력의 힘을 발휘할 것을 결심하고, 그러면 엄청난 하중이 창문을 스치며 밑으로

쿵 떨어진다. 건너편 집의 지붕에서는 까마귀 한 마리가 부리로 기왓장 사이를 거의 과학적인 방식으로 쑤석인다. 하지만 거기에 뭐가 있단 말인가? 먹을 것이겠지. 열중한 모습을 보건대 두말하면 잔소리다. 그런데 그 또한 대기실이라는 상념을 불러일으키는 데 기여한다. 두더지, 여우, 쥐, 모두가 기다리고 있다. 충분히 오래 바라보면 보이거나 들린다. 동료 딱따구리는 곤충을 밖으로 내보내기 위해 쩍쩍거리고, 이는 인터넷보다 더 흥미진진하다. 잠시 후 나는 숲 속을 거니는데, 사방에서 물소리가 들려온다. 눈이 녹고 있다. 아직 보이지는 않아도, 밤이면 다시 얼어붙는 땅의 표면층 아래에서 물이 꿀렁거리며 졸졸 흘러가는 소리가 들린다. 물은 떠나고 싶은 것이다. 길을 따라 물이 빠르게 흐르고 오솔길은 진창이 되어, 언 눈이 아직 남아 있는 곳은 걷기가 어렵다. 길모퉁이에는 햇빛 속에 벤치 하나가, 그 맞은편에는 벌목한 나무 몇 그루가 길게 누워 있고, 줄기를 타고 올라간 담쟁이덩굴이 계속 더 뻗어 나가서 나무의 죽은 몸통 위로 자라고 있다. 나무줄기를 휘감은 그물망에 자리한, 끝이 우아하게 뾰족한 선명한 초록색 잎들이 운치 있고, 간혹 작은 열매 송이들이 보인다. 죽음에 들러붙어 있는 생명들. 올해 들어 처음으로 말똥가리의 새된 소리가 들린다. 자기에게 희생될 이들에게 보내는 경고, 하지만 나에게도 해

당된다. 말똥가리는 얼마 동안 내 머리 한참 위에서 하얀 풍
경 위로 천천히 큼직한 원을 그린다. 마치 그 크기를 가늠하
고 싶다는 듯이. 울부짖는 소리는 손아귀에 넣었다는 의미,
그리고 나는 거기에 납작 엎드리는 편이 좋다는 의미이다.

43

귀환.

결코 익숙해지지 않는다. 앞의 문장은 독일의 추위에 대
한 것이었고, 다음 문장에서는 스페인의 더위에 관해 이야
기할 것이다. 나는 벌써 반세기가 넘게 이 섬에 오고 있다.
올 때 프랑스를 거치는데, 친구 집이나 예전부터 가보고 싶
던 곳을 들르면서 길을 돌아서 온다. 그러면 스페인에 항복
할 수밖에 없는 순간이 늘 찾아온다. 하지만 점점 더 무너지
는 징조가 보이는 이런 나라에서 나그네는 천차만별의 스페
인 중 어느 스페인을 선택하는가? 나는 바스크 지방에서 아
라곤과 카탈루냐를 거쳐 섬으로 들어온다. 반세기 전부터
유럽은 여러 나라로 구성된 단일국이 되려고 애쓰고 있지만
스페인은 묶인 끈을 풀고 달아나고, 중앙집권적 과거에 대
한 대가를 치르며 자신들을 국가라고 칭하는 억눌린 옛 영

혼들을 찾아 나선다. 금지되고 감춰진 언어, 잘못 알려진 역사의 권위적인 시대를 떠나려 하고, 반대로 움직여 자신을 찢으며, 부패와 오만에 대한 대답으로 더이상 나라이고 싶지 않은 나라가 되고, 심지어 이제는 나라들의 집합이 아닐지도 모른다. 이제 그것은 하나의 국기國旗 대신 국기들, 국가들, 특성들이 만드는 다채로움을 원한다. 스페인, 그것은 시대를 거스르고 있다. 하지만 그것은 더이상 단수가 아니고 하나의 단위도 아니다. 그것은 가능성들이 만드는 무정부주의적인 만화경이며, 그것이 어디로 향해 가는지는 아무도 알지 못한다. 그리고 그 나라를 사랑하는 누군가는 한쪽 옆에 서서 무슨 일이 일어날지 바라보며 기다린다.

이것이 해마다 내가 섬으로 떠나는 날들의 풍경이다. 자동차 지붕에 짐가방을 올려놓지만 않았을 뿐, 불가리아 집 시마냥 넉 달 치 짐과 컴퓨터, 책, 옷이 차에 가득 실려 있다. 우리는 자동차를 몰고 북프랑스의 옛 카르투시오 수도원을 거치고, 그다음엔 노르망디의 친한 친구 집에 들르고, 방데 지방의 어느 강변 여관에 묵었다. 소란을 등 뒤로 하고 처음으로 한숨 돌리면서 물가에 앉아 건너편 풍경과 거위들을 구경했다. 다음 여관도 물가에 있었는데, 아직은 프랑스 피레네 지방이다. 세찬 물줄기 소리, 조약돌 위를 내달리는 물. 침대에 누워서도 돌이 구르는 소리가 들리고, 물은 거기서 그것 말고 다른 일이라고는 해본 적이 없다는 듯하다. 비행기로 여행하면 이런 것이 없다. 실제로 다른 나라에 간다는 느낌 말이다. 도착한 공항과 출발한 공항이 흡사하며, 세관이 없고, 동일한 통화, 동일한 상표를 사용한다. 다른 것이라고는 신문뿐, 반년 전 뒤로 하고 떠나온 사람들의 골칫거리들을 다시 접한다. 분열, 새로운 정당, 과거 움직임에 대한 혐오. 스페인에는 항상 항복할 수밖에 없고, 당신은 어딘가를 통과해야 한다. 역사에서 비롯된 눈에 보이지 않는 국경을. 이번에 내가 선택한 산길은 좁고 무척 가파르다. 마을은 거의 없고, 길모퉁이가 끝없이 나오며, 높은 산맥이 솟아 있다. 그러다가 거의 갑자기 다른 시스템, 다른 언어, 아라곤, 오래된 나라가 등장한다. 아래로 내려갈수록 점점 더 환경이 메말라서 도저히 살 수가 없어 보이고, 암벽 사이의 황량한 평원에는 가축들이 있으며 차들은 보이지 않는다. 나는 숱한 여행 후에 나의 또 다른 인생을 경험하는, 스페인의 삶에서 다시 집으로 돌아오는 이 정신적 훈련에 익숙하다. 스페인은 쉬운 나라인 적이 한 번도 없었고, 어떤 것도 선물로 주지 않는다. 그 나라가 나를 어떻게 감싸는지, 안으로 끌어당기는지, 나에게 정복되기를 원하지만 자신의 법을 어떻게 강요하는지 느낄 수 있다. 억척스러운 아름다움의 풍경, 드넓게 펼쳐져 군대가 가로질러 전진하도록 만들어졌으며, 강은 바닥을 드러내 건너갈 수 있는 지점들이 있고, 거대한 돌로 지은 오래된 다리가 있다. 하나같이 역사의 내음을 물씬 풍긴다. 이베리아인·아랍인·서고트인·로마인의 내음. 이 풍경 속에서 살아가는 사람들에게 제 유전자를 남겨놓은 이들. 지명들은 저마다의 이야기를 들려준다. 소스 델 레이 카톨리코Sos del Rey Católico, 에헤아 데 로스 카바예로스Ejea de los Caballeros, 알모나시드 데 라 시에라Almonacid de la Sierra. 어둠이 내리면 알카니즈Alcañiz의 칼라트라바 성이 보인다. 성은 자그만 도시의 언덕 높은 곳에 서 있다. 성을 건설한 사람은 이 지방의 절반을 내다볼 수 있었으며, 그들의 문장紋章은 깃발에 새겨져 아득한 옛 시절의 방패 휘장 및 봉신들의 이름과 함께 연회실의 높은 천장 아래 매달려 있다. 언젠가 나는 이곳에 혼자 온 적이 있다. 거대한 방의 다른 탁자에는 어떤 남자가 홀로 앉아 글을 쓰고 있었다. 우리는 먼발치에서 서로를 바라보며 웃었다. 결코 잊지 못한다. 그것은 마치 거울 이미지 같았다. 밖에는 우리가 타고 갈 말들이 서 있었고, 다음 날 우리는 우리가 거느리는 여러 부대에 합류할 터였다. 밤이 되면 나는 성가퀴에 서서, 물론 계속 아이인 채로 남아 엘 시드El Cid나 무와히드 왕조의 군대가 지나가는 모습을, 아니면 마이모니데스Maimonides가 율법학자들에게 둘러싸여 있는 모습을 본다. 글을 쓰며 사는 사람들에게 판타지는 절대로 멀리 사라지지 않는다. 다음 날 알카니즈는 흙먼지로 뒤덮이고, 나는 언제나처럼 〈헤럴드 드 아라곤Herald de Aragon〉 신문을 산다. 여기서 오늘의 큰 뉴스는 마을과 도시의 고유한 뉴스에 자리를 내주어야 한다. 스페인은 파트리아 치카patria chica의 나라, 곧 작은 고향의 나라로 남아 있으며, 나라가 갈라져도 그렇게 남아 있을 것이다. 테루엘, 사라고사로 가는 표지판들이 보이지만, 나는 마에스트라즈고를 거쳐 가는 샛길을 택한다. 바다까지는 도저히 사람이 살 수 없는 야생이다. 햇빛을 반사하는 바다, 여름 내내 내 주변에 있을 그 바다. 지금처럼 드넓은 평원의 모습이 아니라 도시의 항구로, 높은 바위 사이의 만灣으로, 포세이돈의 고향으로, 그리고 밤의 수런거리는 소리 속으로.

44

대도시는 전령을 보내온다. 차들이 자욱이 연기를 내더니 증류되어 당밀로 변한다.

화물차들이 피우는 검은 향불 사이로 집들이 고속도로를 따라 서 있고, 거기에 사람들이 산다. 바르셀로나. 언제가 처음이었더라? 1954년? 모든 것이 변해 코스모폴리스가 되었지만 정작 변한 것은 없다. 터널을 지나, 섬으로 떠나는 배를 탈 오래된 항구로 간다. 차를 안전한 장소에 두고 시내에서 몇 시간을 보낸다. 라 센트랄 서점, 텅 빈 풍경 뒤에 만나는 인파, 잘못된 연극 속에 당도한 듯하다. 늘 그렇듯이 배는 밤에 출발하고, 탑승까지는 시간이 한참 걸린다. 자동차를 선적하는 아래층 갑판의 차고, 연기와 악취, 엉터리 세계의 환영 같다. 원형 교차로의 콜럼버스는 높은 기단 위에 서서 이탈리아를 또는 어쩌면 인도를 바라본다. 그는 다른 방향으로 가서, 이미 거기에 있었지만 아직 그 이름으로 불리지 않았던 아메리카를 발견한다. 보통은 수르바란 호가 메노르카 섬으로 가는데, 이번에는 통로가 미로처럼 좁은 이탈리아 배다. 처음 몇 시간 동안은 언제나 허깨비를 보는 듯한 구석이 있다. 밖에서는 육지가 사라지는 모습이 보이고 불빛이 서서히 가물거리다가 꺼지며, 객실 입장권이 없는 승객은 텔레비전 주위에 모여 바다 안개 속에 얼굴을 드러낸다. 해상에서는 전파가 잘 잡히지 않고, 그러니 이제 우리는 세상에 속하지 않는다. 갑판 저 밑에는 화물차들이 전투 대열로 정렬되어 있고 그 뒤에는 검은 물이 가볍게 출렁인다. 예전에는 이것보다 배가 더 작았다. 그때는 라운지에 독재자의 초상이 버젓이 걸려 있었고, 훗날에는 현재 늙은 왕이 된, 아, 무척이나 어린 왕의 초상이 걸려 있었다. 종업

마온 항.

원들은 흰색 옷을 입고 있었는데, 어쩌면 내 상상일지도 모르겠다. 당시에는 이데알레스Ideales라는 스페인 담배의 묵직한 냄새가 배 안에 풍겼고, 밤은 길어 보였지만 짧았다. 아홉 시간 걸리는 항해인데 벌써 약간의 회색빛이 객실 안으로 스며들어온다. 섬이 벌써 보이는 것인지 현창으로 살펴보지만, 세상은 아직 비어 있다. 그래도 일단 바깥으로 나가보니 안락의자butacas에 앉아 밤을 보낸 남자들이 면도 안 한 얼굴로 난간에 기대어 있고, 후미 갑판 어딘가에서 개집에 갇힌 개들이 낑낑대며 울기 시작한다. 바다 표면은 안개로 뒤덮여 거의 움직이지 않는다. 시간이 존재하지 않는 기이

한 찰나 중 하나, 그러다가 가없이 멀고 뿌연, 섬의 첫 윤곽이 모습을 드러낸다. 가장 가는 연필로 그린 소묘, 푼타 나티Punta Nati의 실루엣, 어쩌면 불빛이 깜빡이는 등대도. 예전에 거기서 산책을 했던 기억 때문에 이 섬의 언어로 된 지명들이 호칭기도를 올릴 때처럼 줄줄이 떠오른다. 푼타 데 세스쿨라르Punta de s'Escullar, 캅 흐로스Cap Gros, 칼라 델스 알록스Cala dels Alocs, 이예스 블레데스Illes Bledes, 캅 데 카바예리아Cap de Cavalleria, 이야 흐란 다다이아Illa Gran d'Addaia, 캅 데 파바릭스Cap de Favàritx. 그런 다음 높은 요새들을 따라 왼쪽 오른쪽 흔들흔들 큰 폭으로 커브를 돌면 마온Mahón 항구의 입구가 나오고 지중해의 가장 오래된 자연항에 도착한다. 언덕에 기댄 도시, 도시 위의 요새 같은 교회, 또 다른 집에 돌아온다.

45

모두 다 새로 정복해야 한다. 부재로 인한 벌이다. 파피루스는 12월 이후로 다시 키가 커졌다. 그러니까 비가 많이 내린 것이다. 아이오니움 잎들은 쪼그라들어 몸을 움츠렸고 겨울에 피는 키가 큰 노란색 꽃탑들을 잃었다. 종려나무들은 오래전에 자기들을 심어준 남자를 알아보지 못한다. 우루과이에서 온 침입자를 막는 주사를 맞고 기분이 영 상한 모양이다. 소나무 아래에는 연갈색의 바늘잎 침대가 놓여 있으니 첫 번째 과업이 되겠다. 납풀은 꽃이 피지 않았고 새 협죽도들도 마찬가지인데, 오래된 협죽도는 키가 더 자랐고 꽃이 조금 피었다. 반란은 아니지만 그런 분위기가 감돈다. 이들은 불만스러운 것이다. 셰크가 얇은 검은색 호스로 관개 시스템을 설치했지만, 이들은 인간이 물을 주기를 원한다. 내 작업실 옆의 무화과나무만 두 배가 된 것 같다. 따로 물을 더 주지 않아도 되겠다. 그 뒤에 뭔가를 잔뜩 숨겨놓을 수도 있는 커다란 잎들 사이로 단단한 작은 열매들이 곳곳에 보인다. 얼추 두 달은 더 기다려야 한다. 그리고 마지막으로 담장 앞, 선인장과 다육식물들이다. 아놀드 슈바르츠코프는 두툼한 검은 잎들이 오닉스처럼 반짝인다. 필사적으로 위로 자라서 이제는 거북이들이 맨 아래 잎에 닿지 않는다. 몇 발짝 더 가니 독립선언 같은 놀라운 광경이 펼쳐져 있다. 거기 있는 다육식물의 크고 두툼한 잎들은 지난해보다 한층 더 요란스레 첩첩이 포개져 있는데, 줄기들이 길쭉하게 높이 솟아올랐고 그 끝에는 종 모양의 꽃들이 둥글게 무리지어 있다. 두들레야인지는 잘 모르겠다. 이태 전 내가 구입할 때 가게에서는 선인장이라고 했지만 어쨌거나 선인장은 분명 아니다. 한 가지는 확실한데, 이 식물들은 전부 다 누구의 도움도 없이 살아남은 강한 군대라는 점이다.

에키노 선인장에는 붉은 가시들이 여전하지만, 옆쪽으로는 장차 꽃이 될 돌기도 돋아나고 있다. 오랫동안 만나지 못했는데도 선인장들은 인사를 하는 법이 없다. 옆으로 가지들을 내어 자신이 멕시코에 있는 척하는 선인장과는 그저 서로를 바라보며 잠시 서 있다. 내가 그 옆에 가서 서보면, 그새 그것의 키가 커졌거나 아니면 내가 쪼그라들었음을 알 수 있다. 또 다른 선인장은 몸통이 가늘고 온몸에 무기를 장착했으며, 선 하나로 된 일차원에 가까운데 이제는 속이 다 들여다보일 정도다. 그리고 외따로 서 있는 네 번째 선인장은 내가 '군인'이라고 부르는 품위 있는 미르틸로칵투스 제오메트리잔스Myrtillocactus geometrizans[67]로, 언제나처럼 차려 자세를 취하고 있으나 경례는 하지 않는다.

그런데 이것들이 진짜 이름이 맞을까? 아니면 내가 그저 허풍을 떠는 걸까? 지금 내 수중에는 독일어로 된 선인장 도감 세 권이 있지만, 내가 확신할 수 있는 유일한 것은 오래전 내가 이곳에 처음 왔을 때 이미 이곳에 있었던 강한 그룹은 9월, 10월이면 무르익은 열매가 될 부분의 끝에 올해

---

67) 용신목 선인장.

군인: 미르틸로칵투스 제오메트리잔스.

도 어김없이 노란색의 작은 꽃들을 피웠다는 점이다. 그들
은 추호의 의심도 불러일으키지 않으니, 정원에 들어오는
사람 누구나 그들을 선인장이라고 부르고, 군대처럼 또는
노조가 총파업을 할 때처럼 서로 바짝 붙어 서 있다. 키가
커서 나를 위에서 내려다보는데, 나는 공장주이고 그들은
임금 인상을 원한다. 그들은 피아노는 절대로 칠 수 없을 만
큼 손이 크고, 열매도 기꺼이 넘겨주지 않으며, 가시는 거의
보이지 않지만, 하룻밤만 지나면 가시가 나올 거라는 걸 느
낄 수 있다. 그러니 피부에 닿을 만큼 가까이 가지 않는 것

이 좋다. 나는 나머지는 그냥 모른 채로 산다. 선인장 도감이 털이 많은 원추형과 남근형 변종에 대한 새 명칭으로 여러 가지 라틴어 이름과 독일어 이름을 제안하는 통에 나는 어질어질해진다. 내가 일하고 있을 때면 그들이 내 주변에 서 있다는 것이 느껴진다. 그들은 바람에 동요하지 않는 가장 조용한 거주자들이고, 나는 그들의 신비로움과 함께 살아간다. 그들은 내 동무들이다. 내 동시대인들에게는 페이스북과 트위터가 있다. 다시 세상에 나갈 때면 나는 기차와 버스에서 내 주변에 있는 사람들이 스마트폰을 든 채 곧 사라질 친구들을 위해 손가락을 민첩하고 바쁘게 움직이는 모습을 보곤 한다. 이곳의 내 친구들은 가만히 서서 아무 말도 하지 않는다. 그들은 거기에 있다.

46

내 작업실은 아주 크지는 않지만 밝다. 이곳은 농지라서 건물을 짓지 못하지만 토지 안에 돼지 축사가 있었고 그 윤곽이 남아 있었기 때문에, 축사의 기초와 돌투성이 땅의 오래된 자갈들, 바닥재의 잔재, 볏단 색이 된 죽은 엉겅퀴, 잡초가 있는 바로 그 자리에는 작업실을 지을 수 있었다. 그러니까 나는 돼지 축사에서 글을 쓴다. 돼지는 머리가 좋은 동물이니, 그들의 생각이 조금이라도 여기에 남아 있으면 좋겠다. 이제 나에게는 돌로 쌓은 네 면의 벽이 있다. 돌은 높이보다는 폭이 긴데, 이곳에서 마레스mares라고 부르는 사암 종류다. 자연석이어서 색이 균일하지 않으며 표면도 마찬가지다. 지금처럼 내가 글을 쓰고 있을 때 내 바로 앞에 보이는 벽인데 무척 밝은 모래색이다. 섬의 여기저기에 깊은 채석장이 있어서 거기서 폭 60센티미터, 높이 33센티미터짜리의 이 돌들을 캐낸다. 건축가는 작은 창문을 아홉 개 만들어놓았지만, 나는 자리에서 일어서야 바깥을 내다볼 수 있다. 그는 내가 딴 데 정신을 팔지 않기를 바랐던 것이다. 스탕달은 그림을 곧잘 그렸는데, 자전적인 소설 《앙리 브륄라르의 생애》에 그가 어느 장소를 설명하기 위해 그려놓은 스케치가 생각난다. 잉크로 후다닥 휘갈긴 소박한 그림이었지만 나는 그만한 실력조차 없다. 만약 내가 앞에 있는 벽을 투시할 수 있다면, 정원과 그 너머의 집을 보게 되리라. 왼쪽에는 큰 유리문이 있는데, 거기로 선인장 두어 개, 보리수, 무화과나무 그리고 쪽문이 난 돌담이 보인다. 그 쪽문으로 나가면 나머지 토지가 나오는데, 거기에는 어쩌다 한 번씩 말고는 모습을 보여주지 않는 거북이들이 산다. 그들은 은밀한 장소에 사는데, 필시 작가들인 모양이다. 거북이는 모든 동물 중에 작가들과 가장 흡사한 동물이다, 그 등딱지만으로도. 그 땅에는 열매를 맺지 않는 야생 올리브 나무가 자라는데, 내가 없어도 잘 자란다. 이번 겨울에 셰크와 모하메드가 마구 자란 덤불들을 걷어내준 덕분에 이제 그쪽으로 다시 걸을 수 있게 되었다. 좀 더 가면 반야생의 포도나무가 담장에 기대어 자라고 있는데, 두 사람은 이 포도나무를 살려놓았고 처음으로 포도 몇 송이가 다시 열렸다. 나무줄기―오래 묵은 목재 같은 것을 그렇게 부른다면―는 고문을 당한 듯 그을리고 비틀린 모습이다. 어떻게 거기서 열매들을 맺게 하는 생식능력이 나오는 걸까? 백 살은 된 듯한 포도나무 줄기는 돌담에 달라붙어 있고, 붉은 땅까지 닿은 연두색 잎들은 거북이들이 갉아먹어서 거북이 주둥이 모양의 상처가 남아 있다. 여기서는 모든 것이 오래 묵었다. 나역시. 나는 포도나무의 성서적 기원에 경의를 표하며, 8월에는 그 열매를 맛볼 것이다.

47

　작업실 문 개방은 해마다 치르는 의식이다. 모든 창문에는 작은 덧문이 달려 있는데, 이 덧문이 없으면 벌레가 너무 많이 들어온다. 말라비틀어진 딱정벌레 껍질, 겨울에 살아남지 못한 바싹 마른 도마뱀이 늘 발견되곤 한다. 실내가 얼마나 어두울지 상상해보려고 했지만, 내 책들은 그것에 대해 아무 말도 해주지 않는다. 작은 덧문을 죄다 열어젖히고 나면 창문을 열 수 있다. 만만치가 않다. 창문들은 더이상 나를 배려해주지 않았다. 열쇠와 자물쇠가 저항하다가 갑자기 버티기를 멈추고, 창문이 순순해지더니 빛이 안으로 쏟아져 들어온다. 가장 먼저 눈에 들어오는 것은 스페인어판 '바벨의 도서관' 총서, 그러니까 보르헤스가 필독서로 생각하는 환상문학의 대표작들로 꾸린 선집이다. 카프카, 체스터턴, 블루아, 키플링, 스티븐슨 등 그가 모시는 뭇 성인聖人들. 볼테르의 《미크로메가스》, 오스카 와일드의 《아서 새빌 경의 범죄》, 《천일야화》의 버튼판과 갈랑판까지 총 33권. 나는 이 모든 책을 30년 전에 마온의 카톨리카 서점에서 샀다. 모든 것이 12월에 내가 떠날 때 그대로다. 6개월 동안 책들은 스스로를 읽었고, 내게 보이는 것은 책을 읽는 내 자화상이다. 그리고 동시에 내가 아직 읽지 않은 것은 나만 알고 있기에 나를 속이는 자화상이기도 하다. 나는 여기에 있는 모든 책과 내가 읽지 않은 책도 지금의 나를 만들었음을 알고 있고, 모든 것을 원하지만 아무것도 선택하지 않는 사람의 자의로 책 안팎을 배회한다. 이 이야기는 나중에

또 할 것이다. 천장 역시 마레스로 만들어졌으며, 그 위에
는 흰색 들보들이 약간 구부러져 살짝 삼각형을 만든다. 뒤
쪽 벽에 있는 책 선반 다섯 개도 흰색이며, 맨 위 선반에는
단테에 관한 책《단테의 삶과 시간The Life and Times of Dante》
이 맞은편 창문에서 들어오는 환한 빛에 잠겨 있다. 이 책도
내가 실제로 읽기 전에 백 번은 읽었다. 표지 그림은 피렌
체의 산타 마리아 델 피오레 대성당에 있는 도메니코 디 미
켈리노의 프레스코화[68]다. 그림 속에서 시인은 진홍색 옷을
입고 연옥 산 앞에 서서 자신이 쓴 책의 첫 장을 펼쳐서 들
고 있다. 연옥, 푸르가토리오Purgatorio, 연옥 산, 그곳은 느리
디느리게 천국으로 올라가면서 죄의 더러움을 씻어내는 장
소다. 중세 학계에서 많이 다룬 신학적 연금술에서 도덕(처
벌)은 기간(시간)과 섞인다. 파헤뷔르Vagevuur[69]라는 단어가
더 아름다운데, 이는 이 단어의 영적 이웃인 포르헤보르흐
터Voorgeborchte(림보)[70]와 함께 가장 아름다운 네덜란드어 단
어에 해당한다. 교회가 연옥이라는 단어뿐만 아니라 '정화
하는 불'이라는 개념 또한 폐지해 'rien ne va plus'[71]의 길을

68) 피렌체 대성당에 있는 그림 〈단테의 신곡〉을 말한다.
69) '정화하는 불'이라는 뜻의 네덜란드어. 라틴어의 푸르가토리우스 이그니스
    purgatorius ignis에 해당한다.
70) '지옥의 문'이라는 뜻의 네덜란드어.
71) '주사위는 이미 던져졌다' '모든 것은 이미 결판났다'는 말.

갈 거라는 사실을 단테가 알았다면 충격을 받았으리라. 그
곳은 이제는 우리가 갈 수 없는 장소지만, 그 프레스코화에
는, 그러니까 그 책 표지에는 아직 존재했다. 죄인들은 보이
지 않는 채찍 아래 몸을 구부린 채 벌거벗은 몸을 질질 끌고
원을 그리며 위로 올라간다. 그 시에서도 그들은 느리기 짝
이 없게 움직인다. 천국에 들어가야 하기 때문이다. 이미 그
들을 책에 썼기 때문에 시인에게는 그들이 보이지 않는다.
그는 그들에게 등을 돌리고 미동 없이 서 있다. 오른손은 딱
히 뭔가를 가리키지 않은 채 뻗고 있고 왼손에는 책을 펼쳐
서 들었다. 생각에 잠긴 표정이며 응고된 핏빛의 베레모 비
슷한 모자에는 월계관을 둘렀다. 푸르가토리오로 들어가는
입구는 좁은데, 여기서 프레스코화에는 뚜렷이 드러나지 않
은 도덕적 지리地理를 이야기해볼 수 있다. 먼저 반反연옥이
있어서 영혼은 대기 공간에서 못내 기다려야 하고(1~9곡) 그
런 다음 실제 연옥에서 일곱 가지 대죄 하나하나를 씻어낸
다(10~27곡). 여기서 교만한 자들은 가장 많은 벌을 받는데,
산을 오르려는 이들은 이미 영혼이지만 더이상 존재하지 않
는 육체에 물리적으로 벌을 받는다. 그 자체로 고약하고 경
악스러운 일이다. 몸이 없는데 고통은 느껴진다. 연옥 산의
일곱 개 층에서 모든 일이 일어난다. 이미 지상에서, 중세
시대에 아케디아[72]라고 불렸던 별난 형태의 우울증에 시달

렸던 그 사람들이 어쩌면 지금 거기에 앉아 있거나 누워 있는지도 모른다. 여전히 인간의 모습을 닮은 그 영혼들은 그러다가 달리기 시작하고, 산꼭대기에는 낙원의 신성한 숲이 자리하고 있으니, 모든 것이 시작된 곳이다. 추방된 시인은 세상을 떠날 때까지 장기간에 걸쳐 써내려갔고 600명의 인물을 등장시킨 이 각운 3행시의 끝부분에서 그의 눈을 부시게 할 빛을 보게 될 것이다. 신비로운 비지오 데이.[73] 그가 그것을 묘사하려고 할 때면 말을 웅얼거릴 수밖에 없지만, 문학의 역사상 그보다 더 아름다운 웅얼거림은 없었다. 쿠르트 플라슈Kurt Flasch의 훌륭한 책《단테 읽기로의 초대 Einladung, Dante zu lesen》는 천국, 지옥, 연옥의 지리를 마치 여행을 떠난 듯이 묘사한다. 단테에게는 악마 또한 영적인 존재였으나 천국에서 쫓겨나면서 지구에 떨어져 운석처럼 깔때기 모양의 분화구를 판 존재였다. 지옥이 되는 구멍, 프레스코화 속의 남자가 베르길리우스와 함께 그 동굴을 통과해 아래로 아래로 내려간 곳. 그 충격에 떨어져나온 땅덩어리는 지구의 텅 빈 반대편인 남반구의 바다 표면에서 우리가 연옥이라고 부르는 산이 되었는데, 이는 예루살렘 정반대쪽에 위치하며, 무한한 바다에 덩그러니 솟은 높은 바위산

---

72) acedia, 가톨릭교회의 칠죄종七罪宗 중 하나로 '나태' '무기력'을 뜻한다.
73) visio Dei, '하느님을 보다' '신을 보다'라는 뜻.

이다. 오디세우스도 그리로 항해해가려고 했지만, 동료들과 함께 풍랑에 삼켜지고 말았다. 이 내용은 단테의 시에도 나온다. 오디세우스는 왜 죽어야만 했을까? 그가 금기를 위반했기 때문이다. 이것이 그가 지옥에 있는 이유일까? 아니다, 그건 트로이 목마 때문이다. 속임수는 다른 부류의 죄다. 그래서 오디세우스는 이타카로 돌아가지 않았던 걸까? 아니면 단테가 《오디세이아》를 읽지 않았던 걸까?

48

나는 책을 다시 제자리에 갖다 놓는다. 거기가 시인이 내 작업실을 들여다보는 자리다. 그 프레스코화에 어찌나 많은 세상이 들어 있는지 내가 몸담은 이 작은 공간이 상상력으로 가득 찬 듯 보일 지경이다. 영락없이 그렇다. 갑자기 뭇 책들이 다 그 한 권의 책에서 비롯했거나 아니면 그 시대착오적 소용돌이 안에서 책들끼리 신비로운 방식으로 서로를 알고 있는 듯 보인다. 그 안에서 조지프 브로드스키는 자연스레 제임스 조이스와 일가이고, 따라서 호메로스와 토머스 엘리엇과도 자연히 일가가 되며, 단테가 베르길리우스의 우주를 드나들었듯이 모두가 단테의 우주를 방문하곤 한다. 은밀하거나 그렇지 않거나 하나의 가족관계와 돌고 도는 유전자를 도처에서 감지할 수 있지만, 나는 편집증에 빠지기 전 불현듯 단테의 초상 바로 아래에 있는 그림[74]에 보이는 얼굴 하나에 시선을 빼앗긴다. 눈을 감고 있어서 자신은 아무도 보지 못하는 한 남자다. 그들은 스스로는 알지 못했으나 아무튼 거의 동시대를 살았다. 하지만 선정禪定에 든 그 자세를 피렌체의 시인은 알아보았으리라. 수도복을 입은 그 남자는 나무의 가장귀에 앉아 있는데, 머리는 빡빡 밀었고 손을 포개었다. 그의 옆에 있는 나뭇가지에 걸린 향로 역시 눈에 익다. 오직 나무만이 다를 뿐. 동방의 나무들인데, 잎과 바늘잎들이 달려 있고 칡 같은 덩굴이 나무를 칭칭 감은 모습이 수묵으로 세밀하고 가볍게 그려져 있다. 그 아래 땅바닥에는 높은 나무통굽이 달린 이상한 샌들이 놓여 있고, 공중에는 진짜 새처럼 보이는 작은 새 두 마리가 날고 있다. 이 남자는 심지어 단테의 눈에도 외계 생명체로 보이지는 않겠지만, 지구상의 존재도 아니다. 그는 자신의 내면을 바라보고 있으며, 거기서 무엇이 보이는지 우리는 알지 못한다. 므스티슬라프 로스트로포비치가 암스테르담 니우에케르크Nieuwe Kerk 교회의 설교단에서 바흐의 첼로 협주

---

74) 묘에상인의 수상좌선상(明惠上人樹上坐禪像)을 말한다.

곡을 연주했을 때, 어쩌면 나도 스스로는 알지 못했지만 그렇게 보였을 것이다. 나는 오래전 교토 근교에 있는 작은 사찰인 고잔지高山寺에서 이 그림을 처음 보았고, 그 후로 수년간 그곳에 여러 번 다녀왔다. 절에 다른 방문객은 좀처럼 없었다. 그림은 정원으로 이어지는 밝고 열린 공간에 걸려 있는데, 정원으로 통하는 계단 맨 위에 앉을 수 있다. 연못, 이끼로 뒤덮인 돌들, 가을색의 나무들. 그리고 그 남자가 언제나 가만히 앉아 있는 그 초상으로 잠시 고개를 돌리면, 그간의 세월 동안 그는 움직이지 않았고 움직인 사람이라고는 나뿐이었다. 그의 이름은 묘에明惠, 1173년부터 1231년까지 살았으며, 밀교 진언종파의 학승이자 그 사찰의 설립자였다. 나는 불교 신자는 아니지만 그 정원에 앉아 있기를 좋아한다. 좀 멀리 있기는 하지만 말이다. 그래서 나는 묘에를 이곳으로 모셔왔다. 단테와 묘에, 두 명의 거장. 한 명은 무언가를 바라보고 있고, 다른 한 명은 눈을 감고 있다. 그들은 함께 보들레르, 키르케고르, 예이츠와 몬탈레, 파르메니데스와 프루스트, 그리고 이곳에서 겨울을 보내게 될 사람을 지켜보고 있다. 그들은 굉장히 사이좋게 지낸다. 진언종은 우리가 스스로 알지 못한 채 이미 깨달음을 얻었다고 가르친다. 마음이 차분해지는 사유다. 가령 당신이 세상의 수수께끼를 충분히 오랫동안 바라본다면 절로 눈이 부실 것이며, 그것은 과연 너무 많은 빛과 관련 있다. 단테가《신곡》의 마지막에서 본 것은 더이상 이야기하기 어려웠던 너무 많은 빛이었다. 그 침묵이 얼마나 설득력이 있었는지는 그가 그 빛으로 쓴 듯한 시의 마지막 네 줄에 나와 있다. 지옥, 연옥, 천국. 그것은 공포로 가득한 긴 여정이었고, 각운의 3행시에서 다음 행으로 끊임없이 이어지는 파도이자 바다 같은 시였다. 그것은 1300년 성금요일에 시작하여 7일 후에 끝난다. 첫 단어들은 1308년에, 마지막 단어들은 죽기 1년 전인 1320년에 썼다. 7일, 12년, 14233행, 100곡으로 된 시 한 편. 무려 700년 가까이 사람들의 마음을 사로잡고 있는 단어들. 적어도 우리 중 어떤 사람들의 마음을.

49

이곳에 찾아드는 손님들 중 어떤 이들은 발이 두 개이고, 어떤 이들은 네 개이며, 발이 더 많은 것은 물론 날개까지 있는 경우도 있다. 다리가 넷인 몇몇은 벽을 수직으로 올라갈 줄 아는데, 보통 저녁을 먹고 난 시간에 와서 뭔가를 더 원하기도 한다. 여기서는 그런 식으로 거의 모두에게 약속이 정해져 있고, 그 약속에 가고 싶다면 시간을 지켜야 한다. 그러니까 누가 언제 오느냐 하는 것은 시간과 관련된 문제다. 이를테면 카르멘은 수요일 9시에 시모너의 손을 거들러 온다. 셰크와 모하메드는 나무나 화초에 무슨 일이 생기면 온다. 지난주에 그들은 섬에 돌고 있는 행렬모충 전염병을 퇴치하기 위해 소나무에 비닐로 된 이상한 물건을 매달았다. 나는 그것을 위험한 둥지마냥 높은 나뭇가지에 매달아 놓은 모습을 본 적은 있지만, 누가 어떻게 그 안에 들어가거나 다시 나오는지 이해할 수 없었다. 그것을 걷어내자는 내 제안은 약간은 웃음거리로 받아들여졌지만, 이해할 수 없기는 지금도 마찬가지다. 재앙은 이미 발생했거나 다시는 발생하지 않거나, 둘 중 하나였다. 나무에 매달려 있던 고깔 모양의 작은 조형물은 우리 눈에 보이지 않는 생물체들에게 오랜 시간에 걸쳐 작동해와서 이제는 장식품이 되었고, 이는 더이상 위협이 되지 않는다는 의미이며, 지금 매단 비닐봉지 역시 어떤 위험물로도 보이지 않으리라. 나는 이미 섬 여기저기에서 봉지들이 매달려 바람에 우아하게 흔들리는 모습을 보았다. 그것이 흔들리면서 햇빛을 받으면, 덫이라기보다는 오히려 장식처럼 보였다. 그도 그럴 것이, 그것들은 진짜로 장식품이었다. 그것들은 무언가를 숨겨놓고 있다. 내가 맡을 수 없는 냄새, 내가 감지할 수 없는 미끼. 하지만 나방을 끌어들여 바로 거기에 알을 낳게 해야 한다.

그래야 유충이 붙잡힌 상태로 부화한다. 어쩌면 아직 그 단계까지는 가지 않았을 수도 있지만, 저 높은 곳에 매달린 둥지는 오늘 바람에 사납게 흔들리고, 비닐봉지들은 유도柔道와는 무관한 검은 띠를 아래쪽에 두른 채 그 안이 아직 텅 비어 있음을 나에게 보여줄 만큼 충분히 낮게 매달려 있다.

행렬모충. 어렸을 때 나는 축일 행렬에 참여한 적이 있다. 하지만 그때 우리는 그 애벌레들 같은 모습은 아니었다. 적어도 꼬리에 꼬리를 물고 걷지는 않았다. 그런데 그 애벌레들은 그렇게 기어간다. 인터넷상의 사진을 보면 털북숭이 생물체들이 서로 길게 연결되어 있다. 사진 속 애벌레들은 움직이지 않고 가만히 있지만 실제로는 느릿느릿 그러나 우악스럽게 전진하고 있음을 알 수 있다. 쐐기털이라고 불리는 그 털들은 상처를 입힐 수 있고 갈고리가 있으며, 다 함께 행렬을 이루면 공포영화에 나오는 털 난 뱀이 된다. 그것들의 어미—그렇게 불러도 된다면—는 나방이다. 우리 집의 종려나무를 목표로 삼은 침입자와 마찬가지로 놀랍도록 아름다운 나방으로, 회색에 가까운 희한한 연갈색을 띠고 있다. 장인이 수제로 제작하는 오트꾸뛰르 복장에나 사용되는 색인데, 타우메토포이아Thaumetopoea[75] 또한 오트꾸뛰르

---

75) 행렬모충의 어미인 나방의 학명.

처럼 보인다. 타우마Thauma는 '경이로움'이라는 뜻이며, 포이아poea는 포이에오poieo와 같은 어근으로, '만든다'뿐 아니라 '시를 짓다'라는 의미도 있다. 따라서 내 적들의 어미는 여성 시인이라는 말인데, 나는 인정하기 어렵다. 아네커 브라싱아Anneke Brassinga, 네일처 마리아 민Neeltje Maria Min, 엘마 판 하런Elma Van Haren같은 여성 시인들은 그 이미지에 들어맞지 않는다. 그러므로 나의 애벌레들은 '만드는 자', '경이로움을 만드는 자'이며, 그것들이 만드는 시구는 내 소나무에게는 재앙을 뜻한다. 확실하다. 또한 소나무pijnboom라는 네덜란드어에 대해서도 다시 생각해볼 필요가 있다. 소나무를 뜻하는 네덜란드어에만 '고통pijn'이라는 단어가 들어 있다는 이유로도 말이다.

50

그리고 다른 약속들은? 나 자신과 하는 약속이 하나 있다. 나는 해가 너무 뜨거워지기 전 아주 이른 아침에 테라스에 앉는다. 이곳 사람들은 하나같이 이번 여름이 평생에 가장 더운 여름이라고 입을 모은다. 나는 1965년부터 이곳에 오기 시작했는데 그때 서른두 살이었다. 내일이면 나는 여든두 살이 되고, 그동안 한 해도 거르지 않고 이곳에 왔다. 그러니 50년이라는 세월 동안 이곳에 온 것이고, 이는 소소한 통계를 내기에 충분한 시간이다. 나로 말하자면 그저 더위를 견디는 힘이 좀 떨어지지 않았나 싶다. 적어도 이제 예전처럼 하루 중 가장 더운 시간에 긴 산책을 하지는 않는다. 그리고 아침에는 여전히 조용하고 시원하다. 아침이 오기 벌써 몇 시간 전부터 수면의 영역에서 들려오는 소리의 풍경이 나를 서서히 잠에서 깨운다. 이웃들의 수탉이 첫 울음을 울고, 그에 따라오는 암탉의 소란한 소리가 거기에 섞여 들자마자 당나귀도 히잉 울기 시작해 어둠을 갈기갈기 찢는데, 그 열정적인 포효에 밤에 꾼 꿈이 죄다 들어 있다. 이제 낮이 되었고, 되돌릴 수 없다. 그러자 그 너머 이웃의 거위들이 내는 공포와 항의 사이의 어떤 소리가 들린다. 로마인들이 거위를 이용해 카피톨리움을 지켰다는 이야기가 놀랍지 않다. 그 소리 또한 약속의 일부이며, 하루는 하나의 시계다. 부겐빌레아는 저녁 늦게 물을 주어야 한다. 자신의 영토인, 집의 하얀 회벽에 기대어 서 있는데 이른 아침이라 물이 아직 다 마르지 않았고, 내가 아직 파악하지 못한 곤충이 거기에 등장한다. 블라디미르 나보코프는 나비 연구가였고 에른스트 윙거Ernst Jünger는 풍뎅이와 딱정벌레에 대해 훤했건만 나는 아무것도 모른다는 사실이 여기서 분명해진다.

처음에 나는 두 마리가 서로 붙어 있는 줄 알고 그래서 날기 어렵겠다고 생각했으나, 그게 아니었다. 그―뭐라고 해야 좋을지 몰라서 그냥 이렇게 부른다―는 몸이 두 부분으로 되어 있고 그 사이에 투명한 코르셋이 있다. 이 말인즉슨, 뒷부분이 앞부분의 연속처럼 보이지만 그 사이에 투명한 단절부가 있다는 뜻이다. 그가 무엇을 쫓는지 나는 알 수 없지만 분명 뭔가가 있을 것이다. 그도 그럴 것이, 그는 날마다 그리고 시간에 맞춰 와서는, 벌써 마르기 시작했으나 아직은 약간 반짝이는 땅 바로 위를 겨냥해 얼마간 날아다니다가 이따금 착지했다. 하지만 그가 뭔가를 먹는지 나는 볼 수 없으며, 뭔가를 마시는지도 볼 수 없다. 검은색의 그 이중 형태는 그의 눈에는 분명 이슬이 내리는 시간의 사막 같은 것에 대해 몸을 떤다. 그로 하여금 매일 여기로 날아오게 만드는 아주 미세한 뭔가가 있는가? 변변한 말이 없어서 나는 그 또는 그녀를 그냥 이위일체Duity 또는 이중이Doubliness 라고 부른다. 마치 삼위일체처럼 신학적 수수께끼를 제공하기 때문이다. 더 수수께끼 같은 점이라면, 같은 시간대에 수많은 매우 작은 곤충들, 모기 아닌 모기들이 똑같이 이상한 집착을 갖고 있으나 그날 그 시간이 지나면 사라져버린다는 것이다. 내가 그들의 이름을 모른다는 사실은 어쩌면 부끄러운 일이지만, 스웨덴과 핀란드 사이에 있는 섬에서 1년을 살았고 640종의 나방을 발견하고 그것들에 관해 기술한 어느 스웨덴 작가의 책을 최근에 읽은 후로 나 자신을 많이 용서했다. 그러나 이들은 나방이 아니다. 아무리 작을지언정 이들은 테라스 구석에 있는 낡은 탁자에 대한 도착적인 사랑에 사로잡혀 있다.

이들은 무엇을 하고 있는가? 이들은 탁자 가장자리 앞 공중에 떠서 사실상 보이지 않는 날개로 균형을 잡고 있다. 그 탁자 주변에 머무르는 것이 유일한 목적이라고 보이도록 뜨거운 공기 속에서 이상한 춤을 추면서. 그 탁자에 니스를 칠했는데, 그래서인가?

이들은 냄새에 중독되어 있는가? 킁킁거리며 냄새를 맡는 것인가? 시간이 흐르면서 나는 여기서는 모두가 모두를 먹는다는 사실을 깨닫는다. 죽은 새는 5분을 넘기지 않고 없어지며, 아니면 개미들이 온다. 하지만 니스는? 로봇과 곤충은 우리의 미래지만, 나는 비록 그 이름은 모르더라도 어떤 곤충을 다른 곤충보다 더 잘 이해한다. 여기 두 가지 곤충이 더 있다. 첫 번째는 어뢰처럼 생겼다.

그는 저녁에 온다. 그리고 전투기 같은(나야 전쟁통에 자랐으니 '메서슈미트 전투기 같은'이라고 말하고 싶지만) 극도의 정확성으로 부겐빌레아의 보라색 꽃들 내부로 비행한다. 그는 주둥이가 뾰족한데, 꽃에서 단맛을 추출하는 존재에게는 기대

할 수 없는 다소 공격적인 형태다. 두 번째는 내가 더 소중하게 여기는 것으로 땅벌과 비슷하다. 하지만 털이 없기 때문에 땅벌이 아니다. 언제든 누가 와서 나에게 모든 것을 가르쳐줄 것이다. 그는 우아하고 검은색의 광택을 내며, 시모녀가 해마다 정원 가장자리의 큰 화분들에 심는 화초 두 개를 좋아한다. 나비바늘꽃Gaura lindheimeri. 줄기가 길게 곡선을 이루며 높이 하늘을 찌르고 그 길고 가느다란 끝없는 줄기 끝에 피는 꽃. 끝없는 줄기 끝, 이것이 가능한가? 아니, 불가능하다. 하지만 그 꽃은 거기에 피어 있다. 아직 이름이 창안되지 않은, 붉은색 계열의 색깔로. 그리고 그는 그 꽃을 원한다. 그때 일어나는 일은 기적적인 곡예다. 꽃에 앉자마자 그는 자신의 몸무게로 줄기를 안으로 끌어당긴다. 오래 버티기에는 거의 불가능한 자세다. 중력 때문에 줄기를 놓아주어야 할 때면 그제야 줄기는 꽃과 함께 다시 튀어서 위를 향한다. 그가 단물을 가지고 어디로 가는지 나는 모르지만, 내일이면 그는 다시 여기에 올 것이다. 그리고 나는? 이 부분을 다 쓴 직후 거북이가, 아니지, 나는 그들을 구별하지 못하니까 거북이 중 한 마리가, 담장을 따라 포도나무로 기어가는 모습이 보였다. 아주 천천히. 그래서 잘 볼 수 있었다. 거북이가 포도나무 아래로 사라졌을 때 비로소 내 시야에서도 사라졌는데, 나는 여전히 아무 생각이 없었다. 초록

이파리들을 그에게도 좀 허락해주자, 하고 나는 생각했다. 그는 거기에 오랫동안 머물렀고 나는 그를 보러 갔다. 맨밑의 잎들 아래에 포도 한 송이가 달려 있었다. 거북이는 이미 맨 아래의 포도를 먹기 시작했다. 여기서는 모두가 모두를 그리고 모든 것을 먹는다지만, 이 포도는 내 것이었다. 별안간 나도 모두와 모든 것의 일부가 되었다. 거북이가 옳았음을 알았다. 포도가 익었으니 나는 따야 했다.

51

내 책들은 뒤쪽 벽면에 똑바로 서 있다. 거기 있는 책들은 늘 그 자리를 지킨다. 고전, 참고서적, 프레이저의 《황금가지》, 디드로, 성경, 생시몽. 들락거리며 배회할 수 있는 모든 책들. 그리고 다른 부류의 책들이 있는데, 내가 몰두하는 다양한 분야, 혹은 내가 다루고 있거나 다루고 싶은 주제와 관련 있는 책들이다. 이 책들은 큰 서궤와 탁자 위에 놓여 있다. 가로로 누워 있는 책들인데, 특정한 전략에 기초해 그렇게 놓여 있으며, 그 전략은 내가 항상 인식하고 있지는 않지만 1년 동안의 부재 뒤에도 변함없이 유효하기도 하다. 섬에 돌아와 여행 가방에서 아직 새 책을 꺼내지 않았을 때 지난해의 그 책들이 눈에 들어오는데, 그렇게 놓여 있다 보니 가끔은 내가 그것들로 뭘 하려고 했었는지 기억이 날 수밖에. 레오파르디의 《치발도네Zibaldone》, 이 책은 내가 레카나티에 있는 고독한 그 꼽추 백작의 집[76]을 다녀온 뒤로 오래전부터 오르고 싶었던 높은 산이다. 그는 세계문학사상 가장 아름다운 시를 썼지만, 지난해에 나는 《치발도네》 영어 번역본에 있는 2000쪽가량의 해제 앞에서 뒷걸음질을 치고 말았다. 나를 기다려주겠지. 그리고 나도 기다리련다. 하지만 왜 나는 보르헤스의 책 한 부분에 서표書標를 꽂아 굳이 강조해두었을까? 그리고 막스 프리슈Max Frisch의 일기[77]는 어쩌자고 슬립 케이스에 든 폰 훔볼트Von Humboldt의 책 위에 비스듬히 놓여서 눈에 띄는가? 막스 프리슈의 일기는 주어캄프 총서 중 한 권인데, 그 경이로운 총서의 트레이드 마크인 영락없는 그 줄무늬가 흰색 표지의 삼 분의 일 지점에 그어져 있다. 나는 보르헤스의 책에서 서표가 꽂힌 페이지를 펼친다. 역사에 관한 내용이고, 나는 대번에 집에 돌아온 기분이 된다. 보르헤스의 책에서는 카프카가 그렇듯 몇 줄만

---

76) 이탈리아 마르케 지방의 소도시 레카나티는 시인 레오파르디의 고향이다. 이 지역의 백작 가문이었던 레오파르디 가의 저택이자 레오파르디의 생가가 박물관으로 남아 있다. 레오파르디는 강직성 척추염을 앓았으며 38세의 나이에 요절했다.

77) 《Tagebuch 1966~1971》.

읽어도 그냥 지나칠 수 없는 사유가 들어 있다고 늘 느끼게 된다. 뭔가가 계속 나를 걸고넘어져서, 멈추고 한 번 더 읽게 만든다.

'역사의 범상함'이라는 제목의 에세이[78]인데, 자, 보시라. 가령 바로 그날 그리스와 ISIS와 바다에서 익사한 수백 명의 난민에 관한 기사로 빼곡한 신문을 읽는다면 역사의 범상함과는 거리가 멀지만, 그래도 보르헤스는 뭐라고 썼을까? "중국의 한 산문작가는, 사람들은 일각수가 너무 특별한 나머지 알아보지 못하고 지나갈 거라고 언급했다. 우리의 눈은 익숙한 것들만 보는 법이다. 타키투스는 자신의 책에 예수의 십자가 처형에 대해 기록하기는 했어도 그것을 인지하지는 않았다." 이 문장을 읽은 다음 두 줄쯤 더 읽으면 다시 앞의 문장으로 돌아가야 한다. 십자가에 못 박힌 그 사람은 역사를 자신의 앞과 뒤 두 시대로 나누었지만, 타키투스의 《역사》에는 그의 죽음이 중요하게 언급되지 않았다. 우리는 일어나는 모든 일의 역사가 매일 기록되는 시대에 살고 있다. 우리가 놓치고 싶지 않은 모든 것들 사이에서 우리는 무엇을 놓치고 있는가? 보르헤스는 계속해서 이렇게 말한다. "나는 그리스 문학사에 관한 책을 뒤적이다가 어떤

---

78) 에세이집 《또 다른 심문Otras inquisiciones》(1937~1952)에 실린 〈El pudor de la historia〉. 이 책은 '만리장성과 책들'이라는 제목으로 번역되었다.

문장을 우연히 맞닥뜨리고 이런 생각에 이르게 되었다. 그 문장에는 다소 수수께끼 같은 면이 있어서 내 관심을 불러일으켰다. 바로 이 문장이었다. '그는 제2의 배우를 도입했다.' 나는 읽기를 잠시 멈추고, 그 신기한 행위의 주체가 아이스킬로스이며 그가 배우의 수를 한 명에서 두 명으로 늘렸다는 내용이 아리스토텔레스의 《시학》 4장에 나와 있다는 사실을 확인했다." 보르헤스 이야기를 계속하기 전에, 주석 하나가 있다. 보르헤스가 그 문장을 만난 것은 물론 '우연'이 아니었다. 그것은 필시 그가 전혀 우연하지 않게 그 책을 읽고 있었기 때문에 발생한 일로, 이곳 작업실에 펭귄 클래식 고판본 '고전 문학 비평: 아리스토텔레스, 호라티우스, 롱기누스'에 포함된 아리스토텔레스의 《시학》이 있는 것만큼이나 전혀 우연이 아니다. 그도 그럴 것이, 나는 수년 전에 내 소설 《계속되는 이야기》에 롱기누스의 한 구절을 비非우연적으로 인용하느라 이 책을 여기에 가져왔기 때문이다. 그런 의미에서 우연이란 존재하지 않는다.

그리스도 탄생 500년 전(윗부분 참조!) 아테네 관중들에게, 보르헤스가 '꿀색이 도는 극장'이라고 부른 무대 위에 제2의 인물이 갑작스레 등장한 것은 역대급 충격이었을 것이다. 아리스토텔레스는 담담하게 설명한다. 범상하다고 할 수도 있으리라. 그는 아이스킬로스가 처음으로 배우의 수를 한 명에서 두 명으로 '늘렸다'고 아무렇지도 않게 말하지만, 거기에는 그야말로 혁명이 내재해 있었다. 한 명에서 두 명, 그것으로 그가 대화를 도입했기 때문이다. 그 뒤에 오는 모든 것은 이제 혁명이 아니다. 소포클레스는 세 명의 배우, 그리고 '배경 그림'과 함께 등장했다. 그 뒤로 예측 불가능한 일은 더는 일어나지 않았다. 셰익스피어의 《햄릿》에서 두 명은 이미 스물네 명이 되었다. 군인 프란시스코, 묘혈 파는 광대 두 명, 폴로니어스의 하인 레이날도를 포함해 다수의 이름 없는 영주·귀부인·장교·군인·선원·사신·시종들이 더해져 배우의 수는 놀랍도록 증가했다. 그것은 하나의 혁명이지만 범상함이라고 볼 수 있는지는 모르겠다. 십자가에서 처형된 남자, 자신은 죄가 없다며 손을 씻은 총독,[79] 최초로 제2의 배우에게 대화를 건네는 제1의 배우와 그들의 말을 기록한 사람. 그리고 이것은 우리에게 어떤 의미인가? 우리가 모르는 사이에 무슨 일이 일어나고 있는가? 우리가 이해하지 못한 것은 무엇인가? 힉스의 보스 입자? 하지만 여기서 나는 현실의 수수께끼가 나의 이해력을 넘어서는 위험한 땅으로 들어가고 있다. 바로 이것이 힉스 입자를 '신의 입자'라고 불러 다른 물리학자들의 분노를 불러

---

79) 빌라도 총독은 예수에게 십자가형을 언도하고 나서, 예수가 흘릴 피에 자신은 책임이 없다며 손을 씻었다.

일으킨 리언 레더먼Leon Lederman이 겸손함이라고는 싹 가신 다음의 질문을 던진 이유이다. "우주가 답이라면 질문은 무엇인가?"

52

나는 내가 아는 세계, 약속의 세계로 서둘러 돌아간다. 식사 전에 마당 테라스에 앉아 있으면, 먼 농장에서 비둘기 떼가 날아온다. 전서구가 분명하다. 8시 무렵이 그들이 풀려나 공중 발레를 추는 시간이다. 너무 빠르게 움직이는 통에 몇 마리인지 셀 수도 없다. 자리를 찾고 있는 모양인데, 내가 앉은 위치에서 보기로는 딱히 우두머리가 있는 것 같지는 않다. 모든 동작을 정확히 동시에 한다. 오른쪽으로 돌고 사라졌다가 다시 돌아와 아래로 내려가고 위로 올라가며 나무 뒤로 사라지더니, 한 번 더 돌아왔다가 영영 가버린다. 가장 아름다운 순간은 그렇게 획획 움직이면서 날개에 석양이 비칠 때다. 일순간 그것들은 순금으로 변해, 잠시 동안 전혀 움직이지 않는 듯 보인다. 이렇게 날렵한 발레를 추면서 그것들이 행복하지 않다고 상상하기란 어렵다.

이 모든 과정에서 나에게는 시계가 필요 없다. 모두가 자신의 순간을 알고 있으며 그것을 우리에게 각인해놓았다. 그리고 아무도 하루를 그냥 넘기는 법이 없다. 옆집의 당나귀는 매일 저녁 우리가 테라스에서 식사를 마치고 9시 스페인 뉴스를 켜는 순간 목청껏 히이잉 울며 밭을 가로질러 오기 시작해, 자신의 일용할 당근을 받을 때까지 담장 뒤에서 기다린다. 시모너는 담 위로 손을 뻗어 당근을 건네고, 당나귀는 큰 이빨로 당근을 받아 문다. 나는 당나귀가 큰 당근을 먹을 때 내는 소리를 죽을 때까지 잊지 못할 것이다. 한 시간이 조금 못 되어 어둠이 내리면 첫 번째 도마뱀붙이가 나타난다. 그것은 테라스 근처의 담벼락에서 나와 흰 벽에 붙어서 자신이 보이지 않는 존재인 척하는 미니 공룡이다. 보호색은 띠지 않는다. 벽에 붙어 버틸 수 있게 해주는 희한한 발가락들이 달린 작은 발들이 보인다. 움직이지 않고 가만히 있으면 나에게 보이지 않는 줄 아는데, 바로 그때가 눈에 제일 잘 띄는 순간이다. 내가 손을 들어올리기만 해도 그것은 잽싸게 달아난다. 그러고는 활짝 열린 파란색 테라스 문 뒤에 숨어 있다. 그 순간 다른 도마뱀붙이도 나타나는데, 보통은 지붕에서 내려온다. 두 마리 모두 반원형 타일 한 장 뒤에서 테라스를 비추고 있는 등燈을 향해 가는 참이다. 그것들이 서로 무슨 관계인지 나는 모른다. 가끔 한 마리가 다른 한 마리를 쫓아낼 때도 있고, 어떤 저녁에는 함께 사냥

하는 듯 보이기도 한다. 내가 관찰한 유일한 위계 구조라면, 늘 작은 것이 큰 것에게 굴복한다는 것이다. 명령은 눈에 보이지 않는다. 큰 것의 몸에 매우 최소한의 움직임만 있을 것이다. 작은 것이 조심조심 다가오는 모습이 보이고, 두 녀석의 머리는 모두 나방이 내려앉는 지점을 겨냥하고 있다. 그때 별안간 어떤 신호가 있었음이 분명하다. 너는 없어도 된다는 신호. 그리고 작은 녀석은 슬그머니 사라진다. 하지만 나는 그 녀석이 정말로 가버리는 게 아님을 알고, 큰 녀석도 그 사실을 알고 있다. 그 녀석들은 무한정 오랫동안 움직이지 않을 수 있고, 그렇게 해서 모기와 나방을 잡는다. 그때가 위험한 순간이다. 투명에 가까운 나방 한 마리가 제 눈을 부시게 하는 빛에 가까이 다가가 푸른색 창틀에 아주 잠깐 앉았는데, 두 도마뱀붙이 중 한 마리가 꼼짝않고 가만히 있다가 굉장히 최소한으로 발을 내디디며 위로 올라가는 모습이 보인다. 그리고 어찌나 정밀하게 계산을 했는지 나방이나 모기로서는 속수무책이 될 수밖에 없는 번개 같은 습격이 뒤따른다. 이때는 소쩍새가 메트로놈 같은 소리를 내고 나처럼 넷까지 세며 기다리다가 멀리서 대답이 들려오면 사냥을 시작하는 시간이기도 하다. 모두가 모두를 먹는다. 그리고 나는 자러 갈 시간이다.

53

아니, 막스 프리슈의 일기가 공연히 거기에 놓여 있던 것
은 아니다. 상상하면서 읽는 일은 연속성과 관련된다. 나는
지난해에 내가 파고들었던 지점을 기억하고 그 문단을 찾
아보았다. 프리슈는 일기에 여러 서체를 사용했기 때문에
어떤 부분은 먼저 눈에 들어온다. 이탤릭체로 된 페이지 다
음 아래쪽에 난데없이 타자체로 된 부분이 나온다. 나는 일
본 여행을 많이 한지라 그 첫 번째 단락의 첫 문장이 친근
하게 와 닿았다. "1969년 11월 일본. 아침 5시 도쿄의 대로
에서 나는 무얼 하고 있는가? 용접기의 강렬한 불빛 속에서
노란색 헬멧을 쓰고 있는 왜소한 노동자들. 과일이 없다. 키
가 작은 사람은 순진하다고 생각하고 싶은 유혹." '과일이
없다'라는 문장이 뜬금없이 끼어들어 있는 건 그 자체로 이
미 독특하다. 하지만 '연속성'과 관련해 나는 무엇을 말하고
싶은 것인가? 나의 생각은 즉시 일본에서 스페인 신임 국왕
으로 이어지고, 그런 다음 곧장 지금 내가 있는 나라 스페
인의 정치적 긴장을 떠올린다. 스페인 국왕은 키가 2미터에
가깝다. 아버지 후안 카를로스보다 더 크다. 이런 점은 그가
옛 식민제국의 수장으로서 남미나 중미를 방문해 다른 대통
령의 취임식에 참석할 때면 특히 두드러진다. 모두가 그보

다 작고, 더러는 훨씬 더 작다. 그 회동 사진들을 보면 몸동작으로 그게 느껴지기도 한다. 국왕은 몸을 충분히 숙이지 못한다. 곤란한 상황이다. 다른 대통령은 그를 올려다보아야 한다. 프리슈의 문장에서 국왕이 자기 옆에 서 있는 사람이 순진하리라고 생각하지 않는다는 것을 우리는 짐작할 수 있다. 그럼에도 그 순간 두 사람의 몸에는 긴장이 흐르는데, 나는 그것을 도마뱀붙이 두 마리의 긴장과 즉시 비교하고 싶지는 않다. 하지만 거기에는 발화되지 않은 물리적 관계가 있고, 그 안에서 정치·역사·권력 관계가 어떤 역할을 하지는 못하지만 그래도 존재한다. 현재 스페인에서 일어나고 있는 일에서 이는 더욱 분명하다. 국왕은 관람석에서 카탈루냐 자치정부의 수반 아르투르 마스[80] 옆에 서 있다. 그는 변함없이 카탈루냐의 국왕이고 국가가 울려 퍼지면 사람들은 휘파람을 불며 야유한다. 그와 마스 둘 다 그 소리가 들리지 않는 척하지만 사실은 듣고 있다. 키가 심하게 작지는 않지만 국왕보다는 작은 마스는 왕좌를 받치고 있는 다리들을 베어내느라 분주하다. 그 뒤 얼마 지나지 않아 바르셀로나의 신임 시장은 시의회 의사당에 걸린 이전 국왕의 초상

---

80) 아르투르 마스(Artur Mas, 1956~), 스페인 바르셀로나 출신의 정치인. 카탈루냐 지방정부의 수반을 맡았으며(2010~2016) 카탈루냐 분리독립운동의 중심적인 인물이다.

을 떼어내고 나서, 휘파람 야유를 받은 새 국왕의 사진으로 대체하지 않았다. 그리고 급진적 분리주의자Independentistas 들의 집회에서는 새 왕의 사진이 불에 탔다. 노란색과 붉은 색의 불꽃. 노란색과 붉은색의 스페인 국기와 노란색과 붉은색의 카탈루냐 깃발, 같은 색에 도안만 다르다. 바르셀로 나의 건물 발코니에는 카탈루냐 깃발이 많이 내걸려 있지 만, 카탈루냐인들 역시 극명하게 의견이 갈린다. 신문, 라디 오, 텔레비전, 시위에서 맹렬하게 의견이 오간다. 중앙정부 는 합법성에 호소하고, 독립에 관한 국민투표가 아니라 결 국은 선거 문제라고 말한다. 하지만 그 뒤에 깔린 묵시적 질 문은 이러하리라. 사람들이 9월 27일 자치의회 선거에서 스 페인에 작별을 고하는 정당을 선택한다면 중앙정부는 어떻 게 나올까? 군대를 보낼까? 이 모든 문제에서 언어가 중대 한 역할을 하기 때문에, 살짝 변형된 형태의 카탈루냐어를 쓰는 이 섬에서는 날마다 어떤 상황이 벌어진다. 마온Mahón 은 카탈루냐어 이름인 마오Maó로 불려야 하고, 신임 여성 시장은 여름철에 항구에서 항구로 운행하는 관광열차에서 스페인 국기를 걷어냈다. 영국인·독일인 관광객들이 마치 열한 살짜리 알츠하이머 환자처럼 보이는 관광열차 말이다. 그래서 이곳 사람들이 많이 웃었는데, 정말 재밌어서였는지 는 아무도 확실히 모르며, 카탈루냐인들도 아르투르 마스가 키운 불화의 질병에 어떻게 대처해야 할지 모르기는 마찬가지다. 반으로 갈라진 유럽연합의 신입 회원국. 가까스로 하나가 된 대륙이 가장자리에서 닳기 시작한다.

54

그런데 정원은? 그리고 고요함은? 나는 세상과 한 발짝 거리를 두고 있지만 세상을 저버리지는 않았다. 아직은 아니다. 찢기는 것. 스페인이든 유럽이든, 그 소리는 어쩌면 고요함 속에서 더 잘 들리는지도 모른다. 커피를 가지러 작업실에서 나왔는데, 오늘은 더위가 도가 지나치다. 더위, 여기서는 모든 대화가 이 말로 시작된다. 마치 미사를 시작할 때마다 부르는 입당송入堂誦 같다. "무초 칼로르 오이Mucho calor hoy(오늘 너무 더워요)"라고 카르멘이 노래한다. 나는 고개를 끄덕이고는, 우리는 한 해의 첫 두 달을 남부 독일에서 보내곤 하는데 거기는 노상 눈이 내리고 얼음이 얼며 때로는 영하 10~15도까지도 내려간다고 말한다. 그녀는 그곳과 이곳의 40~50도의 온도 차는 귓등으로 흘리며 "사람 몸은 다 적응하도록 돼 있어요"라고 대꾸하는데, 거기에 뭐라 덧붙일 말이 없다. 커피를 가지고 다시 돌아오는데, 담장 건너편에서 당나귀가 민숭한 밭 한가운데 서서 나를 바라보는 모습이 보인다. 눈 주위의 털이 더 밝은 색이어서 꼭 가면이나 털 달린 안경을 쓰고 나를 쳐다보는 것 같다. 그 시선의 위압에 눌려 가만히 멈춰 서 있는데, 당나귀 역시 꼼짝도 않고 서서 계속 나를 바라본다.

55

프리슈는 고리키가 톨스토이에 관해 쓴 문장 하나를 인용했다. 자신의 일기에서 브레히트를 다루면서 이 문장을 빌려 브레히트를 정의하고자 했다. 바로 이런 문장이다. "그의 교리가 일면적임에도 불구하고, 이 남자는 동화처럼 멋지고 무한히 다면적이다." 나는 브레히트보다 톨스토이가 더 동화같다고 생각하지만, 문맥을 살펴보면 문장을 더 잘 이해할 수 있는 법이다. 두 명의 극작가가 있다. 한 명은 전쟁을 겪지 않은 무척 안락한 중립국 출신이고, 다른 한 명은 자본주의 나라 미국에서 공산주의자로서 전쟁 시기를 보내고 갈라진 패전국 독일의 소련 점령 지역으로 돌아왔으며, 동베를린에서 '베를리너 앙상블' 극단을 이끌었다. 하지만 《1966년의 일기》는 실제로는 1947년 취리히에서 시작한다.

프리슈는 19년이 지나고서야 자신의 기억을 글로 적었기 때문이다. 그 세월 동안 미국에서 망명 생활을 한 브레히트는 처음으로 유럽에 돌아와 취리히 시립극장Schauspielhaus에서 극작가로 일한다. 아직 독일로 돌아가지는 않았지만 자신의 언어권 안에서 살고 있다. 그때 프리슈는 여전히 건축가로 일하고 있었다. 작품 몇 편을 썼으나, 〈비더만과 방화범들〉로 1958년에야 찾아오는 대성공은 오기 전이었다. 위대한 소설 《슈틸러》《호모 파버》《나를 간텐바인이라고 하자》도 아직 나오지 않았을 때다. 이 두 사람의 차이점은 열세 살이라는 나이 차와 스위스를 스쳐 지나간 그 전쟁이다. 프리슈는 파괴된 베를린에 다녀온 일을 브레히트에게 들려주는데, 브레히트는 그 이야기를 들으며 이렇게 말한다. "언젠가 당신에게도, 누가 당신의 조국에 관해 이야기하는데 마치 아프리카의 어떤 지역 이야기인 듯 듣고 있는 상황이 올지도 모릅니다."

위에서 언급한 고리키의 문장 덕분에 우리는 프리슈가 브레히트를 '동화처럼 멋진' 사람으로 여겼음을 알게 되었지만, 그 인용문의 초점은 오히려 "그의 교리가 일면적임에도 불구하고"에 있다고 생각한다. 동화처럼 멋진 면이 무엇인지는 글에 나오지 않는다. 둘 중 손아랫사람에게서는 존경심과 거리감이 느껴진다. 손윗사람이 그에게 열린 태도를 보인다는 것은 두 사람이 프리슈의 건축 현장에 함께 방문했을 때 처음으로 읽힌다. "정말 대단합니다, 프리슈, 대단해요!" 그리고 나서 그들이 헤어질 때 나누는 인사말은 무척 '동료다운' 면을 보여준다. 브레히트가 프리슈를 작가로서 어떻게 생각하는지는 그 당시에는 아직 명료하지 않다. 1948년 브레히트가 종전 후 처음으로 독일 땅인 콘스탄츠에 가게 되었을 때 프리슈는 그와 함께 있었다. 그들은 콘스탄츠를 향해 극장 직원의 낡은 란치아 자동차를 몰고 갔으나, 국경의 차단봉에 가까워지자 브레히트는 걸어서 국경을 넘고 싶다고 말한다. 100미터쯤 걸어가다가 브레히트가 멈춰 서더니 불이 꺼진 자신의 그 불멸의 시가에 다시 불을 붙이고 하늘을 쳐다보며 말했다. "하늘은 여기도 다를 게 없군요."

작가이기도 한 건축가. 이 생각을 하면 훗날 프리슈가 폭격으로 망가진 처량한 동베를린에서 브레히트를 만났을 때 한 말이 떠오른다. 당시 브레히트가 살던 빌라는 파괴되지 않았고 정원만 약간 방치된 상태였는데, 건축가 프리슈의 눈에는 집이 넓은데 카펫이 거의 깔려 있지 않다는 점이 보인다. 프리슈는 예전에 가정부가 쓰던 방에서 묵었고, 동베를린에서 브레히트와 나누는 대화가 취리히에서의 대화와 다르다는 느낌을 받지만, 그것을 증명할 수는 없다고도 말한다. 그에게 보이는 것은 브레히트가 집을 새로 짓지 않고도 어떻게 부르주아식 인테리어를 완전히 개조했느냐는 점이다. 브레히트는 "건축에 맞서 자신을 방어할 필요가 없었고, 그저 더 강한 사람이었으며, 그것은 몰수나 소유권을 이전한 것처럼 보이지도 않았다. 그 빌라의 실제 소유자가 누구냐 하는 문제는 제기되지 않았으며, 브레히트는 산 사람이 사멸한 이들의 건물에 거주하는 것이 역사의 한 과정인 것처럼 그 빌라를 사용했다." 프리슈는 마르크스주의자가 아니고 어떤 논평도 없이 그 이야기를 들려주지만, 우리는 역사의 한 과정이라는 말을 통해 필연적 과정이라는 마르크스주의의 메아리를 들을 수 있다. 극적이거나 아이러니한 방식으로 자신에게 맞설 수도 있는 도그마다. 한참 뒤 일기를 쓸 때 프리슈는 1953년 6월 17일 동독에서 일어난 노동자 봉기를 그런 경우로 다루지는 않았지만, 소련군 전차의 사진을 보고 그런 생각이 그의 머릿속을 스쳤을 것이다.[81] 1989년 이후 그 빌라가 어떻게 되었는지 누가 조사해볼 수 있을지도 모른다. 두 사람은 1955년에 한 번 더 만나는데, 이번에는 쇼세슈트라세Chausseestraße[82]에서였다. 프리슈는 이렇게 쓴다. "브레히트는 늙고 병들어 보인다. 움직임이 별

---

81) 1953년 동독 봉기가 소련군 전차부대에 의해 진압되었다. 이후 동독에는 베를린 장벽이 세워지고 1989년까지 공산주의 체제가 안착되었다.

로 없다." 점심 식사는 "별로 말이 없이" 흘러갔다. 어느 순간 '통일Wiedervereinigung'이라는 말이 나오고, 브레히트는 "그렇다면 다시 한번 이주한다는 의미인데요"라고 말한다. 잠시 후 브레히트는 프리슈에게 서쪽 사람들은 전쟁의 위험에 관해 어떻게 생각하는지 묻고, 프리슈는 지금 서쪽에서 오는 사람들은 아주 멀리서 오는 것이라고 답한다. 몇 킬로미터밖에 안 되는 그 거리를 여행한 적이 없는 사람들은 이제는 그런 상상조차 할 수가 없다. 프리슈는 서베를린에서 있었던 리허설을 다녀왔는데, 그곳에서 브레히트의 딸인 한네 히오프Hanne Hiob가 그의 연극 한 편에 출연했지만, 어느 작품이었는지 말하지 않는다. 고립은 거의 전면적이 되었고, 그것은 이제 가장 본질적인 면에서 다른 두 세계였으며, 브레히트처럼 그 세계 중 하나를 믿었던 사람은 그것을 믿지 않거나 더이상 믿지 않는 다른 사람들과 함께 날마다 그 믿음에 따라 살아가야 했다. 나는 베를린 장벽이 이미 무너졌을 때 쇼세슈트라세에 있는 그 집을 방문했지만, 동독은 여전히 존재하고 있었다. 프리드리히슈트라세 역에서 여전히 경계를 넘어야 했다. 광범위한 통제, 다른 종류의 통화通貨, 그리고 밖에 나가면 공기가 달랐다. 지금은 아무도 믿지 않

---

82) 브레히트가 1953년부터 사망할 때까지 거주한 집이 있는 곳. 현재 그 집은 브레히트 부부의 이름을 딴 박물관(Brecht-Weigel Museum)이 되었다.

겠지만 그때는 그랬다. 갈라진 역사가 화폐통합이라는 형태로 대략적이고 잠정적으로 매끄럽게 다듬어지기까지는 시간이 좀 더 걸린다. 나는 브레히트의 그 집은 많이 기억나지 않지만, 그 근처에 있던 묘지는 그보다 더 기억이 난다. 나무 그늘이 짙은 곳. 이것이 그 묘지에 어울리는 표현이다. 그리고 나는 그 당시에 쓴 《베를린 노트Berlijnse notities》에 실제로 내가 그 표현을 사용했음을 알아차린다. 25년이 지나도록 일관성 하나는 기가 막힌다.

나는 한참 동안 그곳을 거닐었다. 브레히트의 무덤에서 헤겔의 무덤으로, 헤겔의 무덤에서 피히테의 무덤으로, 그리고 다시 자신의 아내 헬레네 바이겔Helene Weigel과 함께 누워 있는 브레히트의 훼손된 무덤으로. 피히테와 헤겔도 자신들의 여인과 함께 누워 있다. 브레히트의 무덤에만 다윗의 별이 그려져 있고 욕설도 적혀 있었는데, 그날 아침 내가 신문에서 읽은 대로였다. 그러니 두말할 나위 없이 브레히트는 아직 살아 있었다. 욕을 먹는 한 그 사람은 아직 존재하는 것이다. 헤겔은 브레히트를 읽을 수 없었지만, 역으로 브레히트의 핏속에는 당연히 마르크스를 통해 헤겔의 사상이 흐르고 있었다. 내가 그때 쓴 글에서 그 두 무덤 사이의 격렬한 환상에 빠진 것은 그 때문인지도 몰랐다. 그 두 사람이 쓴 모든 것에 관한 생각. 그들은 세상에서 무엇을 긁어대며 그것이 다른 것이 되기를 바랐는가? "문득 나는 그 모든 말들이 영락없이 내 발치에 놓여 있는 느낌이 들었다. 서로 얽혀 있는 거대한 구조물, 노래와 문단들로 가득 찬 광산의 갱도, 다른 이의 화강암 시스템 주위에서 춤추는 사람이 쓴 훨씬 더 이해하기 쉬운 단어들, 다른 무덤들 아래에서 무성하게 자라며 그 안에는 〈수라바야 조니Surabaya Johnny〉[83]와 '세계정신'이 함께 지배하는 이중 왕국. 칼잡이 맥[84] 이 '빌바오에 있는 빌의 댄스홀'[85]에서 현상학Phénoménologie을 손에 들고 춤을 추고, 돛 여덟 개 달린 배[86]가 변증법을 훔쳐서 해안으로 실어가고, 해안에서는 사라져가는 국가國歌의 박자에 맞춰 군인들이 마지막으로 보초를 교대한다."[87]

지금 프리슈의 일기를 읽으면서 내 눈에 띄는 점은, 다른 이들에게는 시시콜콜하고 대수롭지 않을 것들을 관찰하는 그의 능력이다. 그는 브레히트의 목에 대해 여러 차례 이야기한다. 1948년에 한 번은 그 목이 "드러나" 있었고, 나중에 베를린에서 다시 한번, "특히 목이 너무 많이 드러나" 있었다. 작가들은 희한한 사람들이다. 적어도 프리슈의 일기

---

83) 브레히트의 희곡《해피 엔드》에 나오는 노래 제목.
84) 브레히트의 희곡《서푼짜리 오페라》의 등장인물.
85) 브레히트의 희곡《해피 엔드》에 나오는 노래 〈빌바오 송〉의 내용.
86) 브레히트의 희곡《서푼짜리 오페라》중 〈해적 제니〉에 나오는 배.
87) 노터봄의《베를린 노트》(1990).

에는 그와 브레히트 사이의 근본적인 논쟁이 나오지는 않는다. 실제로는 논쟁을 했는지도 모르지만, 명문화되지는 않았다. 모든 것은 묘사 안에 담겨 있다. 나는 사진으로 브레히트의 목을 보았지만 프리슈가 본 것을 볼 수 없었다. 익히 알려진 그 상징적인 얼굴, 둥근 안경 뒤에 있는 꽤 작은 눈과 50대 남자의 목이 보인다. 그럼에도 몇 장의 일기가 어떤 세계를 분명하게 드러내 준다. 동독의 시스템은 이론이 지배하는 현실이 되었다. 스위스의 한 작가는 그 현실을 넘나들 수 있었으나, 대부분의 동독 작가들에게는 불가능한 일이었다. 베를린 장벽이 세워지기 전에도 벽은 여기저기에서 명료했다. 마지막 방문은 쇼세슈트라세, 얼마 지나지 않아 브레히트가 묻힐 묘지가 내려다보이는 방이었다. 프리슈는 이렇게 말한다. "나는 위대한 인물로 인정받는 사람들을 많이 만나본 적이 없다. 어떤 점에서 브레히트의 위대함을 볼수 있었느냐는 질문을 받는다면, 나는 대답을 잘할 수 없으리라. 사실 늘 그랬다. 브레히트는 내가 떠나오자마자 훨씬 더 현재적이 되곤 했다. 그의 위대함은 추후에 드러났다. 언제나 조금 늦게, 메아리처럼…."

56

나는 프리슈를 직접 만나본 적이 한 번 있는데, 에든버러
에서였다. 기억나는 것이 있느냐고? 많지 않다.

하리 물리쉬, 헤라르트 레버Gerard Reve[88]와 함께 네덜란드
대표단으로 대규모 작가회의에 참석했을 때였다.

1962년. 프리슈가 그 일기를 시작하기 4년 전. 그는 체격
이 크지 않았고, 묵직한 테에 돋보기 같은 유리알로 된 안경
을 쓰고 있었는데, 그로 인해 눈이 더 커 보였다. 나는 스물
아홉 살이었고, 그는 내 책의 유일한 번역서를 읽지 못했을
수도 있었다. 하지만 나는 그 자리에 있었으니, 어쩌면 뭐
라도 된 사람일 수도 있었다. 하리의 작품 역시 그때만 해
도 아직 많이 번역되지 않았지만, 그는 매력이 넘쳤고 엄청
난 자신감을 뿜어냈다. 우리는 프리슈와 함께 바에 서 있었
는데, 그때 무슨 이야기를 나누었는지는 전혀 기억나지 않
는다. 프리슈는 술을 꽤 많이 마셨고 즐거워하면서 우리 이
야기를 들었다. 하리는 예의 그 코로 배의 선수상처럼 인파
를 헤치고 다녔는데, 프리슈라면 그 장면을 글로 썼을지도
모른다. 그 사람의 작품을 읽을 수 없는 작가와의 만남은 언

---

88) 하리 물리쉬, 헤라르트 레버는 빌럼 프레데릭 헤르만스와 함께 네덜란드 전후
   문학의 3대 거장으로 불린다.

제나 짜릿한 면이 있다. 증명해 보일 필요가 없기 때문이다. 헨리 밀러, 앵거스 윌슨, 스티븐 스펜더, 노먼 메일러, 그리고 우리가 그때껏 들어본 적 없는 저명한 스코틀랜드인들이 돌아다니고 있었다. 나는 거기에 속해 있지만 아무개일 뿐이었다. 내가 희한한 네덜란드어로 쓴 것을 당최 누가 알겠는가. 그리고 모두가 친절했다. 나는 헤롯 왕에게 학살되어, 아직 죄를 짓지 않았기 때문에 어쩌면 지옥일지도 모를 천국을 림보에서 기다리고 있는 아기들 중 하나가 된 느낌이었다. 장면 하나가 지워지지 않고 기억에 남아 있다. 뭇 저명인사들이 돌아다니던 방에, 스코틀랜드의 어느 귀족 가문 남자들이 그들 가문의 체크무늬 킬트를 입고 앉아 있었다. 그들은 은색 버클이 달린 신발을 신었고, 칼자루가 은색인 단검이 무릎까지 오는 모직 양말에 꽂혀 있었다. 그 치마 위에 턱시도 상의를 입었고, 반짝이는 검은 나비 넥타이에 기사 훈장을 달고 있었다.

그들은 유명인을 찾으려고 두리번거리지 않았다. 이미 모든 사람을 다 알고 있는 것 같았다. 그들은 봉건적 오아시스의 격세유전적 조각상처럼 거기에 앉아 있었고, 그들 자체로 충분한 듯 등 뒤에 선 사람들과 눈을 마주치지 않고 시중을 받았다. 반세기가 흘렀지만 아직도 기억난다.

57

스위스는 네덜란드와 마찬가지로 독일에 접해 있다. 그런데 스위스 일부 지역에서는 독일어를 쓰는 반면 네덜란드는 그렇지 않다. 또한 독일인들은 우리 혹은 우리 중 일부와 아는 사이지만, 우리는 본질적으로 독일에 속하지 않는다. '우리'는 포르투갈 작가일 수도 있고, 아니면 과테말라 작가일 수도 있으리라. 하지만 스위스 작가는 독일에서 정확히 어떤 위치에 있는가? 때로 그들의 책은 프리슈의 경우처럼 독일에서 출판되기도 하지만, 그들이 다루는 스위스적인 주제로 인해 이방인으로 남는다. 스위스 작가들에게 이것은 어떤 의미인가? 그들은 독일 문학의 일부인가, 아닌가? 하지만 독일 작가는 절대 스위스 문학의 일부가 되지 않는다. 스위스 문학에는 독일 작가가 전혀 모르는 지역 문제, 특색, 친밀함이 있기 때문이다. 프리슈 세대에는 이 외에 다른 것이 더 있다. 스위스는 전쟁에서 비껴나 있었고, 그래서 스위스인들은 박해냐 중립이냐, 선이냐 악이냐, 망명이냐 아니냐 하는 과거를 공유하지 않았다. 그럼에도 막강한 언어를 지닌 이웃의 대국은 스위스 작가들에게 언제나 도전이자 무시할 수 없는 존재였다. 독일의 주요 신문들은 스위스 작가들의 책에 관한 비평을 실었고, 주요 극장들은 프리슈와 뒤렌마트[89)]의 작품을 무대에 올렸다. 그들의 경쟁에 관한 이야기가 간혹 조금 들려왔지만, 가십은 모든 문학에서 불가분의 요소이고, 나라마다 2대 거장이나 3대 거장이 있으며, 노벨상을 받은 쉼보르스카[90)]와 받지 않은 즈비그니에프 헤르베르트[91)]가 항상 있기 마련이다. 나는 파리의 프랑스 국립극장에서 《트립티콘》이라는 프리슈의 작품을 보았는데, 죽음이 삶과 교제하는 작품이었다. 뒤렌마트의 작품으로는 《노부인의 방문》을 본 적이 있는데, 내 생각이 완전히 틀렸는지도 모르겠지만 거꾸로 된 《고도》라는 생각이 들었다. 기다리지 않아도 되는 《고도》, 하지만 온갖 비극적 결과를 가져오는 《고도》. 뒤렌마트의 《물리학자들》은 연극은 보지 않고 책으로 읽었는데, 스위스의 프랑스어권 지역에서 열린 독일어 낭독회가 끝난 뒤 키가 큰 한 여성이 당당하게 다가와 자신을 샤를로테 케어Charlotte Kerr라고 소개하면서 뒤렌마트의 미망인이기도 하다고 밝혔을 때 나는 잠시나마 깜짝 놀라고 말았다. 그녀는 나를 숙소에 데려다주겠다고 했다.

---

89) 프리드리히 뒤렌마트(Friedrich Dürrenmatt, 1921~1990), 스위스의 독일어권 작가. 프리슈와 함께 20세기 스위스의 대표적인 극작가로 꼽힌다.

90) 비스와바 쉼보르스카(Wisława Szymborska, 1923~2012), 폴란드의 시인. 1996년에 노벨문학상을 수상했다.

91) 즈비그니에프 헤르베르트(Zbigniew Herbert, 1924~1998), 폴란드의 대표적인 문인으로, 노벨문학상 후보로 여러 차례 거론되었다.

그 제안은 빨간색 컨버터블 스포츠카를 타고 엄청나게 빠른 속도로 성사되었다. 가는 길에 그녀는 뒤렌마트에 관해, 그의 책에 관해, 또 그의 그림에 관해 이야기했고, 다음 날 내가 자신의 집을 방문할 시간이 되는지 물었다. 나는 시간이 있었고, 그래서 우리는 그 화창한 날 차를 몰고 높은 언덕을 올라 호수와 골짜기가 내려다보이는 전망이 눈부신 큰 집으로 갔다.[92] 스위스의 그림엽서, 내 기억 속에는 그렇게 남아 있다. 숙녀 한 명과 신사 한 명을 위해 펼쳐진 진기한 장면이 담긴. 집 안으로 들어가자 그녀는 프리드리히의 작업실에 같이 가보자고 권했다. 그의 작업실은 넓고 밝았다. 무엇보다 창문이 많았다. 책상이 엄청나게 컸으며 호수가 내려다보였다. 거의 위압적이라 할 만한 빛나는 검은색 의자가 눈에 띄었다. 나는 벽에 걸린 그림을 바라보았는데, 어떤 그림이었는지는 기억나지 않는다. 중요한 것은 의자였는데, 어느 순간 그녀가 이렇게 말했기 때문이다. "그 사람 의자에 잠시 앉아보고 싶지 않으신가요?" 키가 크고 늘씬하며 내 기억으로는 붉은 머리였던 그녀가 내 옆에 서 있었고, 나는 그러지 않는 편이 좋겠다고 대답했다. 하지만 그녀는 내 말은 아랑곳하지 않고 잠시 미적거리더니, 나를 잠시 혼자 있

---

92) 뒤렌마트가 1952년부터 1990년 사망할 때까지 거주한 집. 프랑스어 사용 지역인 스위스 뇌샤텔에 있다. 지금은 뒤렌마트 센터 박물관이다.

게 해주겠다고 말하고는 다시 의자를 가리켰다.

다음 순간 그 방은 텅 비었을 뿐만 아니라 고요하기까지 했다. 의자를 바라볼수록, 거기에 앉고 싶지 않다는 생각이 확실해졌다. '그의' 의자였다. 나는 사진에서 보아서 말년에 그가 상당히 풍채가 좋았다는 걸 알고 있었다. 의자의 크기가 우람한 것은 아마 그것과도 관련이 있었을 것이다. 나는 그 방의 투명한 빛 속에 한동안 서서, 그가 거기 홀로 앉아 글을 쓰는 모습을 떠올렸다. 글을 쓰는 일에 수반되며 형편없는 작가에게조차 어쩔 수 없이 뼛속에 각인된, 혼자라는 형식. 그리고 나는 방에서 나와 나를 초대한 안주인을 찾으러 갔다. 집은 널찍하고 휑했다. 그녀는 빛이 쏟아지는 다른 방에서 샴페인 한 잔과 연어 샌드위치를 앞에 놓고 나를 기다리고 있다가 물었다. "그 사람 의자에 앉아보셨나요?" 내가 아니라고 답하자 그녀는 이해한다고 말했고, 얼마 뒤 나를 숙소에 다시 데려다주었다.

58

두 달 만에 처음으로 비. 조그만 거북이가 알려지지 않은 행선지를 향해 더듬더듬 길을 찾으며 지나간다. 거북이

멕시칸.

는 어떤 목표가 있는 듯한 모습이다. 비 때문에 등껍질의 노란색과 녹색이 반짝인다. 녹색은 더 진해졌고 노란색은 밝아졌다. 붉은 땅 위를 기어가는데, 아무도 만든 사람이 없는 장신구같다. 선인장들은 비를 어떻게 생각하는지 잘 모르겠다. 내가 '멕시칸'이라고 이름 붙인 커다란 선인장은 내가 없는 동안 엄청난 겨울비를 겪었는데, 무장하고 견뎌냈다.

하지만 팔루스Phallus는 요 몇 달 동안 마치 끔찍한 방법으로 숨을 참는 것처럼 자신의 허리춤을 바짝 졸라매었다. 사방으로 가시를 뻗은 '고문받은 자'는 내부에서부터 자신을

고문받은 자.

삭히는 듯 보인다. 적이 없는 혁명가 같다. 그리고 가장 큰
것, 여러 개로 보이는 하나—문법적으로 이렇게 말해도 되
는지 모르겠지만—는 비에 몸을 씻는다. 더위가 식물성 관
절염을 가져다준 것마냥, 두툼한 큰 손들 중 몇 개는 지난
몇 주 동안 접혀 있었다. 접힌 부분에는 그 옆과 위의 야생
올리브 나무에서 떨어진 좁다란 잎들이 말라 있다. 변색된
쓰레기를 손에 가득 담고 그렇게 서 있었는데, 이제 그 쓰레
기가 씻겨 내려간다. 한 달 뒤에는 그 열매가 무르익을 것
이다. 그 열매를 춤바라고 부르는데, 옛날에 옆집에 살던 바

르톨로메—세상을 떠난 지 한참 되었다—는 돼지들을 먹이려고 맨날 그것을 가지러 오곤 했다. 처음에는 짙푸른 녹색, 그다음엔 건조하고 금욕적인 노란색, 그리고 몇 주 지나면 오렌지색이 된다. 안에는 관능적인 과육으로 꽉 차 있고 단단한 씨들이 빼곡하며, 맛있는 열대 과즙이 나온다. 집게를 사용해야만 잡을 수 있으며, 껍질을 벗길 때 거의 보이지 않지만 아주 뾰족한 가시로 손을 다치게 하고 싶지 않다면 집게를 쓰는 것이 유일한 방법이다. 돼지의 혀와 구개가 어떻게 생겼는지 모르지만, 바르톨로메의 돼지들은 보아하니 그 가시들을 견딜 수 있는 모양이었다. 구개? 글로 적고 보니 이 단어가 돌연 불가사의하게 느껴졌다. 모국어의 바깥에서 오랫동안 살다 보면, 내 주위 사방팔방에 모국어가 존재하지 않으면 자주 닥치는 일이다. 간혹 단어 하나가 기억나지 않을 때가 있다. 오늘은 '구개'이다. 일상 속의 스페인어가 모국어의 그런 단어들을 더 불가사의하게 만들었다. 그런 단어에는 그 자체로 어떤 뜻을 가진 다른 단어가 포함되어 있어서인지도 모르겠다. 하늘Hemel. 구개Gehemelte. 어제는 '칼자루'가 그랬다. 나는 그 스코틀랜드 가문의 단검을 묘사하고 싶었는데, 갑자기 단어가 생각나지 않았다. 나는 잠시 가만히 앉아서, 이것이 노화인가 하고 생각했다. '손잡이'는 아니었다. 기억은 '칼자루'라고 근거 없이 주장했지만

토착민.

나는 믿을 수가 없었고, 그 단어를 크게 소리 내어 말해보았다. '칼자루.' 좀 이상하게 들렸다. '구개.' '칼자루.' 나는 의심에 가득 차서 판달레 사전을 찾아보았는데, 거기에 그 단어가 나와 있었다. 더 이상한 것은, 관용구에도 가끔 그런일이 일어나서 문득 확신이 들지 않을 때가 있다는 점이다. 그 유래를 제대로 모르기 때문이다. 이를테면 내 책의 독일어 번역자가 '썰물에 못을 찾다'[93]가 무슨 뜻이냐고 확실한논리를 갖추고 내게 물을 때가 그렇다. 이런 질문 말이다.

"하지만 밀물에서 못을 찾는 게 훨씬 더 어렵지 않은가요?"

59

독일, 큰 나라. 이 나라는 우리의 고단한 대륙 한가운데에
위치해 자신의 비중, 자신의 과거 때문에 힘겨워한다. 그 과
거는 거의 어디서나 다른 이들의 과거이기도 하다. 독일은
아홉 개 나라와 접해 있는데, 그 나라들은 저마다 현재와 과
거가 있고 그 안에는 독일의 현재와 과거가 섞여 있다. 프랑
스의 현재, 그리스의 현재, 헝가리의 현재가 있으며, 그 현
재는 진정으로 유럽의 현재가 되지 못했다. 유럽에는 자신
에게 모순되는 독일의 현재 또한 있다는 이유만으로도. 7월
10일 자 〈엘 파이스El País〉지에는 에바 바스케스Eva Vázquez
의 아름다운 일러스트 한 점이 실려 있다. 한 달 전 기사. 신
문이 여전히 유효한지 알고 싶다면 얼마간 보지 않고 놔두
면 된다. 일러스트는 티모시 가튼 애시Timothy Garton Ash 교
수가 쓴 '위기에 처한 것'이라는 단순한 제목의 기사에 딸려
있지만, 사실 그 자체로 이미 힘 있는 목소리로 말하고 있

---

93) 썰물 때 배를 수리한 다음 일꾼들에게 물에 빠진 아까운 못을 찾게 한 데서 유
래한 관용구. 사소한 흠을 들추어내 트집을 잡는다는 의미로 쓰인다.

다. 탁자의 윗면인 듯한 회색 면 위에 커다란 파란색 성냥 갑이 놓여 있다. 성냥갑은 열려 있고 그 안에는 성냥 한 개비만 덩그러니 들어 있다. 성냥갑 윗면에는 빨간색과 흰색이 번갈아 나오는 링이 그려져 있는데, 아마도 구명대를 뜻하는 그림일 것이다. 탁자 위에는 반쯤 타서 오그라든 성냥개비들이 여럿 놓여 있다. 새 성냥갑은 눈에 보이지 않는다. 애시는 우리가 이미 알고 있지만 잘 말하지 않는 것을 명료하게 이야기한다. 유로존 위기에 대해 실제로 아무 대처도하지 못하는 이 무능력이 계속되는 원인은 그리스의 취약함과 독일의 비일관적인 리더십뿐만 아니라, 국제 기구 및유럽 기구에도 있다는 것이다. 그는 그것에 대한 책임이 있는 인물로 두 사람을 꼽는데, 바로 이탈리아 전 총리 안드레오티와 프랑스 전 대통령 미테랑이다. 그의 말마따나 이두 마리의 늙은 여우들은 베를린 장벽이 무너진 직후에 독일의 콜 총리에게 압력을 넣어 단일 통화 도입을 위한 시간표un calendario—나는 스페인어 기사를 읽고 있다—를 작성하게 했다. 그들은 자신들이 독일의 재통일을 저지할 수 없음을 알고 있었고, 그 대가로 단일 통화를 요구했다. 이 모든 일이 진행되는 동안, 나는 프랑스로부터 초대를 받아 심리학자 니코 프레이다Nico Frijda와 역사학자 마르턴 브란츠 Maarten Brands를 포함한 다수의 네덜란드 요인들 틈에 끼어 유럽 회의에 참석하게 되었다. 회의는 프라하의 흐라드차니 언덕에 있는 성에서 열렸는데, 독일의 재통일을 저지하려는 미테랑의 꿍꿍이에 의해 개최되었다. 그때 내가 그 모든 것의 의미를 실제로 이해했는지는 이제 기억나지 않는다. 우리가 어디에서 묵었는지도 기억나지 않는 것처럼 말이다. 오히려 나는 흐라드차니와 낯선 참석자들로 인해 카프카에 생각이 머물렀고, 그 도시와 그 독일적·유대인적·체코적 과거와 바로크식 조각상들이 서 있는 몰다우 강 위의 다리에 마음을 빼앗겼다. 당시는 내가 레지옹 도뇌르 훈장을 받은 지 얼마 되지 않았을 때였고, 그래서 브란츠와 프레이다는 내가 당장 프랑스 대통령에게 개인적으로 감사를 표해야 한다며 나를 쑤석거렸다. 하지만 나는 그럴 용기가 나지 않았고 다들 나를 조금 놀려댔다. 나는 그다지 경험해보지 않은, 대학생들이 하는 장난 같은 일이었다. 하지만 미테랑이 연설을 마치고 홀을 가로질러 걸어와 우리가 서 있던 자리를 지나갈 때 그들이 다짜고짜 내 등을 세게 쿡 미는 바람에 나는 거의 대통령의 발치에 떨어졌는데, 그는 신기하리만치 단신短身이었다. 소小에서 대大를 만들어내는 텔레비전의 일상적 왜곡. 나는 훈장 수여에 대해 우물우물 감사를 표했는데, 십중팔구 그는 그것에 대해 아는 바가 거의 없었을 것이다. 하지만 그는 내게 악수를 청하며 말했다. "당연하지요, 선생님C'est naturel, monsieur." 내 기억에 남아 있는 것은 그의 얼굴에서 풍겼던 스핑크스 같은 인상이다. 건조하고 창백한 피부, 멀찌감치에서 사람을 가늠하는 눈, 더없이 냉정한 어조, 그리고 수수께끼 같은 그의 말. 당연하다니, 도대체 무엇이 당연하다는 뜻이었을까? 내가 그 훈장을 받은 것? 아니면 내가 그것에 대해 그에게 감사를 표한 것? 나는 잠깐 프랑스 궁정에 있었지만, 빛나는 태양은 거기에 없었다. 그 회의에서 어떤 정치적 성취가 있었는지 나는 알지 못한다. 어쩌면 단지 독일에 신호를 보내는 것이 목적이었을 수도 있다. 혹자들의 설명으로는 그랬다. 그런데 지금은 어떤가? 독일은 변함없이 그 자리에 있으며, 그리스는 오페라 부파opera buffa[94]의 격렬한 시기가 지난 뒤에도 여전히 유럽에 단단히 박혀 있다. 그러는 사이 오토바이를 탄 그 멋쟁이 장관은 무대 뒤로 사라져 계속 시위를 이어가고, 무지렁이 범부들은 그가 선택을 해야 한다는 느낌을 받는다. 하지만 어떤 것들 중에서? 두 가지 경제이론 중에서? 두 종류의 유럽 중에서? 정부와 반발하는 의회 중에서? 이성과 포퓰리즘 사이에서? 하지만 각각의 가수 뒤에는 경제학자들로 이루어진 합창단이 서서 가수들의 아리아에 끼어들어 노래했

---

94) 18세기에 발생한 가벼운 내용의 희극적 오페라.

고, 작곡가는 유럽을 관통하는 그 찢어지는 불협화음을 명료하게 들려주려고 시도했다. 복수의 여신들이 사사건건 끝없이 논쟁하며 배경에서 합창하는 동안 매번 상황을 모면하거나, 아니면 주권에 대한 향수를 노래하는 애가哀歌가 울리더라도 애초의 실수를 바로잡고 날마다 더 불가능해지는 것 같은 진정한 공동체가 되거나, 둘 중 하나 아니겠는가?

60

첫 번째 잠에서 깼다. 마도요들의 새된 소리가 들린다. 이곳에서 소리는 멀리까지 간다. 마도요는 해안가에 살지만 모습을 자주 드러내지는 않는다. 저녁 늦게, 때로는 새벽 어스름에도 마도요 소리를 들을 수 있다. 도움닫기를 하다가 몇차례 말아올리는 날카롭고 높은 소리. 마도요, 컬루curlew. 그림을 보면 노란색의 다리가 길고 높다. 커다란 눈의 홍채도 샛노란색이며 동공은 검다. 이제 네덜란드에는 번식하러 찾아오지 않는다. 둥지는 단순한 땅구멍이다. 위험이 닥치면 땅에 바짝 웅크린다. 사냥은 밤에 한다. 내가 좋아하는 새.

나는 다시 잠들지 못한다. 밤중에 또다시 잠에서 깬다. 더위는 여전히 가시지 않고, 나는 발코니로 나가 오리온자리를 바라본다. 오리온자리의 별들은 믿기 어려우리만치 선명하고 반짝거리며 어둠 속에 난 구멍들 같다. 북쪽에서와는 달리, 이곳에서 그 위대한 사냥꾼은 이웃집 호랑가시나무 바로 위에 옆으로 누워 있다. 불빛 한 점 없다. 바다가 가깝고, 바람은 불지 않는다. 항해하기에 환상적인 시간이다. 세상은 멀어 보이지만, 지금 이 바다 위에서 사람들이 어디론가 가고 있다는 것을 나는 안다. 하루가 멀다 하며 화면에 나온다. 그리스 섬에서 들끓는 인파 위로 자신의 아이를 들어 올린 남자, 성난 몸뚱이들의 그 소용돌이를 더는 저지하지 못하는 경찰들, 사망자들이 안치된 관, 바다에서 표류하는 사람들, 그리고 대륙의 다른 쪽에서 영국해협 안으로 들어가기 위해 높은 철조망을 기어오르려고 애쓰는 남자들. 이곳에서 역사는 범상치 않다. 이 대륙은 자신의 성격을 영영 바꿔버렸고, 우리는 이전과는 다른 사람이 되었지만 그것을 아직 깨닫지 못하고 있다. 이것이 바로 보르헤스가 말한 역사의 범상함인지도 모른다. "우리는 우리의 정원을 가꿔야 합니다"라고 또 다른 작가는 말했다. 나는 최선을 다하고 있지만 나의 정원은 세상 속에 있다. 내가 원하든 원치 않든. 한쪽에는 도요새들과 오리온이 있고, 다른 한쪽에는 표류하는 시신들과 달리는 트럭에 뛰어오르려는 남자들이 있다.

터무니없는 이미지 하나가 자꾸만 떠오른다. 떨쳐내려 해도 이미 거기에 있다.

　오래전 사모라Zamora의 어느 거리. 여행 안내서에 어느 수도원의 수녀들이 특별한 종류의 쿠키를 굽는다고 적혀 있다. 나는 쿠키에 열광하지는 않지만 궁금하다. 도시 한가운데에서 철창 안에 갇힌 삶을 자발적으로 선택해 함께 사는 여성들이 아직도 있다. 그런 수도원에 가서 문을 두드리면 작은 덧문 하나가 열린다. 그 문을 통해 느껴지는 것은 순환적 시간의 장소인 수도원의 냄새다. 거기서는 모든 일이 정해진 시간에 일어난다. 그 여성들 중 한 명이 수도원을 떠난다고 해도 그 불변의 시계는 날마다 똑같이 작동할 것이다. 내게 보이는 것은 근엄한 안경 너머로 나를 응시하는 하얀 머리이고, 그녀에게 보이는 것은 내 얼굴이라는 형태의 세계다. 그리고 어쩌면 내 뒤에 있는 거리도. 거래는 단숨에 성사되어 덧문 아래로 뭔가 더 열리더니 작은 통이 나온다. 나는 그 안에 돈을 넣고 순결하게 포장된 쿠키를 받는다. 그게 다다. 하지만 저녁에 텔레비전을 볼 때면 내게는 세상이 보이고, 나는 그 수녀가 된다.

　도돌이표. 그리스는 또다시 정치적 거짓말의 베일에 가려져 있다. 이런 식으로는 제대로 작동하지 않을 것이며 그건 삼척동자도 안다. 유럽은 진정으로 통합되기 전에 깨졌고, 독일 의회는 역사책에 더 좋은 말로 기록되기 위해 값비싸고 슬픈 위장극을 펼치며, 네덜란드 의회는 그 뒤에서 가식적인 춤을 춘다. 포스트 마오쩌둥의 중국에서는 사이비 공산당의 주식거래소가 전 세계 자본주의 주식시장을 뒤흔들고, 스페인은 부패하고 오만한 중앙집권주의의 해묵은 빚을 청산하기 위해 줄기차게 그리고 마지못해 분열을 향해 나아가고 있다. 이 모든 것은 내 정원에 그다지 영향을 주지 않는다. 정원에는 바람과 물과 관련된 다른 걱정거리들이 있다. 점성학상으로는 태양이 작별 인사도 없이 내 별자리인 사자자리를 떠났다. 개의 날[95]들이 끝나고, 사흘간의 고양이의 날[96]들이 마치 새 한 마리를 발견한 듯 살금살금 다가온다. 격렬한 폭풍은 여간해선 버티기 어려운 드센 힘으로

---

95) 사냥꾼 오리온의 개 시리우스가 태양과 함께 뜨는 시기를 '개의 날dog day'이라고 한다. 연중 가장 더운 시기다.

96) '개의 날'들 이후 3일 동안을 뜻한다. 개의 날이 지나갔다고 해서 바로 날씨가 좋아지지는 않고 3일은 더 기다려야 한다는 의미로 쓴다.

먹구름 포대砲臺를 제일선으로 보냈고, 그렇게 후텁지근하더니 마침내 폭풍이 도착해 장대비가 수직으로 땅에 내리꽂히자 우리 집 담장의 일부가 무너져내렸다. 담장은 마치 내장이 밖으로 흘러나오고 피 흘리는 사람의 벌어진 상처처럼 보였다. 붉은색은 피의 색이고, 이곳 담장의 내부는 붉은 흙이 아직 묻어 있는 잔돌들로 이루어졌다. 폭풍과 물의 압력에 담장이 무너지면, 집 앞의 길은 순식간에 진창으로 막혀버린다. 바깥면에 붙어 있는 연회색의 큰 돌들이 가장 멀리 굴러떨어졌다. 다음 날 셰크와 모하메드가 와서 진짜 외과의사처럼 담장의 몸을 다시 맞춰놓았다. 7시도 되기 전에, 현존하는 가장 오래된 소리 하나가 들려온다. 금속 대對 돌. 큰 돌들에 형태를 다시 부여하기 위해 반복적이고 노래하듯이 탁탁 치는 소리, 그리하여 시멘트를 바르지 않고 돌을 메쌓기 하는 파레드 세카pared seca[97], 이 섬의 상징, 그 강담의 비밀. 하지만 먼저 내장을 제자리에 돌려놓아야 한다. 돌로 된 창자, 위, 심장. 얼마나 오래전인지 아무도 모르지만 예전에 이곳 땅에서 캐어낸 큰 돌들이 다시 잔돌들을 보호하며 그 주변에 배치되도록 모두 고이 배열한다. 그리고 담장은 다시금 담장 같은 모습이 된다. 모하메드는 이왕 온 김에

---

97) '마른 담장'이라는 뜻으로, 접착제를 쓰지 않고 쌓은 담장을 말한다. 메노르카 섬의 돌담이 특히 잘 알려져 있다.

아래로 처져 있는 메마른 유카 잎들을 잘라내어 단검들이 다시 하늘을 향하도록 한다. 나는 그에게 올해 네 개의 수관 중 하나가 드디어 꽃을 피웠다고 말한다. 단검들 사이로 높이 치솟은 흰색 꽃탑이 모습을 드러내고, 탑의 아랫부분에서 하얀 개화가 시작된다. 위쪽의 꽃들은 아직 단단하고 녹색이지만, 일주일 안에 아름다움은 빛을 향해 위로 기어오르고 며칠 동안 빛나다가 메멘토 모리memento mori를 시작한다. 갈색으로 바스러지는 꽃의 바니타스vanitas[98]. 나는 그 메시지를 이해했기에 차라리 바로 잘라내고 싶다. 몰락에 관해 깊이 생각해보고 싶다면 해독제를 제각 내어놓는 정원만큼 웅변적인 것은 없으니, 정원은 다른 지점에서 또 다른 주장을 한다. 올해에는 무화과가 풍년이어서 카르멘이 바구니에 가득 담아 집으로 가져갔고, 커다란 손바닥 선인장에는 열매들이 색깔을 띠기 시작한다.

---

98) '바니타스'는 삶의 덧없음을 뜻하는 말이다. 17세기 유럽에서는 바니타스 정물화가 유행했는데, 세속적인 삶이 짧고 덧없다는 것을 나타내기 위해 해골, 유리잔, 책, 깃털 등을 소재로 삼아 그렸다.

62

도돌이표 2. '이중이'의 수수께끼—50장 참조—가 풀렸
다. 우리 집 현관에는 아주 오래된 세모꼴의 작은 장이 하나
있다. 문짝 두 개에 조그만 유리창이 나 있고, 그 안에는 유
리잔들이 들어 있다. 어제 그 앞에서 '이중이'가 공중에 뜬
채 부르르 떨고 있었다. 그 녀석은 나뭇조각이 떨어져나간
장의 귀퉁이에서 뭔가를 하고 있었다. 뭘 하는지는 분명하
지 않았지만 윙윙거리는 고음을 내고 있었는데, 무척 섬세
하고 서정적이며 치과용 드릴 소리와 좀 비슷했다. 내가 가
까이 다가가자 녀석은 춤을 추며 날아가버렸다. 대중없이
오르락내리락하는 동작이었는데, 공중에 성큼 큰 걸음을 내
딛는 것처럼 보였다. 그때 내 눈에 코딱지만 한 구조물이 보
였다. 히에로니무스 보스의 그림에서 볼 법한 희한한 둥근
모양으로, 진흙색의 유클리드적 형태에 어찌나 완벽하게 둥
근지 집의 번지수라도 적혀 있을 듯했다. 그래서 나뭇조각
이 떨어져나간 틈새에 있는 그것을 내가 진즉에 발견하지
못한 것 같았다. 나는 그 녀석이 오전에 부겐빌레아 밑의 진
흙에서 무엇을 찾아 헤매었는지 퍼뜩 이해했다. 둥지였다.
그렇다면 '이중이'는 혹시 암컷이었을까? 아니면 수컷이 둥
지를 지어놓으면, 그의 반쪽이 나중에 오는 것일까? 그러자

이런 질문이 남는다. 이 둥지를 그대로 둘 것인가, 말 것인가? '이중이'에게는 천사가 있을까? 우리는 얼마나 많은 난민을 허용할 수 있으며, 얼마나 많은 후손들을 거주하게 할 수 있을까? 그런데 우리가 이곳을 떠나면서 집을 걸어잠그고 그래서 그 녀석들이 덧문 안에 사는 도마뱀붙이의 먹이가 된다면 어떻게 해야 할까? 거미들의 반란이 일어날 것인가? 딜레마에 빠졌다고 생각하겠지만, 실은 그렇지 않다. '이중이'의 경이로운 방식에 대해서는 어찌해볼 도리가 없다. 앞부분, 보이지 않는 허리 부분, 살짝 부풀어오른 검은색의 뒷부분이 있다. 그 녀석은 다름 아닌 '이' 장소를 선택했으며, 아무에게도 쫓겨나지 않고 2미터 떨어진 곳에 또다른 둥지를 짓고, 흰 담장에 들러붙은 보이지 않는 조그만 진흙 덩어리와 함께 날아갔다가 다시 날아온다. 담장에 진흙을 바를 때면 이따금 그 녀석이 잠시 가만 앉아 있기 때문에, 나는 이제 그 녀석을 점점 더 잘 알아가고 있다. 방해하지 마시라! 그것이 부르는 고음의 그레고리안 성가는 나에게 새로운 신학적 통찰을 가져다준다. 혹시 보이지 않는 그 허리 부분은 성령이 아닐까? 녀석은 멈추지 않고 집을 짓고 또 짓지만, 나는 책에서 그것의 세속적인 이름을 찾을 수가 없다. 선인장 도감, 나비 도감, 나무 도감이 있지만, 그 녀석을 위해서는 다른 도감이 필요하다. 집 안에 절대 들어오지

이중이.

않는 모하메드는 집 밖 땅바닥에 앉아 감쪽같이 복구된 담
장에 기대어 점심을 먹었는데, 나는 그의 도움을 받지 못한
다. 그는 어제 이미 내 손이 닿지 않는 높이에 있던 행렬모
충의 둥지를 긴 막대기로 쳐서 소나무에서 제거하는 작업을
했다. 그것은 멕시코나 페루 원주민의 바싹 말라 쪼그라들
고 긴 머리카락이 달려 있는 해골과 무척 비슷했다. 나는 예
전에 박물관에서 그 해골들을 본 적이 있다. 한때는 진짜로
말을 했던 작은 입들이 있는, 진짜 사람의 두개골들이었고,
그것이 매우 소름 끼치는 점이었다. 누구나 영원한 안식을
누릴 권리가 있으며, 박물관 진열대에 누워 천 년 후의 사람

들이 놀라 입을 다물지 못하는 구경거리가 되는 것은 그 권리에 해당되지 않는다. 다행히도 그나마 그들은 눈을 감고 있었다.

63

　스페인 신문에 검은색을 배경으로 찍은 두개골 세 개의 사진이 나와 있어서 두개골 이야기를 조금 더 해본다. 그것들은 실제 사람의 두개골 모형과는 전혀 닮지 않았고, 수르바란이나 히에로니무스 보스의 그림에 나오는 명상하는 성인들 옆에서 생각에 잠긴 두개골들과도 닮지 않았다. 그것들은 진화의 상승곡선을 보여준다. 첫 번째 두개골은 아직은 대충 깎아놓은 돌덩어리나 마찬가지이며 줄금과 갈라진 틈들이 빼곡하다. 두 번째 것, 오스트랄로피테쿠스는 카메라 불빛 앞에 교태롭게 놓여있고 그로 인해 다소 우아해진다. 그다음에야 비로소 우리, 호모 하빌리스Homo habilis인데 완전히 죽어서 화석이 되어 있기는 매한가지이지만 어쨌거나 우리와 아주 많이 닮았다. 내가 기사를 읽고 이해한 바로는, 그들이 우리의 조상들이라고 명료하게 쓰고 진화 과정을 획 정리한 다음, 편의상 0에서 다시 시작하자고 제안하고 있다. 두 명의 훌륭한 고생물학자 제프리 슈워츠Jeffrey Schwartz와 이언 태터솔Ian Tattersall이 그들의 말마따나 우리 조상들의 호화로운 다양성을 보여주기 위해 이제 막 그렇게 한 참이다. 600만 년 전(몇 번의 가을인가?)의 침팬지와 우리는 동일한 것cosa[99]이었으나, 얼마 지나지 않아 두 갈래로 갈라졌다. 우리 쪽 가지는 침팬지의 두개골 용량인 0.5리터(반올림해서)와 동일한 용량의 두개골을 지니고 오스트랄로피테쿠스 방향으로 발전하기 시작했다. '리터' 그리고 '반올림'이라고 적혀 있다. 우리는 유동적인 존재다. 기사에는 200만 년 전 우리 두개골 안의 유동성은 1리터까지 증가했다고 적혀 있다. 그 두개골은 사고에 더 능했다. 그리고 20만 년 전에는 1.5리터가 되었으며, "그다음에 우리가 역사라고 부르는 것이 시작되었다"고 한다. 그러니까 나는 조상들에게 물려받은 풍부한 다양성과 용량 1.5리터짜리 뇌를 지니고 여기 앉아서 지난 두 세기 동안 고생물학자들이 잘못 보았으며 사실은 '호화로운lujuriante' 다양성이 있다는 태터솔의 주장을 읽고 있는 것이다. 그리고 그것은 현행 이론에 전혀 부합하지 않는다는 것도. 하지만 그래서? 내가 갖고 있는 어떤 사전에는 lujuriante는 나오지 않아도 lujuria라는 중세 시

---

99) 스페인어로 '사물thing'이라는 뜻.

대의 죄악은 나온다. '육욕 또는 색욕.[100]' 판호르 출판사의 대사전은 lujuriante를 '음란을 저지르는', '무척 호화로운'이라고 풀이한다. 그러므로 우리의 기원에 관한 새로운 이론은 호화롭다. 태터솔이 음란하다는 뜻으로 그 단어를 사용하지는 않았을 테니 말이다. 그의 주장은 모든 동물―우리도 거기에 일단 포함된다―은 고대와 현대의 특징들이 혼합된 결과라는 것이다. "누구나 조상 대대로 내려오는 특징을 물려받았다. 가장 오래된 것부터 최신의 것까지. 우리는 치아를 갖고 있지만 그것은 물고기에도 있다. 우리는 손가락이 다섯 개지만 악어도 그렇다. 우리는 기린과 쥐처럼 경추가 일곱 개다. 인간 종을 결정하는 데는 몇 가지 공통점이 중요하다. 그리고 그것은 아직 제대로 연구되지 않았다." 그리고 나는 용량 1.5리터짜리의 뇌, 물고기의 치아, 악어의 손가락, 그리고 쥐의 경추를 지니고 여기에 앉아서 몽테뉴를 읽는다. 다른 이야기지만 똑같이 적용할 수 있는 말이다. "그러므로 새 학설이 나오면 그것을 수상히 여기게 되고, 그 학설이 나오기 전에는 반대 의견이 유행했다는 것을 고려해볼 충분한 이유가 된다. 또한 이전 학설이 이번의 학설로 전복되었듯이, 앞으로도 마찬가지로 이번의 학설을 타도할 제

---

100) 라틴어로는 luxuria(음욕). 가톨릭교회에서 말하는 칠죄종의 하나다.

3의 학설이 나올 수 있을 것이다."[101] 그리고 언제나처럼 그
는 고전을 인용해 자신의 견해에 힘을 싣는데, 여기서는 루
크레티우스의 책이다. 독자들이 라틴어를 이해한다고 당연
하고 편안하게 확신하면서 말이다.

Sic volvenda aetas commutat tempora rerum:
Quod fuit in pretio, fit nullo denique honore;
Porro aliud succedit, et e contemptibus exit,
Inque dies magis appetitur, floretque repertum
Laudibus, et miro est mortales inter honore.
"이와 같이, 돌아가는 세월은 사물들의 계절을 바꾼다.
가치 있었던 것이 결국 아무 명예도 없는 것이 된다.
다른 것이 계속해서 뒤를 잇고, 경멸받던 지위에서 벗어나
날이 갈수록 점점 더 추구의 대상이 되며, 발견된 뒤 찬양 속
에 꽃피고,
죽을 수밖에 없는 인간들 사이에서 놀라운 명예를 갖게 된다."
　　　　　　　―루크레티우스, 《사물의 본성에 관하여》 제5권 1275~1280행

---

101) 몽테뉴, 《수상록》 제2권 12장 (레이몽 스봉의 변호) 중에서.

64

세상과 거리를 두고 지내려고 노력해보라. 그러면 세상이 당신을 쫓아와 따라잡는다. 어느 날 당신은 한 남자와 아이를 하루에 두 번이나 본다. 그 남자는 몸을 살짝 숙이고 바다 가까이에 있다.

그는 제복 차림에 우리가 옛날에 '신발통'이라고 불렀던 커다란 군화를 신었으며, 아이를 팔에 안고 있다. 아이는 짤막한 다리와 발만 보일 따름이다. 어찌나 작은지 아이의 신발끈은 다른 누가 매어주었음이 틀림없다. 당신은 보자마자 그 아이가 죽었음을 안다. 남자의 얼굴이 그것을 말해준다. 남자는 자신 때문이 아니라 이 아이 때문에, 세계의 파탄 때문에 비통해하고 있다. 그 전날 나는 히에로니무스 보스에 관해 글을 쓴 터라 보스에 관한 책이 책상 위에 펼쳐져 있었는데, 로테르담에 걸려 있는 그의 명화가 나오는 페이지였다. 〈크리스토퍼 성인〉. 다들 아는 이야기다. 이교도인 거인 레프로보스Reprobus는 강가에서 아이를 발견하고 아이가 강을 건너고 싶어하는 걸 알아차린다. 그는 아이를 어깨에 태우고 걸어서 강을 건넌다. 가는 도중에 아이는 점점 무거워져 더는 업고 갈 수 없을 지경에 이른다. 사실 아이는 아이의 모습을 한 그리스도였다. 그 후로 그 남자는 '그리스도를 업고 가는 자'라는 뜻인 크리스토포루스라고 불린다. 모든 여행자의 수호성인. 그림 속 크리스토포루스 성인의 몸은 터키 해안의 경찰과 몸 자세가 같다. 몸을 살짝 수그린 채 아이를 조심조심 강가로, 안전한 곳으로 들고 온다. 그림 속에서 성인의 고개는 신문의 사진 속 남자와 마찬가지로 우리가 있는 곳, 오른쪽을 향한다. 하지만 또한 아이가 너무 무겁다는 듯 걷는데, 사실 그렇다. 죽음의 무게가 실려 있기 때문이다. 아이는 유럽에게 너무 무거웠다. 유럽은 존재하지 않기 때문이다. 유럽은 이 아이의 무게를 감당하지 못했다.

65

너무 터무니없어서 다른 단어를 창안해야 하는 향수鄕愁의 형태들이 있다. 거기에 수반되는 거짓말을 드러내기 위해서라도 말이다. 그렇지만 지난주 엄청난 악천후가 닥치기 전날 밤처럼, 여기서 횔덜린Hölderlin 시대의 독일 낭만주의자가 되어 달을 바라보면서 사람들이 그 위를 진짜로 걸어다녔다고 상상할 때면, 나는 그것을 향수라고 부르지 않는다. 나는 꼭 달에 가지 않아도 되고, 특히 그 우스꽝스러운 옷은 입지 않아도 된다. 아니, 거짓말에 변질된 향수라고 할 때 나는 다른 것을 의미한다. 자갈돌을 손으로 거의 만질 수 있는 돌밭에 먼지투성이인 잿빛 들판 어딘가에 착륙한 우스꽝스러운 기계에 관한 것이다. 그것은 정확히 무엇일까? 인간의 완벽한 부재? 광물의 지배성? 괴기스러울지언정 식물로 보이는 것조차도 없다는 것? 우리는 그곳에 속하지 않으나, 그럼에도 그곳에 있다, 그런 것인가? 나는 그리로 가고 싶은가? 소용돌이치는 성운과 가스, 그리고 그 훼손된 얼굴들이 있는 분화구를 향해서? 그 기계는 여전히 신호를 보낸다. 나는 그것의 기나긴 여행, 광년, 그리고 미친 듯이 펄럭이는 신부의 면사포처럼 그 불가능한 숫자를 따라가는 말도 안 되게 많은 0의 개수에 관해 익히 알고 있다. 나는 인터넷에서 플루토(명왕성)와 그 위성 카론을 찾아본다. 플루토는 지하세계의 신 하데스이다. 넵투누스(해왕성)보다 포세이돈이 더 아름다운 단어이고, 플루토보다 하데스가 더 묵직하게 들린다. 돈과 연관되어 이미 때가 묻은 이름.[102] 그 이름으로 하데스는 지하세계의 신이 될 수 있으며, 나는 벌써 그의 왕국이 끝없는 지상세계로 느껴진다. 그것의 위성인 카론은 결코 가까이 갈 수 없는 지대이다. 카론은 천국과 지옥 사이에서 파티니르Patinir의 배를 타고 노를 젓는 남자다. 이

---

102) 하데스는 풍요의 뿔을 지닌 부富의 신이며, 플루토의 어원 또한 '물질적 부'에서 왔다.

그림[103]은 프라도 미술관에 걸려 있는데, 나는 종종 그 미술관에 가서 그 그림을 보곤 했다. 왼쪽은 아직 낙원 같은 풍경이다. 초록빛 언덕에서 천사는 날개를 황홀하게 펼치고 날아오를 준비를 마쳤지만, 뱃사공 카론은 그쪽을 바라보지 않고 어두운 세계를 향해 노를 젓는 데 여념이 없다. 배에서 그의 앞에 앉아 있는 조그맣고 희멀건 영혼에는 그들이 떠나온 방향에서 비추는 광선으로 인해 아직 빛이 비치고 있다. 그들이 어두운 강 건너편 기슭을 따라가는 동안, 내 귀에는 노 젓는 소리가 들려온다. 언덕에는 불이 타오르고 물 위에는 검은 연기가 어려 있다. 그들은 어쩔 수 없이 반원 모양의 캄캄한 입구가 있는 기이한 둥근 건물을 향해 간다. 하데스의 집으로 가는 문, 갈수록 흐릿해지는 영혼의 마지막 행선지. 카론이 그림의 가장자리를 넘어 계속 배를 저어가지 않는 한 말이다.

66

그런데 향수라니? 나는 무슨 말을 하고 싶었을까? 플루

---

103) 요아힘 파티니르Joachim Patinir의 그림 〈스틱스 강을 건너는 카론〉.

토에 그 이름을 붙여준 사람이 열한 살짜리 소녀임을 나는 알고 있다. 어린아이. 그럴 수 있다. u와 o는 아이들의 소리이고, 아이라면 절대로 하데스를 이름으로 고르지는 않으리라. 그건 너무 딱딱한 단어다. 나는 인터넷의 사진 한 장으로 향수를 달래본다. 뉴 호라이즌스 호가 플루토에 최대한 근접한 지 일곱 시간 뒤에 찍은 사진이다.(사물이 사진을 찍을 수 있다. 인간 없이도 모든 것이 가능하다.) 일곱 시간, 36만 킬로미터의 거리! 여기서 그 기계는 인간으로 둔갑한다. 사진에 이렇게 설명되어 있으니 말이다. "그는 잠시 뒤를 돌아보았다." 자동차의 후면유리로? 백미러로? 그 모습이 보이는 것 같다. 그런데 그에게는 무엇이 보일까? 플루토의 완벽하게 둥근 윤곽이 그 위에 떠 있는 운무가 만들어낸 은빛 고리 안에 갇혀 있는 모습. 내가 말하는 향수가 무엇인지는 어쩌면 나조차도 모를 일이지만, 거기에 진짜 운무가 떠 있다는 생각은 행성 사진 자체만큼이나 나를 매혹한다.

우주에 덩그러니 떠 있는 그 물체의 고독 때문인지도 모른다. 사진 중 하나에서는 연한 베이지색에 어두운 빛깔의 얼룩이 여기저기 있는 플루토를 볼 수 있다. 배경은 로스코 Rothko의 그림 같은 강렬한 검은색이며, 저 멀리 사각면의 오른쪽 상단 모서리에는 방금 그 혼령을 데려다준 카론이 떠 있다. 그는 둥글고 투명에 가까운 모습이며, 이제는 노를 젓지 않아도 된다. 그다음 사진은 플루토를 확대한 것이다. 분화구들, 질소로 된 얼음의 물결. 지형도를 보듯 그 사진을 바라보던 나는 그곳을 걸어보고 싶어진다. 작은 배낭 하나, 수첩 한 권. 지도는 여행 안내서에서 잘 봐두었다. 노르게이 몬테스의 산봉우리들, 거기서 좀 더 가면 플루토의 심장이 자리한 스푸트니크 플라눔[104]이 있고, 내 눈에는 어디에도 길이 보이지 않지만 왼쪽 아래로 족히 400마일을 더 가면 크툴루 레지오가 있다. 내가 한 많은 여행은 이름—이스파한, 이타카, 아타카마—을 향한 여행이었고, 지금 나는 알고 싶다. 크툴루 레지오에는 바람이 불까? 그곳을 걸으면 얼음 갈리는 소리를 들을 수 있을까? 어떤 종류의 옷을 가져가야 할까? 그리고 그 운무, 그 빛은 표면까지 도달할까? 내 발걸음은 땅을 디딘다고 생각하는데, 닐 암스트롱은 어떻게 생각했을까? 내 무한한 부재 상태의 몇 년째 해에 사람들은 화성 위를 걷게 될까?

104) 명왕성에 있는 하트 모양의 평원.

67

일단 우주에 있게 되면, 그리 쉽게 벗어날 수 없다. 예전에 나는 집필 중이던 책 때문에 워싱턴에 있는 스미소니언 재단에 가본 적이 있는데, 그 일을 계기로 보이저Voyager 호와 특별한 관계를 맺게 되었다. 보이저 1호와 보이저 2호, 1977년부터 우주를 여행하고 있으며, 지금까지 38년가량의 그 여정 동안 NASA와 나를 제외한 거의 모든 이들에게 잊힌 여행자 둘. 그들의 소식이 뭐라도 들려올 때마다 나는 내 소설의 주인공인 헤르만 뮈서르트를 떠올릴 수밖에 없었는데, 그도 나처럼 스미소니언 재단을 방문했다.

그도 나처럼 그들을 계속 따라갔는지는 모르겠다. 그 책 《계속되는 이야기》는 1991년에 나왔고 마지막 페이지에서 내 영웅 헤르만 뮈서르트는 죽었으며, 모름지기 죽은 자들은 말을 많이 하지 않는다. 나 자신도 아직 그들을 떠나보내지 못했다. 1977년 8월 20일에 발사된 보이저 2호는 1979년 7월 9일 UTC 22시 29분에 목성을 57만 킬로미터 거리에서 통과했고, 1981년 8월 25일 03시 24분 5초에 토성을 통과했으며, 1986년 1월 24일에는 천왕성을, 마지막으로 1989년 8월 25일에는 4950킬로미터 거리에서 해왕성을 통과했다. 그리고 그 외로운 여행자가 우주를 여행하며 소식을 전송하는 그 모든 시간 동안, 나는 계속 살았고 먹었고 여행했으며 글을 썼다. 1979년 12월 19일 보이저 1호는 보이저 2호를 추월했지만, 내가 암스테르담에 있을 때 가던 카페에서는 아무도 그것에 관해 이야기하지 않았으며, 베를린에서도 그리고 이 섬에서도 마찬가지였다. 그러는 사이 보이저 2호는 목성 둘레의 고리 몇 개를 발견했다. 우주여행 전문가들 사이에서 논의되었던 거대한 붉은 점은 시계 반대 방향으로 움직이는 복잡한 폭풍으로 밝혀졌다. 하지만 가장 중요한 것은 목성의 위성인 이오Io에 활화산들이 있음을 보이저 2호가 관측했다는 사실이었다. 불쌍한 이오! 그녀는 한때 제우스의 아내 헤라를 섬기던 무녀였다. 제우스는 이오에게 한눈에 반했고, 헤라는 질투심으로 그녀를 암소로 변신시켰으며, 암소는 눈이 천 개 달린 아르고스의 감시를 받았다. 목성Jupiter의 위성이 마법에 걸린 암소라니, 뭔가 어색하다. 여행자의 수호신 헤르메스는 자신의 임무를 다해 아르고스를 죽였다. 그러자 헤라는 자신이 증오하는 이오에게 말벌을 보냈고, 그래서 이오는 쉴없이 도망다녀야 했으며 그 이후로 유피테르Jupiter라고 불리는 천체인 제우스 주위를 영원히 돌고 있다. 그들의 관계는 1979년의 우주 사진 한 장에 명확히 나타난다. 말벌에 쫓기는 이오는 자신의 숙명적인 애인 유피테르의 거대한 얼룩무늬 대리석 몸 아래에 작은 금색 구슬로 매달려 있다. 내가 그 책을 쓰고 헤르만 뮈서르트가 워싱턴의 스미소니언 항공우주 박물관을 방문했을 때, 우리는 거기까지 가 있었다. 학생과의 연애사 때문에 해고된 라틴어 교사, 그는 스스로 이렇게 말한다.

"물론 우주가 우리의 목적지라는 건 나도 잘 안다. 결국 나 역시 우주에 살게 될 것이다. 하지만 위대한 여행의 흥분을 다시는 경험하지 못할 것이다. 나는 (…) 옛날 사람, 암스트롱이 달 표면에 큼직한 줄무늬 발자국을 남기기 이전 시대에 속하는 사람이다. 그 달나라 여행 장면을 그날 오후에 또 보게 되었다. 별생각 없이 극장 비슷한 곳에 들어갔는데, 우주여행에 관한 영화가 상영되고 있었다. 자궁처럼 몸을 포근하게 감싸주는 미국식 의자에 앉아 그 우주 여행을 보기 시작했는데, 시작하자마자 바로 눈물이 솟구쳤다. (…) 감동은 예술에서 나와야 하는데, 나는 여기서 현실에 미혹되었다. 어떤 사기꾼 기술자가 시각적 속임수에 성공해 우리 발치에 월석月石이 있고 우리가 달 위에 서서 돌아다닐 수 있는 듯했다. 저 멀리서 환상 속의 지구가 빛나고 있었다. 호메로스나 오비디우스 같은 그 누구도 그토록 얇게 떠다니는 은빛 원반 위에서는 결코 신과 인간의 운명을 노래할 수 없었을 것이다. 내 발치에서 묵은 먼지 냄새가 났고, 달의 먼지구름들이 날아올라 빙

빙 돌다가 다시 내려앉는 모습이 보였다. 내 존재는 어디론가 사라졌고 그 자리를 대체할 것이 아무것도 없었다. 내 주위에 있던 사람들도 자신의 존재를 그렇게 상실했는지 나는 모르겠다. 지독하게 고요했고 우리는 달 위에 있었지만, 달은 우리가 결코 갈 수 없는 곳이었다. 우리는 동전 크기의 원반 위에, 그러니까 우주의 검은 캔버스에서 어디에도 고정되지 않고 떠서 움직이는 물체 위에 있다가 곧 강렬한 햇빛을 받으며 밖으로 나갈 터였다. (…) 거기 보이저 호가 항해하고 있었다. 인간이 만든 터무니없는 기계, 텅 빈 우주에서 반짝이는 거미 한 마리. 그것은 견딜 수 없을 만큼 무거운 얼음 밑에서 고통받는 바위들의 슬픔 말고는 어떤 슬픔도 존재한 적 없는 생명체 없는 행성들을 스쳐 지나갔고, 나는 울었다. 항해자는 영영 우리를 떠나 멀리 항해했고, 이따금 삐, 삐, 삐 소리를 내며 사진을 찍었다. 우리가 살아가야 하는 지구와 함께 불타는 가스 덩어리 주위를 돌고 있는, 차갑거나 뜨거운, 하지만 생명체 없는 그 모든 구체球體들을. 그리고 우리를 둘러싼 어둠 속에 숨어 있던 스피커들은 우리를 음악으로 뒤덮었다. 음악은 그 고독한 금속 항해자에게 수반되는 침묵을 필사적으로 날조하려고 애썼다. 그리고 바로 그 순간 몽롱한 목소리 하나가 처음에는 반쯤만 들리더니 그다음에는 거의 솔로 악기처럼 설득력 있게 우리를 향해 말하기 시작했다. '항해자는 9만 년 뒤에 우리 은하계의 경계에 도달할 것입니다.' 그 목소리는 잠시 말을 멈추었고, 음악 소리가 유독한 파도처럼 밀려와 서서히 커지더니 다시 조용해졌고, 그래서 그 목소리는 치명타를 날릴 수 있었다. '그러면 우리는 그 영원한 질문들의 답을 알게 될지도 모릅니다.'

상영관 안에 있던 휴머노이드들은 움찔했다.

'거기 누구 있나요?'

이제 내 주위는 항해자가 어떤 우주의 빛에 반짝이며 소리 없이 가로질러 날아가버린 우주의 텅 빈 거리처럼 조용했다. 9만 년 중 이제 5년이다. 9만 년! 우리 유골의 재의 재의 재는 그때가 오기 한참 전에 우리의 기원을 부인할 것이다. 우리는 거기에 결코 존재하지 않았던 사람들이다!

음악이 점점 커졌다. (…) 그 목소리가 마지막 말을 던졌다.

'우주에는 우리들뿐일까요?'"[105]

68

공상과학의 세계를 제외하면, 대답은 여전히 '그렇다'이

---

105) 세스 노터봄, 《계속되는 이야기》.

다. 우주에는 우리밖에 없다. 어쩌면 내 향수는 그것과 관련 있을지도 모르겠다. 이 섬의 북쪽 해안 파바리트Favàritx라는 이름의 호젓한 등대 주변에는 현무암 색깔의 돌투성이 자연 지대가 있다. 지난주에 큰 폭풍이 지나간 뒤 일종의 못이 형성되어, 이제 나는 우주 생각을 더는 하지 않게 되었다. 하지만 보통 그 못에는 물이 없고 식물도 없다. 검은 돌 부스러기들이 여기저기 흩어져 있고, NASA의 사진에서처럼 햇빛이 아주 쨍한 날에는 거기서 우주탐사선을 상상하기가 어렵지 않다. 사진을 찍기만 하는 것이 아니라 찍히기도 하는, 멀리 있는 금속 물체. 나는 우주 사진이라면 무한정 바라볼 수 있는데, 이는 아마도 우리가 스미소니언에서 달의 먼지를 발로 밟고 서 있었던 한 번의 일에서 비롯되었는지도 모른다. 그런 일은 절대로 잊지 못하는 법이니까. 그 모든 사진들 덕분에 우리는 행성들이 어떻게 생겼는지 안다. 이제 우리가 원하는 것은 불가능한 일들이다. 그곳을 걷기, 그러다가 뭇 돌들 사이에서 도마뱀이나 쥐에 깜짝 놀라기. 우리 집에서 멀지 않은 곳에는 이슬라 델라이레Isla del Aire, '공기의 섬'이 있다. 예전에는 거기까지 30분이면 노를 저어 갈 수 있었는데, 지금은 금지되었을 것이다. 그게 가능했던 시절에 나는 그 섬에 갔었다. 오솔길 하나, 메마른 덤불, 엉겅퀴, 사방에는 돌과 먼지. 거기에도 무인 등대지만 여전히 불을 밝히는 등대 하나가 서 있다. 지중해가 위험한 바다가 되는 날들이 있다. 올해에만 그 바다에서 벌써 3000명의 난민이 익사했다. 그들이 혹시 그 작은 섬에 좌초한다면 거기서 검은 도마뱀들을 맞닥뜨릴 텐데, 그것들은 겨우 수백 평방미터밖에 되지 않는 그 섬에만 나타난다. 착각한 조난자는 자신이 소행성에 착륙했다고 생각할 수도 있으리라. 그에게 들릴 소리라고는 바람과 밀려오는 파도, 메뚜기와 도마뱀이 부스럭거리는 소리뿐이다.

69

그러는 사이 셰익스피어의 작품과 신화에는 두 보이저호가 발견한 것과 촬영한 이미지를 기록하기 위한 이름들이 거의 바닥났다. 코델리아, 퍽, 오필리아, 크레시다[106]는 천왕성을 도는 위성들이다. 알려진 지는 이미 오래되었지만 우리가 아직 본 적은 없는 흑백의 이아페투스, 그리고 움푹 들어가서 한 대 맞은 듯한 미마스[107]는 중력이라는 우리 속의 표범처럼 토성 주위를 영원히 순환한다. 누가 계속 듣고

---

106) 셰익스피어의 희곡에 나오는 인물 이름.
107) 이아페투스, 미마스는 모두 그리스 신화에서 가이아의 자식들이다.

있는지는 모르지만 보이저 호는 변함없이 우리와 이야기하고 있으며, 우리가 존재하지 않는다 해도 계속 그렇게 할 것이다. 2013년 9월 14일 〈내셔널 지오그래픽〉은 굉장한 소식을 전해왔다. 보이저 1호는 2012년 8월 25일에 태양계를 떠났으며 인류가 만든 물체 중 첫 번째로 성간우주에 진입했다는. 거기, 태양계의 끝자락에서 태양풍은 성간풍이 된다. 우리 은하계의 별 수천 개가 폭발한 찌꺼기가 남아 있는 숲 지대다. 혹은 〈내셔널 지오그래픽〉의 말마따나, "태양풍은 시속 1.6킬로미터의 강도로 우주 공간에 불고 우리 별을 비누방울처럼 에워싼다." 이 바람과 저 바람 사이, 태양계의 바람과 성간우주의 바람 사이에 아직 명명되지 않은 지대가 있다. 그런데 그다음 이야기는 하도 복잡해져서 나는 머리 숙여 절을 한 뒤 내 정원으로 물러간다. 언제 누가 와서 다 말해주겠지. 그러면 나는 동화를 듣는 아이처럼 그 이야기를 들을 것이다.

70

끙끙 앓던 히비스커스가 봉오리를 맺었다. 두 달 동안 물을 주고 말을 건넸더니, 결핵에 걸린 그 아이가 살고 싶다는 신호를 보내온다. 주변에 세템브리니[108]가 없고 나는 토마스 만이 아니기에 이 몇 줄로 그치겠지마는, 어쨌든 인내는 보상받는다. 헐벗은 가련한 가지들. 그 옆에 있는 다른 두 식물은 나중에 사온 것인데, 죽고 말았지만 분명 같은 병 때문은 아니었다. 그러니 애도는 하지 않는다. 이 히비스커스는 두 그루 중 하나였다. 여름 초입에 시모너는 더는 두고볼 수가 없어서 두 번째 히비스커스—병으로 고통받던 쇼팽의 막바지 모습처럼 보이기 시작하던—를 화분에 옮겨 심었다.(피아노의 하얀 건반에 떨어진 코넬 와일드[109]의 핏자국을 나는 결코 잊지 못한다.) 나는 첫 번째 히비스커스—그 뒤 '내 것'이라고 부른—를 살리고 싶었다. 시모너의 것은 큰 선인장들 옆 자신의 보호구역에서 연이어 꽃을 피웠다. 그런데 내 것은 계속 찡그린 채 죽을상을 짓다가 임종을 맞는 얼굴을 하더니, 무언가에 복수를 하고 싶은 듯했다. 그때 나는 헬렌 맥도널드가 쓴 매에 관한 멋진 책(《메이블 이야기》)을 읽고 있었는데, 그녀는 자신과 마찬가지로 매를 훈련하려고 시도하는 화이트의 비극적인 책을 읽는다. 하지만 안타깝게도 자신과 매에 대한 통찰력이 결정적으로 부족해 길들이기에 실패하는

---

108) 토마스 만의 소설 《마魔의 산》에 나오는 인물.
109) Cornel Wilde(1912~1989), 미국의 영화배우. 쇼팽의 일대기를 그린 영화 〈송 투 리멤버A Song to Remember〉에서 쇼팽 역을 맡았다.

바람에 애정은 증오로 변하고 만다. 나도 그랬을까? 아니다. 나는 고집스럽게, 하지만 애정을 갖고 계속 밀고 나갔다. 그리고 여름이 다 지난 후, 오늘 첫 번째 봉오리를 맺은 것이다. 폭풍과 엄청난 비 때문이었을까? 자연이 다 결정하는 걸까? 여전히 난쟁이의 모습을 한 앙상한 식물이지만, 깃발처럼 또는 처음으로 완성한 시처럼 그 꽃 한송이를 공중에 들고 있다. 나는 실내에 살지 않는 선인장들이 언제 꽃을 피우는지 알지 못한다. 스스로 수정하는지 아니면 때맞춰 벌이 오는지, 아니면 어떤 계절이 되어야 하는지도 나는 모르겠고, 이 섬에서 나에게 그걸 말해줄 수 있는 사람을 알지 못한다. 그것이 이번 달의 두 번째 신비이다. 홈이 깊게 쭉 나 있고 붉은 가시로 덮여 있으며 땅에 바짝 붙어 있는 또 다른 식물은 내 생각에 이름이 페로칵투스Ferocactus[110]인데, 내가 아무것도 해주지 않았는데도 비가 내린 뒤 홀연 네 송이의 꽃을 피웠다. 이 선인장은 이태 동안 내 작업실 뒤편에 미동도 없이, 쥐죽은 듯, 마치 조용한 위험지대에 있는 것처럼 서 있다가 그렇게 꽃을 피웠다. 오렌지색이 섞인 황토색 꽃, 그리고 다문 봉오리 위에 선명한 노란색의 쪼그만 별 하나. 꽃 위의 꽃. 마치 수도사가 아이를 밴 것만 같다. 나는

---

110) 왕관룡선인장.

왕관룡선인장.

수녀가 아니라 수도사를 말하고 있다. 로봇이라는 단어를 만들었다고 하는 체코 작가 카렐 차페크는 1929년에 정원사의 한 해를 다룬 짧은 책[111] 한 권을 썼는데, 그 책에는 선인장 애호가와 그들의 다양한 종파에 관한 엄청난 이론들을 다룬, 짧지만 유쾌한 장이 있다.

열광적인 선인장 애호가 세 명이 나누는 터무니없는 대화

---

111) 카렐 차페크, 《정원가의 열두 달》.

가 주 내용으로, 유럽의 그 지역 출신만이 쓸 수 있는 글이다. 결국 카프카도 체코인이었다. "어떤 흙이 가장 좋은가요? 물은 정말로 온도가 23.789도여야 합니까?" "아니, 아니요. 이틀에 한 번, 멸균수를 1입방센티미터당 0.111111그램의 비율로 줘야 합니다. 온도는 가급적 주변 공기보다 0.5도 높아야 하고요."

나의 수도사는 혼자서 그걸 다 했다. 내게 뭔가를 물어보거나 말하지 않고 거북이처럼 느릿느릿 자신의 가시들 사이로 유색의 네쌍둥이를 낳았다.

71

밤. 내가 어디에 있었는지 찾아본다. 섬에 돌아왔다. 겨울. 23시 20분, 정원 바로 위에 오리온이 떠 있다. 세상에 다녀왔다. 테러, 난민. 이 나라에는 아무것도 해결해주지 않은 선거. 아르투르 마스의 희비극. 에우리피데스가 아니고 아리스토파네스이거나, 그조차도 아니다. 정당 네 개, 그리고 대립을 추구하는 스페인 사람의 기질. 스페인에는 간척지가 없다.[112] 그리고 네덜란드는 카멜레온에게서 교훈을 배우려고 애쓰는 정당 두 개가 통치한다. 사회주의자는 아직 이름이 없는 뭔가로 어떻게 변신할 것인가? 자유주의자는 어떻게 포퓰리스트로 변신할 것인가? 그리고 데우스 엑스 마키나deus ex machina로서의 난민, 풍경을 영원히 바꿀 사람들, 미래의 동포.

이 메모를 일기로 만들 의도는 전혀 없었다. 나는 안으로 들어가고 싶었다, 더이상 바깥으로가 아니라. 바깥에는 이미 아주 오래, 그리고 아주 자주 있었다. 내가 그곳에서, 내 시대에서 제거되었다는 느낌. 억센 손에 의해. 네덜란드어로 나이leeftijd는 중의적인 단어다. 시간tijd은 돌이킬 수 없는 방식으로 가버리지만, 삶leven은 변화하며 자신의 마지막에 익숙해지고 싶어한다. 거기에 측은한 점은 없고, 정원은 가르쳐주는 점이 많다. 겨울 속 이상한 여름이다. 두 달 집을 비웠는데, 기둥 선인장의 술기 한 군데가 갈라졌다. 상처를 살펴보니 회복할 거라는 생각이 든다. 나는 상처에 손가락을 넣을 수 있으며, 의심 없는 토마스[113]다. 다육식물 두 개에는 마치 축제처럼 보라색 꽃이 피었다. 셰크는 집 옆에 있는 야생 올리브 나무를 앙상한 뼈대의 줄기 상태로 만들어놓았다. 시내의 항구는 비었고, 상점들은 거의 다 문을 닫

---

112) 네덜란드의 합의 문화를 뜻하는 '폴더(간척지) 모델'에 빗댄 말.
113) 요한복음에 나오는 '의심 많은 토마스'에 빗댄 말.

았다. 밤은 유례없이 고요하다. 오늘 저녁에 바다로 차를 몰고 가 한참 서서 소리를 들었다. 두 달 전에 나는 수르바란 호의 갑판 위에서 섬이 사라지는 모습을 보았다. 섬은 닳아 없어지고 있었다. 처음에는 알아볼 수 있는 것들, 해안 앞의 바위들, 마을, 만, 등대가. 나중에는 알아볼 수 없는 것들, 혹은 여전히 뭔가를 말하고 싶어하는 거의 알아볼 수 없는 것들이. 윤곽, 안개 형태의 육지, 그다음에는 정말 더이상 아무것도 없음, 무한한 느림이라는 검은 춤, 세상없이 완만한 하강과 상승, 행성의 호흡. 이제 나는 내 다른 삶에 새롭게 적응해야 한다. 영속적인 이행.

72

나는 아우구스티누스가 마치 그 순간에 해야 하는 것이나 생각해야 하는 것이 성경책에 적혀 있기라도 한 듯 무작위로 성경의 한 페이지를 펼치곤 했다는 이야기를 읽고 있다. 로마인들은 베르길리우스의 책으로 그렇게 했다. 나도 해본다. 《아이네이스》 제6권. 그러자 느릅나무, 울무스 오파카Ulmus opaca가 나온다. 그늘을 짙게 드리운 거대한 나무. 그 나무는 태고의 팔들을 지녔고, 잎들마다 거짓 꿈들, 솜니아 바나somnia vana가 매달려 있다. 나는 그 나무를 눈앞에 그려본다. 나무는 우리 집 정원 구석에 있는 벨라 솜브라를 닮았다. 이 시간에는 보이지 않고 내가 오늘 밤 꾸고 싶지 않은 어두운 꿈과 비슷하다. 나는 시구의 음율을 읽어본다. 유령의 함정, 몸통이 셋인 거인, 하르피이아, 괴수들에 맞서는 어둠 속의 아이네아스. 하지만 만약 그가 그것들을 공격해 칼로 내리친다면, 그것들은 망령, 실체 없는 허상, 그림자라는 적에 지나지 않는다.[114] 그리고 으레 그래야 한다는 듯 이웃들의 거위 소리가 멀리서 들려오고, 그들은 어떤 소리에 깨어나 자신의 악몽을 꾼다.

73

한 해의 첫날. 지난밤 불꽃놀이는 없었다. 주위가 검은색 벨벳 망토에 온통 뒤덮였고, 섬이 밤중에 항해하는 배 같다는 느낌이 그 어느 때보다도 강하게 들었다.

책장에서 책 한 권을 꺼낸다. 말라르메. 그 차가운 대리석, 조각된 완전함에 겁을 먹고 수년 동안 들춰보지 않았

---

114) 베르길리우스,《아이네이스》제6권, 282~294행.

다. 읽는 시가 있고, 읽기 전에 응시하는 시가 있다. 나는 포와 보들레르를 위한 무덤 소네트[115)]를 읽지만, 먼저 테르치네terzine의 각운을 응시한다. a, a, b-c, b, c(말라르메의 시에서는 "grief/relief/s'orne-obscur/borne/futur"). 그런 다음 큰 소리로 읽어보는데 스타카토와 잔물결 사이 중간쯤으로 들리고, 나는 또다시 배 위에 있다. 책 뒷부분에 간략한 연보가 나와 있는데, 그중 1866년—그때 그는 스물네 살이었다—항목에 수신인이 누구인지는 나와 있지 않아도 편지임이 분명한 구절이 인용되어 있다.

그는 비극으로 착수한 시집《에로디아드Hérodiade》를 오랫동안 작업하고 있었는데, 뜬금없이 이런 구절이 나온다. "나는 이 정도까지 시구를 파고들면서, 나를 절망하게 하는 두 심연과 맞닥뜨렸습니다. 그중 하나는 무無인데, 불교에 대해 잘 모르면서도 거기에 도달했지요. 아직도 너무 침통한 상태라서 내 시를 믿을 수 없고, 이런 생각에 짓눌린 나머지 포기했던 작업을 다시 시작할 수도 없습니다. 그래요, 나도 알고 있어요, 우리는 물질의 허망한 형식에 불과하다는 것을. 그러나 신과 우리의 영혼을 창조했을 만큼 숭고한

---

115) 말라르메의 시 〈에드거 포의 무덤Le tombeau d'Edgar Poe〉과 〈샤를 보들레르의 무덤Le tombeau de Charles Baudelaire〉.

형식이라는 것을."[116]

심연 앞에 다다른 시인의 이미지에서 나는 그루초 막스 Groucho Marx에 대한 불손한 생각이 떠올랐다. 그는 이렇게 말한 적이 있다. "우리는 심연의 끝자락에 서 있었으나, 한 걸음을 내디뎠다." 하지만 이는 정확히 말라르메가 한 말이었다. 처음에는 두 해가 걸렸던 한 걸음, 그다음에는 그의 평생. 그 첫 두 해가 지나고 1868년에 그는 프랑수아 코페 François Coppée에게 이렇게 쓴다. "두 해 전에 저는 꿈을 이상적인 나신裸身으로 보는 죄를 저질렀습니다. (⋯) 그리고 이제 순수한 작품의 무시무시한 시상詩想에 도달해 거의 이성을 잃을 지경입니다." 그리고 한 달 후에는 외젠 르페뷔르 Eugène Lefébure에게 다음과 같이 편지를 쓰는데, 르페뷔르는 그가 첫 번째 심연을 눈앞에서 보았을 때 함께 살던 친구였다. "결정적으로, 저는 절대에서 내려왔습니다. (⋯) 하지만 두 해 동안의 빈번한 방문이 저에게 어떤 흔적을 남겨 놓았으며, 저는 그 축성식sacre을 거행하고자 합니다⋯." 축성식, 즉위, 왕의 성유의식, 성스러운 축하. 봄의 제전Le Sacre du Printemps.[117] 이 단어는 해석하기가 쉽지 않다. 스트라빈스키의 음악을 떠올리면 큰불, 종교재판 후의 화형, 이단자들

---

116) 말라르메가 1866년 4월 친구 카잘리스에게 보낸 편지의 한 구절.
117) 이고르 스트라빈스키의 발레 음악의 제목.

이 타 죽은 불이 보인다. 말라르메가 추구한 것은 절대성을 표현하는 시였다. 그것을 어떻게 정의하든, 과장된 모든 것에서 벗어나는 시. 수 세기에 걸쳐 눌러붙은 모든 것들, 피할 수 없는 과거의 거대한 유산. 나는 그저 말레비치나 몬드리안과 비교할 수 있을 따름이다. 1913년 파리에서 스트라빈스키의 〈봄의 제전〉이 초연되었을 때 관객들이 극장을 나가버린 데는 사정이 있었다. 그 소리들은 아직 존재하지 않았던 것이다. 먼저 그것을 위한 귀가 만들어졌어야 했다. 말라르메는 위기를 겪고 한 해 뒤에 데카르트를 읽는다. 그리고 한 해도 지나지 않아 언어학의 비밀을 파고든다. 우리는 예술이라는 바닥짐에서 벗어날 수 있을지도 모른다. 하지만 언어라는 바닥짐에서 벗어나는 건 그리 호락호락하지 않다. 글을 쓰기 위해 사용하는 언어를 없앨 수는 없는 노릇이니 말이다. 언어는 그 자체로 바닥짐이며, 사라진 수많은 입이 말했던 유서 깊은 단어들이 우리의 입에 남긴 유산이다. 침묵한 사람은 없으며, 지금도 부모·조상·군인·농부·걸인·성직자·창녀·점쟁이 할 것 없이 다들 우리와 함께 말하고 있다.

74

벨라 솜브라는 옴이라도 오른 듯 몸을 흔들어 잎들을 털
어내고, 거센 바람에 종려나무 가지 하나가 부러졌다. 채소
와 과일을 사러 시장의 세군디나에게 갔더니 그녀는 겨울 속
여름에 관해 이야기한다. 그녀는 좋긴 하지만 그래도 마음이
편하지는 않다. 북극의 온도가 여느 겨울에는 영하 40도였는
데 지금은 영상 2도라는 기사를 섬의 신문에서 읽었다고 한
다. 결코 좋은 징조가 아니며, 마치 재앙이 서서히 우리에게
로 다가오는 것 같다. 우리가 없는 동안 엄청난 폭풍이 왔었
다고 그녀가 말해준다. 목숨이 위험할 지경이었으며, 항구
위 시장 뒤편의 작은 광장에 있는 벨라 솜브라 몇 그루는 부
러지거나 바람에 쓰러졌다. 내가 다 봤느냐고? 아니다. 그래
서 나는 거기에, 전사자들이 잔뜩 쓰러져 있는 전쟁터에 가
보았다. 아프리카에서 바오밥이라고 부르는 벨라 솜브라는
튼튼한 나무가 아니다. 물이 가득 들었고 엄청나게 크지만
연약하다. 나무들은 하나같이 대폭 부러져 있었고, 두 그루
는 남은 부분이 거의 없었다. 무시무시한 그 코끼리 다리들
은 뿌리까지 뽑히진 않은 채 아직 남아 있고, 로테르담에 있
는 자드킨Zadkine의 조각작품[118]을 연상시키는 자세로 잘려
나간 뒤 남은 뭉툭한 팔을 공중에 뻗고 있다. 전쟁의 희생자

들이지만 아직 죽지는 않았다. 절단된 사지에서 작은 초록색 잎들이 다시 돋아난다. '아름다운 그늘bella sombra' 나무들은 그 광장에서 자기 모순적인 존재가 되었으며, 다시 그늘을 드리우기까지는 시간이 한참 걸릴 것이다. 우리 집 정원에 있는 것은 잘 견뎌주었다. 나는 그 낙엽을 겸허히 쓸어모으면서 나무에게 감사하고 싶어진다. 혹시라도 바람에 쓰러졌다면 족히 담장의 절반은 덮쳤을 테고 재앙이었을 것이다. 나는 그 나무가 나보다 오래 살아남으리라 믿는다. 나무에게 그렇게 말한다. 늘 그렇지만 내 말을 들었는지는 모르겠다.

75

절대시絶對詩란 무엇인가? 말라르메는 자신의 운명적 심연에 직면했던 바로 그해에 '바다의 미풍Brise marine'이라는 제목의 시를 쓴다. 낭만주의 시인 슬라우어르호프Slauerhoff의 마음에 들 만한 시다. 아직은 나중에 그가 원하는 대로 간추리기 전으로, 여기서 시인은 여전히 그의 감수성을 지

---

118) 2차 세계대전 중 공습으로 파괴된 로테르담에 세운 기념물 〈파괴된 도시〉를 말한다.

니고 있으며, 언어는 아직 의미를 쫓아내지 않았다. 그가 이미 짐작할 수밖에 없었고 앞으로 여생 동안 깊이 생각하게 될 자율적인 건축물은 저 멀리 떠 있는 환영이며 지금은 불가능한 언명이다. 여기서 시인은 그저 떠나고 싶을 따름이다. 뱃사람들과 함께, 바다로, 자신의 삶에서 벗어나.

> 한 권태 있어, 공허한 희망에 패배하고도
> 손수건들의 마지막 이별을 아직 믿는구나!
> 그래 너, 폭풍우 속에서 돛대도 널판도 없이 떠돌다가
> 저 섬들의 품에서 종적을 잃은 기선이여,
> 매혹적인 운명이 난파의 몫으로 삼는 돛대에 속하려느냐.
> 그러나, 내 마음이여, 수부들의 노래를 들어라![119)

76

우리는 데이비드 보위를 통해 어떻게 (다시) 곰브로비치에 닿게 되는가? 전자는 죽었고, 후자 역시 나를 그냥 내버려두지 않는다. 오늘 아침 〈엘 파이스〉에는 보위의 사진이 다양

---

119) 〈바다의 미풍〉중에서. 말라르메는 1866년 이 시를 발표하기 전에 수정을 거쳤는데, 본문에 인용된 구절은 이 시의 초기 상태다.

하게 실렸다. 항상 다른 남자, 부단히 다른 누군가가 되고 싶었던 사람, 하나의 정체성 안에 자신을 가두려고 하지 않았던 사람. 이탈리아의 일간지 〈코리에레 델라 세라Corriere della Sera〉는 교황청의 라바시 추기경이 보위의 1969년 발표곡 〈스페이스 오디티Space Oddity〉 몇 구절을 트윗했다고 알려준다. "지상 관제소에서 우주비행사 톰 소령에게Ground Control to Major Tom" 그리고 바티칸 신문은 보위가 "진부한 적이 없었다"고 전한다. 어제저녁 그의 인생에서 중요한 5년을 다룬 다큐멘터리가 방송되었는데, 영상 속에서 그는 사실 자신은 '누구도' 되고 싶지 않았으며, 역할을 맡아 연기를 했을 뿐이라고 말했다. 그러니 추기경의 말에 관해서는 입증된 셈이다. 곰브로비치가 끊임없이 집착한 것에는 '미성숙함'이 함께했다. 아직 누군가가 되지 않아도 되는 가능성, 아직 최종적인 형태를 가질 필요가 없다는 것. 이슈트반 외르시István Eörsi는 자신의 저서 《곰브로비치와의 날들Tage mit Gombrowicz》(1997)에서 이렇게 말한다. "그의 책 《페르디두르케》에서 '성숙'의 형태들은 학교, 계몽된 중산층 가정, 그리고 보수적인 지주 귀족이라는 삶의 세 가지 틀을 총괄한다. 주인공은 성년의 나이에 내재해 있는 불가피한 '성숙'의 형태에 진저리를 치고 사춘기로 퇴행하며, 자신에게 부과된 그 세 가지 틀을 허술하고 참을 수 없는 것으로 여긴다. (…)

미성숙에 대한 곰브로비치의 갈망은 그가 죽음에 이를 때까지 계속되었는데, 한편으로 그것은 잃어버린 유년에 대한 슬픔이기도 하다."

어제 본 영상에서도 그와 비슷한 일이 벌어지고 있었다. 시간은 보위에게 힘을 쓰지 못하는 듯 보였다. 다른 사람의 눈에 줄곧 다른 누군가로 보이는 사람은 늙을 수가 없기에, 어제 실제로 누가 죽었는지 알기란 거의 불가능하다. 첫 촬영은 1970년대 초, 마지막은 1983년이었는데, 세월이 흐르는 동안 그는 갈수록 더 젊어지는 듯했다. 때로는 에페베 ephebe[120]처럼 아름다웠고, 금빛 머리칼의 천사처럼, 혼령처럼 무게가 거의 없는 상태로 무대 위에서 춤추는 것 같았다. 그를 위해 연주했던 흑인 음악가 한 사람은 그가 "너무 희어서 투명할 정도"라고 했으며, 심지어 록 시기에도 그에게는 믿기 어려울 정도로 찰나적인 무언가가 있었다. 그는 만들어낸 자신의 형상 중 하나에서 번번이 자신을 다시 해방하는 듯했다. 그럴 때면 전적으로 다른 사람들 앞에서 되고 싶어한 모습이었다. 더없이 열렬하게. 그가 공연하는 동안, 여성들은 그야말로 그를 무대에서 낚아채려고 했다. 마치 그를 갈기갈기 찢거나 다 함께 강간할 수 있다는 듯이, 오르페

---

120) 고대 그리스에서 18~20세기의 청년을 일컫은 말.

우스가 마이나데스[121)의 손에 찢긴 것처럼, 아니면 자신이 창조한 명성의 신화에서 너무 멀리 가는 사람들에게 일어나는 일처럼.

그런데 곰브로비치는? 지난해 나는 취리히에서 그의 작품《부르고뉴 공주 이보나》를 보았다. 읽어보면 여간해서는 수긍이 가지 않는 희곡이다. 그도 그럴 것이, 무척 못생겼을 뿐만 아니라 잘생긴 젊은 왕자가 결혼하고 싶다고 말하는데도 한마디 말도 하지 않고 아무 반응도 보이지 않는 여자에게 어떻게 왕자가 반할 수 있단 말인가? 사람들 말에 따르면, 곰브로비치는 이 작품의 공연을 딱 한 번, 파리에서 보았다고 한다. 따라서 나는 그가 죽은 지 한참 지나서 그 공연을 본 셈인데, 그가 바로 이 공연을 보았다면 얼마나 좋을까 하고 생각했다. 그의 작품에서 낯설고 접근하기 어려워 보였던 면들이 그 공연에서는 돌연 전부 다 투명하고 선명해진 까닭이었다. 배역은 전적으로 남자 배우들이 연기했다. 왕비이자 어머니는 영락없이 과도한 수준의 복장 도착자였는데, 높이가 0.5미터는 되는 곤추선 가발을 쓰고, 그런 유형의 클리셰에 걸맞게 과장된 몸짓을 하며 늙은 호모처럼 움직였으니 말이다. 하지만 사랑받는 공주도 마찬가지였다!

---

121) 주신酒神 디오니소스를 모시는 여사제들.

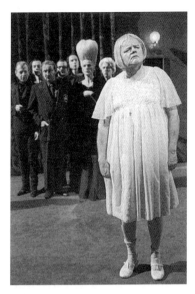

부르고뉴 공주 이보나로 분한 고트프리트 브라이트푸스. 바르바라 프레이 연출, 2015년 취리히 시립극장.

부조리를 극단으로 끌고 가기 위해 모든 것이 행해졌다. 그
녀는 너무 짧은 흰색 첫 영성체 드레스를 입은 벨기에 푸주
한처럼 보였고, 왕자는 정말로 그녀에게 반했다. 그런데 이
모든 것이 데이비드 보위와 대관절 무슨 상관인가? 그 다큐
멘터리에서 보위가 자신에 대해 말한 몇 안 되는 순간에, 우
리는 그의 삶이었던 무자비한 게임을 감지할 수 있었다. 그
것은 곰브로비치가 개선하지 못했을 수도 있던 하나의 예술

작품이었다.

77

마법. 이것에 관해 쓰고 싶었는데, 마침 그 순간 컴퓨터가 욱하고 성질을 부렸다. 우리는 서로 사이가 좋지 않다. 글이 잘 풀리는가 싶으면 어김없이 위험 신호가 나타나고, 그러면 나는 그 신호를 무시한다. 거기에는 복수가 따라오는데, 이만저만한 정도가 아니다. 오른쪽 문장 하단의 불규칙한 여백이 돌연 앞쪽으로 튀어올랐고, 오른쪽 줄들이 눈금자처럼 정렬되었다. 마법에 걸린 페이지, 내가 쓰려고 한 내용에 딱 들어맞았다. 멀리 있는 섬에서 그런 순간이 닥쳐오면 나를 도와줄 구조대가 없고, 그래서 혼자 힘으로 구조를 시도했으나, 파괴적인 번개가 치면서 페이지 전체가 사라지고 말았다. 단어들이 으스러지고 뜯어먹혀 구멍만 남았다. 내가 틀어놓은 CD는 얀 판 플레이먼Jan Van Vlijmen의 '지옥 Inferno'이었는데, 그는 나를 해칠 마음이 없는 작고한 작곡자이므로, 그 음악이 원인일 수는 없었다. 나는 잃어버린 단어들을 기억하려고 해보았지만, 되찾은 말들은 절대로 그 전과 동일한 단어들이 아님을 경험으로 알고 있다. 사라진 단어들은 신성한 단어들이다. 나는 잠시 그렇게 앉아서 때로 격렬해지는 '지옥'의 음조에 파묻혔다. 과소평가된 음악, 레인버르트 더 레이우Reinbert De Leeuw가 이끄는 쇤베르크 앙상블의 연주. 나는 얀 판 플레이먼에 대한 생각에 잠겼다. 내가 자주 방문했던 노르망디에 있는 그의 집, 그리고 그 작곡가가 빵과 신문을 사러 옆 마을까지 날마다 걸어서 오가는 8킬로미터에 대해서도. '지옥'의 목소리는 높고 살기 힘든 지대를 가로질러 갔지만, 나는 복수심에 불타는 기계를 더는 배겨내지 못하고 밖으로 나갔다. 그래도 나에게는 든든한 파수꾼처럼 늘 작업실을 에워싸고 있는 선인장들이 있다. 항상 매우 푸르고 뻣뻣하게 곧추서 있는 기둥선인장은 자신의 성격에 맞지 않게 이음새 하나가 찢어졌는데, 나는 벌써 일주일 동안 그 상처를 걱정하고 있었다. 셰크에게 조언을 구하니, 별일 아니며 저절로 아물 거라고 답했다. 나는 그 열상의 상태를 느껴보려고 손가락을 찔러넣었다가 그 안에 작은 초록 달팽이가 들어 있는 것을 알았다. 보다 정확하게 말하면, 아주 조그만 초록 달팽이가 흥미로운 초록색의 달팽이 집 안에 살고 있는 것을 발견했다. 나는 길쭉한 수직의 상처 안을 막대기로 뒤적여 그것을 꺼내 축축한 땅에 살그머니 내려놓았다. 자, 오늘은 마법의 날이다. '지옥'이 작업실 밖에까지 아직 들려오는 동안, 상처 안에 또 다른 작은 달팽이가 들어 있는 것이 보였기 때문이다. 똑같은 녀석인가? 그것은 여기서 결코 풀리지 않을 수수께끼이고, 마법에 속하는 일이며, 정확히 내가 쓰고 싶었던 것이다. 이곳에서 이 계절에는 자연이 약간 마법에 걸리기 때문이다. 먹구름이 끼었는데도 들판은 노란 야생화로 가득하고, 거친 바람이 불어온다. 그러다가 또다시 크나큰 적막이 내려앉는다. 마치 자연이 숨을 참고 있는 것처럼. 어제 나는 섬의 반대편으로 차를 몰아 섬 여기저기에 흩어져 있는 선사시대 유적을 찾아보러 갔다. 그 유적을 구성하는 돌들은 사람이 절대로 들어올리지 못하는 크기로 열 개도 들지 못할 것 같은데, 누군가가 바로 그런 일을 해냈다. 이런 탐험을 하기에는 겨울이 최적기이다. 북쪽에서 온 이들은 다 떠났고, 거의 언제나 나 혼자서 생면부지의 죽은 사람들이 가득한, 마법에 걸린 풍경 속을 걷는다. 내가 가는 곳의 지명은 손 카틀라르Son Catlar였다. 그날 내가 가장 먼저 맞닥뜨린 유적은 수도 메노르카로 가는 길가에 있는 엎어놓은 배 나베타 데스 투돈스Naveta des Tudons였다. '나베타naveta'에 '배'라는 단어가 들어 있지만,[122] 사실 그것은 뒤집힌 배 모양의 거석巨石 건

---

[122] 배를 뜻하는 라틴어는 '나비스navis'이며, 스페인어로 '나베타naveta'는 교회에서 쓰는 배 모양의 작은 잔이나 소형 향료 그릇을 의미한다. 발레아레스 섬의 거석 유적을 뜻하기도 한다.

나베타 데스 투돈스.

축물이다. 서쪽에 작은 구멍이 나 있고, 엎드리면 그 구멍으로 안을 들여다볼 수 있다. 배가 아닌 이 배의 바닥에 죽은 사람을 안치했고, 더러는 항아리나 장신구 또는 다른 물건들이 그 옆에 놓였다. 말들은 남겨두지 않았다. 글을 쓰지 않은 것이다. 죽은 사람이 썩어 사그라지면 유골을 수습해 더 먼 곳에 가져다 놓는데, 그럼으로써 다른 망자들을 위한 자리가 다시 생긴다. 나는 흙냄새 풍기는 그 어둡고 텅 빈 공간을 들여다본다. 배의 벽들은 위로 갈수록 안쪽으로 기울어져 있고, 맨 아래쪽에 제일 큰 돌들이 깔려 있다. 지금으로부터 3000년 전, 저 멀리 윤곽으로 보이는 마요르카 섬의 산에서 온 돌들이다. 걸어 나오면서 한 번 더 뒤돌아보니, 이름 없는 기념물인 그 배가 풍경 속에 얼마나 고요하고 고독하게 놓여 있는지 보인다.

거기서 남쪽으로 더 가면 손 카틀라르가 있다. 서로 멀찌감치 떨어져 있는 농장 몇 개를 지나 달린다. 마주치는 사람은 좀처럼 없고, 야생 올리브 나무들이 바람을 맞으며 술 취한 춤꾼들처럼 나부낀다. 지도에서 본 바로는 에힙테라는 이름의 농장을 잘 봐야 하는데, 대략 그 근처일 것이다. 이번에는 나베타가 아니라 탈라요트talayot다. 연회색, 붉은색, 녹색이 지배적인 색인데, 석회암 바위들과 수많은 돌담의 회색, 땅의 붉은색, 야생 올리브 나무와 무성한 식물들의 녹색이다. 나는 텅 빈 주차장에 차를 세우고 거대한 돌담을 향해 걸어간다. 《메노르카 탈라요티카Menorca Talayotica》라는 안내서에는 이 건축물들에 탈라요트라는 이름을 붙인 사람은 섬의 농부들이며 이것들을 건축한 당사자들이 그것들을 뭐라고 불렀는지 모른다고 나와 있다. 그들은 탈라요트라는 단어를 알아듣지 못하리라. 그러자 담장에 다가가는 동안 나는 이런 생각이 들었다. 내가 걷고 있는 이곳에서 사용된 언어는 이제 존재하지 않을 뿐만 아니라 아무런 자취도 없이 공중에 사라진 말들이구나. 담장 어귀의 나무 한 그루

뒤로 반쯤 숨어 있는 깊은 동굴이 보인다. 그 앞의 표지판에 적힌 내용으로는, 이 동굴은 지하 무덤hypogeum으로 죽은 사람을 매장했으며 나베타보다 시기적으로 1000년이 앞선다. 나는 그 나무의 가지들을 구부려 옆으로 젖히고 바위 몇 개를 기어올라 죽은 자들의 영역으로 깊숙이 들어간다. 드디어 안에 이르러 눈이 어둠에 익숙해지자, 내가 원형 공간 안에 있음을 깨닫는다. 여기에 죽은 사람들이 있었다 해도, 그들은 먼지로 변했을 것이다. 그들은 말이 없고, 내게 들리는 소리라고는 바깥의 나무들 소리뿐이다. 지하세계에 있는 나에게 지상세계의 빛 속에 있는 엉겅퀴와 이곳에서 비나그렐라vinagrella라고 부르는 노란 꽃들이 보인다. 하지만 죽은 사람의 수호자 같은 엄청나게 고약한 암녹색의 쐐기풀들과 야생 파 종류를 연상시키는, 잎이 가늘고 높이 자란 풀들도 보인다. 나는 그 풀 한 포기를 뽑아보려고 시도하지만, 땅은 꿈쩍도 하지 않는다. 여름에 나는 그런 식으로 곰파를 뜯곤 하는데, 이 풀은 뜯기려 하지 않는다. 줄기를 꺾어 맛을 본다. 맛도 진짜로 파 맛이다. 그날 저녁 우리는 그 풀과 순무 몇 덩이, 쐐기풀, 그리고 레몬 맛이 나는 비나그렐라 줄기를 함께 넣고 수프를 만들어 먹었다.

안내서에서 읽은 바로는, 예전에는 거주지였던 공간을 둘러싼 담장은 길이가 876미터이며 길쭉한 타원형의 울타리였다. 어떤 돌들은 나보다 크다. 담장 뒤쪽 여기저기에 반쯤 무너진 돌탑들이 보인다. 때로는 나무들이 돌들 사이에서 위로 자란 것처럼 보인다. 오래된 나무와 석회암의 결합, 뒤틀린 모양의 조각품. 어느 지점에 문 같은 것이 있고, 몸을 숙이니 안으로 들어갈 수 있다. 집들의 잔재, 그다음은 일종의 성소였던 곳의 잔재. 트인 공간 안으로 석양이 떨어진다. 나는 노랫소리가 들리고 불이 있었으면 했다. 그들은 누구에게 참배를 올렸을까? 누구에게 보호를 청했을까? 《메노르카 탈라요티카》의 삽화에는 어떤 사람이 짐승 가죽을 걸친 사람들과 함께 한껏 즐기고 있었지만, 나는 어떤 것에도 강요당하고 싶지 않다. 나는 목소리가 들리고 불이 보이고 음식 냄새가 풍긴다고 상상하고 싶다. 그 삽화에는 염소들도 그려져 있는데, 그 염소들은 지금 내 앞에 보이는 매, 그리고 여전히 같은 말을 사용하는 갈매기들만큼이나 그 외양과 목소리가 달라지지 않았다. 책에는 그들이 식물과 동물을 가져왔다고 적혀 있고, 모든 것을 삼키는 고요 속에서 나는 모든 것을 상상할 수 있다. 상륙, 첫날 밤, 내가 방금 뜯은 식물을 그들이 먹었다는 것, 하지만 내가 생각하는 어떤 것도 사실이 아니고 또 모든 것은 사실이다. 사람 크기의 돌로 그 벽을 쌓는 데 걸린 수백 년의 시간. 외부로, 세계로 보내는 신호였던, 다른 사람들을 향한 신호였던 탑들. 그들이 정주했던 장소에 관해 무언가를 주장하기 위한. 경계, 그들이 안전하게 느꼈던 장소. 나는 혼자이지만 혼자가 아니다. 돌담 전체를 따라 한 바퀴 걷고 다시 한 바퀴 더 걷는다. 그들에게 보였던 모든 것이 보이고 그들의 목소리가 들린다. 어둠이 얼마나 천천히 내리는지 바라보며 오솔길로 차를 몰아 바다로 간다. 바다는 멀지 않고, 거칠다. 해변에는 믿을 수 없을 만큼 섬세한 조직으로 된 털북숭이 공들이 가득하다. 포세이돈이 보내는 인사. 저 멀리서 파도의 너울을 타는 예닐곱 명의 서퍼가 보이는데, 파도는 마치 야생마 같고 그들은 어느 묵시록에 나오는 기사들처럼 보인다. 이제는 존재하지 않는 시대에서 바다의 말馬[123]을 타고 있는 기사들.

78

광고 없이 뉴스를 듣고 싶어서 나는 아침 8시에 독일 라디오 방송국 〈SWR2〉 채널을 켠다. 해마다 바덴뷔르템베르크 지방에서 몇 개월을 보내는 동안 생긴 습관이다. 암스테르담과 스페인 섬에서도 아이패드로 그 뉴스를 들을 수 있

---

123) 말은 포세이돈의 상징이다.

285

다. 강제로 들어야 하는 광고가 없다는 것 말고도 내 마음에 드는 점은 〈SWR2〉는 마치 시간과 사건의 혼합물이란 특별한 종류의 점토로 빚어낸 것이라는 듯 세상의 사건들도 계획된 시간 안에 딱 맞게 주물러낸다는 것이다. 재난, 테러, 스포츠, 주식, 날씨, 중국, 난민, 처형, 부패, 어느 분야의 뉴스도 절대 10분을 넘기지 않는다. 고요한 방 안에서 매일의 세상사를 죽 늘어놓는 소리를 듣지만, 사실 나는 간결하고 확정적인 말투의 이 마지막 문장을 항상 기다린다. 8시 10분입니다Es ist acht Uhr zehn. 또다시 해냈다. 재난도, 테러도, 참수도 그 10분을 넘기지 않았다. 우주는 정상이며, 메트로놈을 옆에 갖다놓아도 좋다.

그런 다음 20분 동안은 마찬가지로 완벽하게 가늠된 세 가지 주제로 나뉜다. 10분짜리 코너 하나, 5분짜리 코너 두 개로, 그날의 화제와 책, 영화 감상, 인터뷰를 다룬다. 내가 쓴 책《위령의 날Allerzielen》에서 조각가 빅토르는 독일에서 도대체 뭘 찾고 있느냐는 질문을 받곤 한다. 그의 대답은 간단하다. "독일인은 진지한 사람들이라서요." 아마도 그것이 내가 아침에 이 방송을 듣는 이유일 것이다. 아니나 다를까, 매일 그 30분 후에는 한마디 단어로 시작을 알리는 방송이 나온다. '비센Wissen.'[124] 여기서 Wissen은 네덜란드어 '닭기'가 아니라 '알기weten'라는 의미이다. 그러면 나는 결국엔 모든 것을 알고 싶지는 않기 때문에, 오늘은 무슨 주제를 다루는지 잠시 기다린다. 그래도 주제가 흥미로울 때가 꽤 자주 있고 무료로 내려받을 수도 있다. 그렇게 나는 9월 14일에 우주여행 은퇴자에 관한 방송을 듣게 되었고, 곧잘 그렇듯이 내가 여태 전혀 생각지 못한 내용임을 깨달았다. 나는 보이저호가 태양계를 떠났다는 사실은 이미 알고 있었고—69장 참조—그 후로 어떻게 그 여정을 계속했는지 또는 계속할 것인지도 알고 있었다. 하지만 1977년 또는 그 이전에 그것이 발사된 이후로 그것을 다뤄온 사람들에 관해서는 더이상 궁금해하지 않았던 것이다. 마치 그 기계들이 결코 완전히 비어 있지 않은 텅 빈 공간을 그토록 외로이 가로질러 가장 가까운 별이나 오르트 구름[125]이나 어쩌면 아무것도 없는 방향으로 가는 그 여정에서 자신들을 발명하고 조작했던 사람들을 이미 버리기라도 한 것처럼. 나는 그 방송을 통해 몇 가지 흥미로운 점을 발견했다. 그 사람들은 여전히 그 자리에 있고, 여전히 이름이 있으며, 매일 보이저 호 둘을 따라가고 있다. 그들이 보이저 호와의 연락을 유지해주는 구식 (!) 장비를 조작할 수 있는 유일한 사람들이라는 이유만으

---

124) 독일어로 '알다' 또는 '지식'을 뜻한다. 〈SWR2〉 라디오 방송의 프로그램명.
125) 먼지와 얼음이 둥근 띠 모양으로 결집되어 있는, 태양계 가장 바깥쪽의 거대한 집합소.

로도. 1970년대의 전자장비와 옛날 컴퓨터의 언어는 그것에 숙련된 전문가들을 위한 것이 되었고, 그 이야기는 마치 그들이 구식 커피 분쇄기로 커피를 갈고 고무줄을 묶어 쓰며 근근히 살아갈 수밖에 없었다는 의미처럼 들렸다. 그리고 그 방송 전체에는 구제불능의 예스러움과 우수의 아지랑이도 어려 있었다. 고독한 잔존자들로 이루어진 그 소집단은 떠나간 기계 두 대를 아직은 그 무한함 속에 내버려둘 수 없다는 듯했다. 그리고 정말 그들은 그렇게 하지 못한다. 그 여덟 명이 보이저 호의 메시지를 이해하는 유일한 사람들이기 때문이다. 그리고 나는 그러한 유대관계가 40년 후에는 어떤 의미를 지닐지 그저 상상만 할 따름이다. 두 기계는 각각 구형 폭스바겐 한 대만 한 크기로 3미터 길이의 안테나를 달고 있는데, 그 안테나들은 지금은 이미 수십억 킬로미터 떨어진 지구를 향해 있다. 한때 200명이었던 그들 중 다수가 더는 필요치 않아서 이미 은퇴했다. 다른 이들은 일종의 클럽하우스 같은 어딘가에서 파트 타임으로 일한다. 보이저 호가 아직 행성들을 지나 비행할 때 지구 거주자들이 숨죽이며 바라보았던 여태껏 본 적 없는 행성 사진을 촬영하려면 어느 방향으로 돌려야 하는지 탐사선과 초 단위로 소통해야 했기 때문에, 이들의 존재는 필수적이었다. 이제 더는 촬영할 대상이 없고, 우주는 줄곧 그 자신과 흡사하며,

매초 그들이 어디에 있는지 확인하는 것은 중요하지 않을 것이다. 그들은 그저 길을 가는 중이며, 생명이 다할 때까지 그 광활함 사이를 터벅터벅 걸어갈 뿐이다. 그리고 그들은 1977년에 쿠르트 발트하임[126]이 실어준 금제 음반을 여전히 지니고 있다. 그 음반에 수천 번의 주기도문과 베토벤의 9번 교향곡, 그리고 그들이 결코 돌아오지 않을 지구상의 모든 언어로 된 이해할 수 없는 말들이 실려 있다 해도 아무도 듣지 않을 것이다. 우주 어딘가에 우리와 비슷한 존재가 있다고 생각하는 것은 아마도 우리의 가장 큰 오만일 것이다. 그 존재들은 상상할 수 없는 손(?)으로 그 음반을 집어들어 레코드판 플레이어 위에 올려놓을 것이고, 눈물에 젖은 있을 법하지 않은 렌즈들로 9번 교향곡을 흥얼거릴 것이며, 우리에 관해, 우리와 우리의 서서히 죽어가는 별에 관해 알고 싶어하리라. 확실히 하기 위해 레코드판 플레이어를 만드는 방법을 보여주는 도면도 함께 담겼다. 왜 아직 〈스타트렉〉 코미디판이 만들어지지 않았을까?

톰 위크스Tom Weeks는 1983년부터 이 프로젝트에 참여하고 있다. 그 다섯 해 전에 그는 영화 〈스타워즈〉를 보았고 자

---

126) Kurt Waldheim(1918~2007), 오스트리아의 정치가. 보이저 호 발사 당시에 유엔 사무총장을 지냈다.

신의 천직이 무엇인지 알게 되었다. 오늘날까지도 그는 두 우주선이 항로를 유지하게끔 하는 책임을 맡고 있다. 방송의 어느 시점에서 보이저 1호는 태양계를 떠나 북쪽 방향으로 날아가고, 보이저 2호는 그 남쪽에 있다. 거기에는 아직 중력이 있지만, 1호는 이미 중력을 뒤로하고 떠나갔다. 그리고 이제 우주선은 무엇을 하는가? 그것은 은하풍을 측정하고 있다. 그러면 2호는? 2호 또한 태양풍과 함께 태양계를 떠나려는 찰나에 있다. 앞으로 2년쯤 뒤에는 그렇게 될 것이다.

그리고 위크스는? 방송은 그에 관해 청산유수로 들려준다. 특히 그의 머리 모양에 관해. 포쿠힐라Vokuhila[127]라고 하는 헤어 스타일인데, 나에게는 하와이풍의 단어로 들린다. 앞은 짧고 뒤는 긴 스타일. 보지 않아도 눈에 선하다. 그는 로큰롤이 소명이었기에 애리조나에서 LA로 이사했다. 그는 슈레드 기타리스트인데, 그가 그 말을 할 때 내 귀에는 그의 전자기타 소리가 들린다. 그는 베토벤과 함께 보이저 호에 실릴 금제 음반에 수록되고 싶었으나 그 꿈을 이루지 못했다. 아무도 뭔가를 들을 수 없는 그곳에서는 그의 음악 또한 누구에게도 들리지 않는다. 그는 에릭 클랩튼과 지미 헨드릭스를 좋아했다. 책상에는 〈스타워즈〉와 〈스타 트렉〉에

---

127) 독일어로 울프 컷 헤어 스타일을 뜻한다.

나오는 피규어들이 가득해 해설자가 어른을 위한 어린이 방이라고 표현한다. 그리고 지금은? 지금 그는 보이저 호들을 돌본다. 앨범 제작 계약이 성사될 뻔했으나 결국 되지 않았기 때문이다. 그 세월 동안 그를 먹여살린 것은 NASA다. 그리고 그는 끝까지 보이저 호들의 곁에 머무르겠다고 굳게 다짐한다. 그나저나 그는 보이저 호들을 잡아서 스미소니언 같은 박물관에 전시할 수 있게끔 가져다줄 존재가 우주에 있다고 생각한다. 그러면 나는 《계속되는 이야기》를 새로 써야겠구나 하고 생각하지만, 나는 방송에 나오지 않는다.

톰 위크스의 상사는 에드 스톤Ed Stone인데, 위크스의 사무실과 가까운 곳에서 일한다. 그의 사무실은 크기가 10평방미터이며 알타데나에 있고, 제트추진 연구소가 위치한 패서디나에서 차로 25분쯤 걸린다. 제트추진 연구소는 화성 여행처럼 가장 중요한 우주여행을 지휘하고 준비하는 센터다. 보이저 탐사 프로젝트도 예전에는 거기서 수행되었지만, 지금은 예전보다 일하는 사람 수가 적어져 조금 떨어진 곳에서 일한다. 에드 스톤은 79세이며, 1972년 7월 1일, 프로젝트 초기부터 참여했다. 그의 작업 공간은 어린이 방이 아니고, 보이저 호는 그의 삶이며, 앞으로도 그렇게 남을 것이다. 그는 자신의 이야기를 이렇게 들려준다. 1965년 캘

리포니아 공대의 한 학생이 1977년에 외행성계의 목성, 토성, 천왕성, 해왕성이 모두 일렬로 나란히 정렬한다는 것을 발견한다(실제로 일렬로 늘어섰다). 이는 176년마다 한 번 일어나는 일이다. 문제는 그 당시 우주선의 수명이 2년을 넘기지 못한다는 점이었고, 그래서 12년짜리 임무에 뛰어든다는 것은 시기상조였다. 당시에 우주에서 어떤 것이 40년간 존속할 수 있으리라고 생각하는 사람은 아무도 없었다. 우주연구는 기껏해야 20년의 역사를 갖고 있었다. 이제 그들은 더 잘 알게 되었고, 그는 끝까지 지켜보고 싶어하며, 이 말로 그는 그저 자신의 마지막을 의미하는 걸 수도 있다. 그도 그럴 것이, 보이저 호에는 끝이 오지 않으며 이런 일에는 특별한 종류의 인내심이 있어야 하기 때문이다. *끈기가 있어야 할 것이다. 그리고 자신의 죽음을 너무 믿어서는 안 된다.* 이 마지막 문장은 내가 만든 것이다. 그들은 알타데나에서 이런 종류의 단어들을 입에 담지 않기 때문이다. 방송 시간은 목요일 아침이었고, 그때 보이저 호와 통신이 연결되었다. 보이저 호는 지구에서 170억 킬로미터 떨어진 곳으로 사라졌으니 17시간 전 과거였다. 그곳에서 보낸 데이터가 지구에 도달하는 데는 그 정도로 시간이 오래 걸린다. 세 곳의 통제 센터에서 그것들을 받아서, 낡고 작은 건물 몇 군데로 보낸다. 팀원들은 그래프와 도표들을 보고 보이저 호를 포함해 모든 것이 제대로 작동하고 정상임을 알 수 있다. 데이터는 미국 전역에 분포한 여러 과학자들이 분석한다. 자기장, 우주선. 그들은 1년에 두어 차례 '우주여행의 바티칸'인 제트추진 연구소에 모두 모여서 전부 비교하고 그중에 무엇을 발표할 것인지 결정한다.

수잔 도드Suzanne Dodd 또한 이 팀에 합류한 지 32년이 되었으며, 보이저 호가 행성들을 지나 날아가던 그 시절을 떠올린다. 다들 맡은 임무가 달랐고 시간은 소중했기에, 어느 장비를 행성의 어느 부분을 향해 설정해야 하는지 협의하곤 했다. 누가 무엇을 하는가? 모든 장비들은 동시에 다른 방향을 보고 싶어한다. 보이저 호에는 열한 대의 장비가 실려 있었다. 그래서 협상하고 흥정하고 양보하며 다섯 시간 뒤에 설치하는 등의 과정을 거쳤는데, 모든 단계들이 극도로 정확해야 했다. 몇 해가 걸리는 작업이었고, 결국 모든 행성들을 통과했다. 해왕성 이후에는 아무것도 없었다. 이제는 사진을 찍지 않으며, 카메라들은 더는 아무 일도 하지 않는다.

그리고 보이저 호는 그렇게 눈먼 두더지처럼 눈을 감고 나아가 우주를 쏜살같이 가로지른다. 이제는 사진을 찍을 대상도 없다. 앞으로 할 일은 그 바깥의 자기장 그리고 고에너지 입자 우주선宇宙線의 강도와 방향을 측정하는 것이다.

그러면 보이저 호가 가로지르는 성간 주변에 대한 전체적인 그림도 얻게 된다. 주변! 이것 말고는 달리 뭐라고 할 말이 없다. 나는 이곳 섬에서 수십억 킬로미터 떨어진 주변을 상상해보려고 하지만, 잘되지 않는다.

수잔 도드는 그렇지 않다. 그녀는 미래를 눈앞에 선명하게 그린다. "보이저 호는 일종의 원자력 발전소인데, 매년 4와트씩 전력이 약해집니다. 결국 우리는 2020년까지는 장비를 꺼야 할 것이고, 2025년쯤 되면 다른 과학 장비들을 계속 작동할 전력이 충분치 않을 겁니다. 2030년 정도까지 기술적 정보는 받을 수 있다 해도 말이지요. 하지만 그 연결을 끊고 싶은 사람은 아무도 없어요. 우리는 끌 수 있는 장비는 거의 다 껐습니다. 그 바깥은 상상하기 어려울 정도로 추워요. 그래서 추진에너지의 관을 동결시키는 것은 어떤 것도 꺼서는 안 되죠. 잘못되면 우주선은 안테나를 지구쪽으로 돌릴 수 없고 다 끝나는 겁니다. 여기서 우리가 하는 일도요. 그리고 우리는 전부 다른 일을 찾기에는 너무 늙었답니다."

그러는 동안 두 항해자는 '이 아래'—또다시 의미 없는 용어—에 있는 사람들에게 무슨 일이 일어나든 계속 항해할 것이다. 보이저 1호가 눈멀고 침묵한 채 4만 년에 걸쳐 다른 별에 가까이 다가가면 이들은 벌써 골백번은 죽었을 것이다. 하지만 보이저 호는 절대로 지금 태양에 가까이 있는 정도로 그 별에 가까이 다가가지는 않을 것이므로, '가까이' 또한 현실적으로 의미가 없는 단어다. 행성과 태양은 텅 빈 우주에서 작고 초라한 마을들이다. 보이저 호가 금제 음반을 지니고 4만 년 후에 스쳐 지나갈 그 별에는 적절한 이름이 붙어 있다. AC+793888. 비록 AC+가 작은곰자리에서 발견될지언정, 이보다 더 인간적일 수는 없는 이름이다.

그리고 안부 인사차 잠깐 멈추는 일도 없다. 보이저 호는 매일 100만 5000킬로미터를 이동하는데 이는 지구에서 달까지 거리의 네 배다. 히에로니무스 성인은 존재의 허영심을 상기하고자 탁자 위에 해골을 놓아두었다. 보이저 호는 영원히(?) 은하수의 중심을 계속 돌 것이고, 이제 아무도 그것에서 뭔가를 변경하지 못한다. 혹은 헤르만 뮈서르트가 《계속되는 이야기》에서 말한 것처럼, "우리 유골의 재의 재의 재는 그때가 오기 한참 전에 이미 우리의 기원을 부인할 것이다. 우리는 거기에 결코 존재하지 않았던 사람들이다! 하지만 알타데나에서는 그렇게 보지 않는다. 그곳에서 재는 연소된 이탄이며, 성인과 해골 이야기는 교회 안에 머물러야 한다." 에드 스톤은 이렇게 말한다. "우리가 한 일은 우리 모두를 위한 메시지였습니다. 우리가 정말 할 수 있다는 메시지 말입니다." 어쩌면 나는 보르헤스에 가까이 머무는 쪽을 더 좋아할 것이다. 그는 이 모든 수수께끼에 유쾌함을 느졌고, 나는 그것은 그저 대답이 이어지지 않는 1000가지의 우아한 물음표가 가져다줄 수 있는 짜릿한 기쁨이라고 정의한다. 보이저 호의 다음 목적지는 네덜란드의 어느 곳이다. 300년이 지나면 그들은 오르트 구름의 맨 안쪽 가장자리에 닿는다. 네덜란드인 우주비행사 얀 헨드릭 오르트Jan Hendrik Oort의 이름을 딴 혜성, 가스, 수조 개의 얼음 조각과 돌덩이들의 집합지. 생명체가 도저히 살 수 없는 곳. 그 거리의 측정 단위는 나는 발음도 하지 못할 숫자이고, 여기서는 뤼세버르트의 빵 부스러기조차 눈에 보이지 않는다("우주의 치맛자락에 묻은 빵 부스러기라는 느낌"[128]). 나는 내 몫의 우주를 보기 위해 밖으로 나간다. 실제로 다른 점이 무엇인가? 보이저 호는 그곳에 있고, 나도 우주의 이곳에 있으며, 나 역시 말하자면 빠른 속도로 어디론가 가고 있다. LSD 구루인 티모시 리어리Timothy Leary를 나는 기억한다. 그는 자신이 죽은 뒤 자신의 재는 로켓과 함께 200킬로미터 거리의 우주에 발사되어야 한다고 정해두었다. 그러면 자신이 우주에 있게 된다는 것이다. 하지만 우주 어디에? 그러므로 그는 아무것도 이해하지 못한 셈이다. 우리가 입에 올린 거리상에서 그는 어디에도 없었다. 다른 말로 하면 그냥 '여기', 지금 내가

---

128) 네덜란드 코브라 그룹의 시인이자 화가 뤼세버르트(Lucebert, 1924~1994)의 시 〈시적으로 말해보련다ik tracht op poëtische wijze〉의 일부.

있는 곳, 역시 우주에 있었다. 다만 200킬로미터 떨어진 곳에. 우주는 그야말로 도처에 있다. 그 금제 음반을 보낼 때 수신인이었던 생명체는 우리 자신이다. 우리는 이 근처에서 유일한 존재다. '우주에는 우리뿐일까요?' 그렇다, 일단은. 오늘 저녁 어느 방송에서는 네덜란드 정치인 세 명이 나와서 2050년의 화성 여행 가능성에 관해 이야기했다. 그 프로그램에서 그 여행은 거의 1년이 걸린다고 말했는지 어쨌는지는 모르겠다. 거의 한 해 전부를 한 무리의 사람들과 함께 한정된 공간에서 보낸다. 그러면 당신은 우리의 최신 식민지에 도착하게 된다. 깃발을 가지고 가는 것을 잊지 마라. 영원한 작별을 해라. 한번 가면 아마도 다시는 돌아오지 못할 것이니.

79

청명한 1월의 하루다. 고약한 무기를 두른 선인장은 더없이 쪼그만 노란색 꽃들을 피웠고, 화분에 있는 작은 털북숭이 선인장들은 같은 크기의 자주색 꽃들을 피웠으며, 허리춤을 베어낸 고령의 아몬드 나무는 수백 개의 꽃망울을 터트리고 흰 꽃들을 선보였다. 나는 우주는 환상이라고 결론

내린다. 그리고 폴란드인 교황처럼 내 정원의 땅에 입 맞추
고 싶은 충동을 느낀다.

80

   늘 그렇듯, 저녁 그리고 작별이다. 내일은 북쪽에서 폭풍,
트라몬타나가 몰아치겠지만 아직은 하늘이 맑다. 나는 이
슬라 델라이레, 공기의 섬, 엉겅퀴와 검은 도마뱀의 섬, 그
무인도에 있는 등대를 보려고 푼타 프리마Punta Prima로 차
를 몬다. 이곳 바다는 다르게 움직인다. 바다는 생각할 시간
이 있다. 중세와 현대 사이에 이 해안 근처에서는 수백 척의
배들이 난파했다. 배들은 거기서 죽은 자들과 함께 근들근
들 흔들거리고 있다. 한스 블루멘베르크Hans Blumenberg가 쓴
《난파선과 구경꾼》이라는 책이 있다. 배가 난파할 때 구경
꾼들은 제방에 서서 아무것도 하지 못한다. 그는 배와 무상
함에 관한 은유를 있는 대로 수집했다. 루크레티우스, 베르
길리우스, 니체, 쇼펜하우어, 바다와 불확실성, 인간의 운명.
나는 한동안 움직이지 않고 가만히 서 있다. 저 멀리서 기계
조명이 자신의 전기적 법칙을 따른다. 불규칙하지만 계산
된 심장 박동. 깜빡깜빡, 그런 다음 기다리다가, 다시 완전

히 켜지고, 먹물같이 검은 바다 위에 하얀 분필처럼 잠시 반
짝이니, 오리온의 발치에서 빛나는 시리우스처럼 선명하다.
지난주에 이곳에서 요트 한 척이 난파해 남자 한 명이 물에
빠졌는데, 그의 시체는 상어에 물린 채 발견되었다. 나는 물
이 없는 바다에 있는 '항해자' 둘을 떠올린다. 태양계 바깥
에서 위험천만한 구름을 향해, 다음 별의 고향인 우주의 텅
빈 공간을 향해 가는 그들의 여정을.

2014년 8월 1일~2016년 1월 15일,
산 루이스—미셴 영지—산 루이스

정원 일상

첫판 1쇄 펴낸날 2022년 2월 4일

지은이 | 세스 노터봄
옮긴이 | 금경숙
펴낸이 | 박남주

종이 | 화인페이퍼
인쇄·제본 | 한영문화사

펴낸곳 | (주)뮤진트리
출판등록 | 2007년 11월 28일 제2015-000059호
주소 | 서울시 마포구 토정로 135 (상수동) M빌딩
전화 | (02)2676-7117 팩스 | (02)2676-5261
전자우편 | geist6@hanmail.net
홈페이지 | www.mujintree.com

ISBN 979-11-6111-080-6 03890

* 책값은 뒤표지에 있습니다.